Este meu perfeito amor

Copyright dos texto @ Graciela Mayrink, 2024
Direitos de publicação @ Bambolê Editora, 2024
Diretora editorial: Juliene Paulina Lopes Tripeno
Editora executiva: Mari Felix
Capa, projeto gráfico e diagramação: Thainá Brandão
Revisão: Du Prazeres
Ilustração da capa: Luciana Art

Dados Internacionais de Catalogação na Publicação (CIP)
Ficha catalográfica elaborada pela bibliotecária
Aline Graziele Benitez - Bibliotecária - CRB-1/3129

Mayrink, Graciela
    Este meu perfeito amor / Graciela Mayrink. -- 2. ed. -- Rio de Janeiro : Bambolê, 2024.

    ISBN 978-65-86749-68-7

1. Romance brasileiro I. Título.

24-221096   CDD-B869.3

ÍNDICE PARA CATÁLOGO SISTEMÁTICO

1. Romances : Literatura brasileira   B869.3

Este meu perfeito amor

2ª EDIÇÃO

Graciela Mayrink
AUTORA DE ATÉ EU TE ENCONTRAR

*Para minha irmã, Flávia,
Meu amor perfeito.*

Capítulo 1

O final da tarde de domingo sempre foi uma espécie de momento improdutivo e deprimente para Rafael, e o vento forte, com a possibilidade de chuva, aumentou o clima de desânimo. A única coisa que ele queria fazer era deitar no sofá e assistir alguma série na TV. Seus olhos ardiam de tanto encarar a tela do computador, e sua cabeça estava sem ideias.

O anúncio precisava ser chamativo, sem parecer apelativo. Tinha de ter a mensagem certa, com a quantidade de palavras certas, mas Rafael ainda não chegara ao ajuste final.

— Que tal colocar *"Encontre sua alma gêmea"* como chamariz? — sugeriu Guilherme.

— Está doido? Vai ficar parecendo aqueles cartazes colados em postes, que tem no centro do Rio de Janeiro, dizendo *"trago a pessoa amada em três dias"*.

— Não conheço isso, mas não tenho como prometer ser em três dias.

— Foi uma piada. — Rafael olhou o amigo, que estava parado em pé, atrás dele. — Nunca viu um desses?

— Não perco tempo com essas coisas. Por isso criei o aplicativo: é mais seguro, prático e rápido. — Ele se abaixou e fez um gesto negativo com a cabeça em relação à arte que Rafael estava criando. — Que tal usar estas palavras? Rápido e seguro?

— Muito frio e impessoal. — Rafael suspirou alto. — Que tal deixar de lado o lance da alma gêmea, só colocar que você precisa de pessoas para responder algumas perguntas para o seu TCC?

— São mais de cem perguntas, não algumas. E não é para meu Trabalho de Conclusão de Curso.

— Ninguém fala assim, todo mundo só diz TCC e pronto, as pessoas sabem o que significa. Pare de falar como um professor de oitenta anos. — Rafael começou a rir com a seriedade do amigo. Respirou fundo, criando coragem para sair de casa, salvou o trabalho e colocou o computador para desligar.

— Agora vamos para o Bebe Aqui.

— Ei, você não terminou! Eu prometi que ia quando você terminasse — protestou Guilherme.

— Errado. Você prometeu sair de casa se eu te ajudasse. E é o que estou fazendo. Amanhã a gente continua, hoje estou sem ideias.

Rafael pegou um casaco e saiu do quarto, com Guilherme atrás. Eles pararam enquanto Rafael procurava a chave do carro, no meio do caos que estava a mesa da sala.

— Mas eu quero colocar nos quadros de aviso de todos os departamentos amanhã. Estou atrasado com isso.

— Bem, se não é para seu TCC, não tem pressa — disse Rafael, ainda sem sucesso em encontrar a chave. — Relaxa, Gui, vamos curtir a noite. Até amanhã, eu penso em algo melhor para colocar na arte. Afinal, se as pessoas vão responder mais de cem perguntas, preciso deixar o anúncio interessante, para que elas realmente queiram responder cem perguntas, já que você não quer fingir que é para o seu TCC.

— Eu não vou mentir.

— O aplicativo dará certo e você pode usá-lo como tema do seu TCC, então, tecnicamente, você está dizendo a verdade. Além disso, as pessoas adoram ajudar os outros com o TCC. Aposto que ia conseguir muito mais voluntários se falasse que era para isso. E, na minha opinião, você está mentindo quando jura que a pessoa vai encontrar a alma gêmea dela pelo aplicativo.

— Não estou mentindo. Almas gêmeas existem. Bom, talvez não exatamente com essas palavras, mas existe uma pessoa que se encaixa perfeitamente com outra nos quesitos gostos, atitudes, ideias, e isto culmina para que elas consigam passar o resto dos dias juntas, pois o companheirismo as tornam parceiras para enfrentar os problemas que a vida causa e...

— Ok, ok, chega de palestra. Não acredito nessas coisas de uma pessoa estar destinada a mim, nem quero saber se existe alguém assim. Como você, só vou preencher o questionário para aumentar sua base de dados. No momento, vamos nos concentrar em colocar esse aplicativo para funcionar e ficarmos ricos, ok?

— Ficar rico com um aplicativo não é algo certo. Pode ser que consigamos algum dinheiro, mas não há nada que prove que iremos fazer uma fortuna com um aplicativo de... hum... almas gêmeas.

Rafael balançou a cabeça e ficou aliviado ao encontrar a chave do carro em cima da bancada, que separava a sala da cozinha americana. A chuva fraca, que começou a cair, o desanimou a andar até o Bebe Aqui. A verdade é que, embora gostasse de ir ao bar todos os domingos, naquele dia, ele estava com preguiça. Tentava ignorar a televisão grande no canto da sala, o convidando a ligá-la, mas era raro convencer o amigo a sair de noite. Se soubesse que começaria a chover, teria deixado o convite para outro dia.

Ele morava com Guilherme há quase dois anos, desde que deixou o Rio de Janeiro e entrou na UFRP, a Universidade Federal de Rio das Pitangas, em Minas Gerais, e só saíram juntos uma única vez. Guilherme estava no terceiro ano da faculdade, cursando Engenharia de Software, mas preferia passar as noites enfiado no quarto, mexendo no aplicativo que vinha desenvolvendo há algum tempo.

Quando se conheceram, no ano anterior, assim que Rafael foi morar na república que Guilherme dividia com Pedro, eles ficaram amigos de imediato, mesmo com toda a diferença de personalidade dos dois. No momento em que Guilherme comentou sobre o aplicativo, Rafael, que estava no final do segundo ano do curso de Marketing, prometeu que ajudaria na divulgação. Era a sua maneira de contribuir com o projeto, pois não entendia nada de programação a ponto de participar do desenvolvimento do software. Ele tinha a certeza de que Guilherme estava no caminho certo.

Já Pedro, o terceiro morador da casa, era distante e eles mal se falavam.

— Ok, ok, mas eu ainda acho que o aplicativo é uma galinha dos ovos de ouro. Você não tem ideia de quantas pessoas se matariam para saber quem é a alma gêmea delas.

— Eu não quero ninguém se matando! — disse Guilherme, com uma expressão de horror no rosto.

— É uma figura de linguagem. — Ele riu com a ingenuidade do amigo.

Antes de saírem de casa, Guilherme puxou a manga da camisa de Rafael.

— Você vai chamar ele? — perguntou, baixinho, indicando o primeiro quarto que havia no corredor da casa.

— Você está louco? — disse Rafael.

Eles ficaram alguns instantes olhando a porta fechada do quarto de Pedro.

— O que será que ele está fazendo?

— Não sei e nem quero saber, de verdade. — Rafael mostrou a chave do carro. — Vamos?

Guilherme levantou os ombros, como se dado por vencido. Rafael abriu a porta e saiu, feliz em carregar o amigo para uma noite de distração. Ele realmente confiava que o aplicativo seria um sucesso. Um aplicativo que, depois que a pessoa cria um perfil e responde perguntas relacionadas a seus gostos e vida particular, podia levá-la a encontrar alguém com gostos similares. Em outras palavras, a sua tão sonhada alma gêmea.

Batata frita. Uma travessa imensa de batatas fritas sequinhas e crocantes, salgadas na medida certa. Era só no que Bruna pensava: na porção que iria devorar dali a pouco.

Estava distraída, quando Larissa deu um cutucão em seu braço.

— Só mais uma, por favor? — pediu a amiga, fazendo beicinho.

— Você disse isso umas vinte fotos atrás — ironizou Bruna, se ajeitando no sofá. — Não sei por que não usa a que tiramos agora.

— Meu cabelo não está legal nela.

— E a anterior?

— Seu pescoço ficou estranho.

Bruna rolou os olhos e começou a rir.

— Eu não me importo com isso. De verdade.

— Mas eu me importo. — Larissa levantou o celular e sorriu para a câmera. — Vamos, prometo que esta vai ser a última.

Bruna obedeceu, sabendo que provavelmente não seria a última. Desde que Larissa decidiu usar as redes sociais para mostrar a rotina universitária de Rio das Pitangas, que a vida das duas foi tomada por isso. Ela perdeu as contas de quantas fotos tiradas foram direto para a lixeira.

No começo, ficava perturbando a amiga de infância, para provocar, e agora tinha se acostumado. Não possuía a paciência de Larissa para arrumar cenários, utilizar milhares de filtros para deixar a foto o mais perfeita possível, e ficar pensando em várias coisas diferentes para postar na internet. Suas redes sociais se resumiam a uma ou outra foto de festa; a maior parte era dominada por cliques de Baz, o gato angorá preto da família, que vivia dormindo em poses engraçadas.

— Se quiser, tenho algumas fotos do Baz que tirei hoje cedo — brincou Bruna.

— E como uma foto de um gato com a legenda *"Partiu Bebe Aqui"* vai combinar? Tem que ser uma *selfie* nossa — respondeu Larissa, não entendendo a brincadeira de Bruna. — Ah, e por falar em Baz, aquela bolsa ali no canto tem os livros que você me emprestou no mês passado. Já li tudo e depois volto aqui para pegar mais.

— Às ordens. — Bruna franziu a testa. — E por que falar no meu gato te faz lembrar de livros?

— Porque ele é o personagem de um, esqueceu? E porque você é minha biblioteca particular, sempre tem os livros certos para mim.

— Acho que são os livros certos para mim, mas vou fingir que compro todos só para você, se isso te deixa feliz.

— Isso aí. Agora vamos tirar a última foto, prometo!

Elas se abraçaram novamente e veio o clique. Larissa analisou a foto e a aprovou, para alívio de Bruna, que ficou observando a amiga mexendo na foto, colocando filtros, diminuindo o brilho, aumentando a nitidez, mudando o contraste, e sentiu uma preguiça enorme.

— Vou pegar água, quer? — disse ela, saindo da sala sem esperar por uma resposta de Larissa.

Ao entrar na cozinha, encontrou os pais preparando o jantar. Ficou na porta por um tempo, observando a cumplicidade dos dois, que riam de algo, enquanto o pai jogava macarrão na água fervente. Ele percebeu a presença da filha e se assustou.

— Pensei que já haviam saído.

— A Lari ainda está tentando encontrar uma foto boa para postar — explicou Bruna, abrindo a geladeira e servindo dois copos de água.

— Ah, deixa eu ir lá para ela me ensinar a embelezar a foto — disse Eliana, largando o queijo parmesão, que ralava em um prato, e saindo rápido da cozinha.

— É adicionar filtro que se fala, mãe — gritou Bruna, para o nada.

— Sua mãe quer virar uma espécie de *digital influencer* da terceira idade — brincou Milton, pegando o parmesão e voltando a ralar o queijo.

— Diga isso a ela que a casa vai desabar.

— Nunca diga a sua mãe ou a mim que estamos chegando na terceira idade — brincou Milton. Ele olhou a filha, que bebia água. — Não vai ficar tarde para sair?

— Não, ainda dá tempo de pegar uma mesa no Bebe Aqui. — Bruna olhou as horas no celular ao escutar a chuva caindo do lado de fora da casa. — Mas deixa eu ir lá na sala interromper a aula de redes sociais ou então teremos que ficar a noite toda em pé.

Ela deu um beijo no pai e pegou o copo de água para Larissa.

Ao contrário dos domingos anteriores, naquela noite o movimento estava fraco no Bebe Aqui, e Rafael já se perguntava por que não deixara para sair outro dia com Guilherme. Este parecia estar se divertindo, para sua surpresa.

— Até que aqui é legal — comentou Guilherme.

Rafael se questionou sobre a definição de diversão para o amigo, mas não disse nada. Por um momento, se perguntou se não deveria ter tentado deixar a noite melhor de alguma forma, embora não tenha se animado a enviar mensagem para alguém perguntando se apareceria por lá. Um grupo de estudantes jogava sinuca e menos de dez mesas estavam ocupadas, no salão do bar, e Rafael não conhecia ninguém nelas. Uma pena seu melhor amigo Igor estar viajando, ele era uma companhia divertida e poderia alegrar o ambiente.

— Eu adoro este lugar, mas hoje está um pouco vazio. Acho que a chuva espantou as pessoas.

— Não vejo lógica em deixar de sair de casa por causa de chuva. É apenas água.

— Comentou aquele que nunca sai de casa, a não ser para ir à universidade.

— Não existe muita coisa interessante além da universidade.

— Aí que você se engana, Gui. Tem um mundo todo maravilhoso aqui fora, além da universidade. Você precisa sair mais.

— Vamos ver — disse Guilherme, e Rafael sabia que precisaria fazer mais chantagens para continuar tirando o amigo de casa.

Ele se levantou e foi até o balcão pegar a porção de petiscos na chapa, que ficou pronta. Era o que adorava no Bebe Aqui, o estilo informal de ter que fazer os pedidos no balcão e ir até lá pegar, quando estava tudo pronto, como se fosse um fast-food. Algumas pessoas reclamavam constantemente sobre o sistema de atendimento, mas continuavam indo lá pelo ambiente descontraído e a comida saborosa. Rafael suspeitava que fosse uma tática para que os estudantes não bebessem muito, evitando confusões: se você precisa se levantar a todo momento, chega um ponto em que percebe que está na hora de parar de pedir mais cerveja.

— Sabia que eu já pensei várias vezes em dar uma olhada em alguma outra casa aqui na cidade? — comentou Rafael, colocando a travessa de comida na mesa.

— O que há de errado com a nossa?

— O Pedro.

— Eu adoro a nossa casa, não vou me mudar por causa dele — disse Guilherme, pegando uma batata frita.

— Também adoro, mas é algo que já passou pela minha cabeça, algumas vezes. Talvez pelo fato de ter que ficar olhando por cima do ombro toda vez que vou até a cozinha.

— Você está exagerando.

— Não estou. Vai dizer que você não acha o cara estranho?

— O fato de ele ser estranho não faz dele um assassino.

— Eu não disse que ele é um assassino. Só é estranho. — Rafael se aproximou um pouco do centro da mesa. — Quando fui morar lá, dormia todas as noites com a porta do quarto trancada, até perceber que ele é inofensivo — sussurrou.

Guilherme começou a rir alto.

— Eu já fiz isso também, mas não vou procurar uma nova casa para morar. E é o último ano do Pedro, então, daqui a alguns meses, ele vai se formar e vai embora.

— E se não for? — perguntou Rafael, desanimado. Quando chegou em Rio das Pitangas, não conhecia ninguém, e ficou feliz ao ver um anúncio no Departamento de Marketing sobre um quarto disponível em uma casa. Ao chegar lá, conversou com Guilherme e gostou do lugar. Só foi conhecer Pedro depois. — E se ele decidir fazer um mestrado e não se mudar?

— Não acredito que isso vá acontecer.

— Ainda não entendo como você conseguiu dividir o mesmo teto com ele por tanto tempo.

— Nunca me importei em não confraternizar. Quando cheguei, o Pedro já era morador, não podia expulsá-lo. E, além do mais, a casa é excelente, com uma cozinha prática, interligada à sala por uma bancada, quartos de tamanho satisfatórios e uma localização estratégica, próxima da universidade e do comércio. Além do fato da rua não ter muito movimento e, consequentemente, sem barulho. Quem estava lá, era indiferente para mim.

— Estou morando há quase dois anos com ele e ainda não consigo pensar igual a você, que o Pedro é como se fosse apenas mais um móvel na casa. Tudo bem que mal o vejo, ainda bem que vive trancado no quarto, então dá para ir levando. E você tem razão, o lugar é tão bom que compensa conviver com um *serial killer*.

Os dois riram e Guilherme abriu a boca para falar mais alguma coisa, mas foi hipnotizado por uma garota que entrou no bar. O cabelo preto estava solto, usava uma calça jeans e uma blusa azul básica, e chamava a atenção ao passar. Havia um magnetismo nela que fazia com que Guilherme não conseguisse desviar os olhos.

Ela se sentou em uma mesa um pouco afastada da deles, enquanto a amiga foi até o balcão fazer os pedidos. Guilherme continuou olhando para ela, que estava entretida mexendo no celular.

— Meu Deus, cara, disfarça — pediu Rafael. — Daqui a pouco, o bar todo vai perceber que você não tira os olhos da Larissa.

— Quem é ela?

— Não conhece a Larissa Alves? Acho que toda a UFRP conhece a menina. Ela é tipo uma celebridade daqui, tem uns cinquenta mil seguidores nas redes sociais.

— Você sabe que não perco tempo com isso. — Guilherme tentou desviar os olhos de Larissa, mas toda hora voltava a encarar a garota, que nem percebeu sua presença no bar.

— Ela é meio famosinha, fica postando a vida dela o tempo todo na internet. Vai por mim, a garota não tem nada a ver com você.

— Quem disse?

— Gui, você é o cara mais tranquilo e avesso à popularidade que conheço. Essa menina aí é o seu oposto.

— Os opostos se atraem, não é o que dizem?

— Pensei que não acreditasse nisso.

— E não acredito. É claro que pessoas com gostos totalmente diferentes tendem a não ter relacionamentos duradouros, a não ser que um dos lados ceda sempre, o que leva a um estresse contínuo e... — Ele parou de falar ao perder a linha de raciocínio, ainda encantado com a garota que estava a poucos metros de distância. — Mas ela tem algo de mágico no ar — comentou Guilherme, olhando Larissa, que tirava algumas fotos dela e da amiga.

Eles ficaram quietos um tempo, observando Larissa se levantar e buscar uma garrafa de cerveja e dois copos no balcão, após o número da mesa delas aparecer no visor do bar. Ela voltou para a mesa e tirou uma foto brindando com a amiga.

— Você a conhece? — perguntou Guilherme.

— Não. Ela e a amiga também cursam Marketing, mas estão um ano atrás de mim. Sei quem são porque é praticamente impossível não conhecer a Larissa por aqui. — Ele olhou o amigo e sorriu. — Ei, podemos pedir para ela divulgar o aplicativo! Imagina só se todos os seguidores dela, ou até metade deles, responderem as perguntas? Você vai ter uma base de dados incrível para testar.

— Não! — respondeu Guilherme, segurando o braço de Rafael, que já se levantava da cadeira.

— Por quê?

— Não, não. Calma. Eu...

— Gui, você precisa de dados suficientes para testar a eficiência do aplicativo. A Larissa pode ajudar.

— Não, calma. Vou pensar.

— Ela não morde, cara, é só uma garota — brincou Rafael.

— Já disse que vou pensar. — Guilherme encerrou o assunto. Ele voltou a olhar Larissa, que digitava no celular, enquanto a amiga foi até o balcão buscar uma travessa de batatas fritas. — Talvez você esteja certo, eu realmente preciso sair mais.

Capítulo 2

O corredor do Departamento de Marketing estava vazio na manhã de terça-feira, e Guilherme aproveitou para colocar o anúncio sobre o aplicativo no quadro de avisos. Cada prédio da Universidade Federal de Rio das Pitangas tinha um enorme quadro na entrada, onde os alunos deveriam ler as informações importantes, mas a maioria passava reto. Mesmo assim, ele tinha ido a todos os departamentos, além da biblioteca e do refeitório, para prender o anúncio, na esperança de que alguém visse e respondesse as perguntas.

Eles trabalharam na arte durante a tarde de segunda-feira. Rafael fez a divulgação contendo um QR Code, para que as pessoas escaneassem com o celular e acessassem diretamente as perguntas. Era mais prático do que esperar que cada um anotasse o endereço do site.

O trabalho de Guilherme começara alguns anos atrás, e o aplicativo já estava praticamente pronto. Os dados dos perfis ficariam armazenados em um banco de dados em um servidor, e o aplicativo acessaria essas informações via API, uma espécie de ponte entre os dois mundos. Ele era perfeccionista e queria testar tudo antes de divulgar. Em uma conversa com Rafael, surgiu a ideia de criar um site com uma versão beta do sistema, onde as pessoas pudessem acessar as perguntas e respondê-las, armazenando as informações em uma cópia do banco de dados. Depois, Guilherme executaria a função para simular os resultados, checando se tudo estava funcionando como deveria. Após o teste positivo, só teria que migrar os dados entre os bancos, e colocar o aplicativo móvel no ar.

Quando terminou de colar o papel, deu um passo para trás para conferir o resultado do anúncio.

Ele balançou a cabeça para si mesmo, confirmando que o resultado ficou aceitável. Não era exatamente o que havia pensado, mas eles não conseguiram deixar tudo perfeito como Guilherme queria, e ele precisava começar a coletar os dados de voluntários logo, ou o aplicativo não ficaria pronto ainda naquele ano.

— O que é isso, uma espécie de pesquisa? Estudo?

Guilherme se assustou com a voz próxima. Ao se virar, viu a menina que estava no Bebe Aqui no domingo, amiga de Larissa Alves, parada atrás dele.

— Eu... É...
— Muito legal. A Lari vai amar! — disse ela, escaneando o código.
— Lari?
— Larissa, minha amiga. Ela adora essas coisas de responder pesquisa.
— Não é uma pesquisa — corrigiu Guilherme, se recuperando do choque de conversar com a amiga de Larissa Alves. — É um aplicativo que estou desenvolvendo. Eu não queria divulgar no anúncio porque ainda não está pronto, mas o Rafa disse que as pessoas ficariam mais interessadas em responder sabendo disso.
— Bem, o Rafa está certo. Ou você poderia ter colocado que era para o seu TCC. Todo mundo adora ajudar no TCC.
— Foi o que o Rafa falou!
— O Rafa é um cara inteligente. — Ela olhou o celular, que abriu uma página na web. — Mas se é um aplicativo, não deveria estar no celular e não em um site?
— É uma versão beta, para testar a eficiência dele.
— Hum, ok — disse ela, checando as horas no celular e se afastando. — Preciso ir, estou atrasada para a aula. Boa sorte com o seu aplicativo, vamos entrar no site assim que der!

O começo da noite estava calmo, o que fez o barulho da porta da rua batendo soar tão alto que Rafael conseguiu ouvir de dentro do quarto. Estava deitado na cama, lendo um livro, e ficou pensando se ia ver o que estava acontecendo, quando Guilherme entrou ofegante e falando coisas sem nexo.

— Calma, Gui, fala devagar porque não estou entendendo nada.

Guilherme levantou a mão, pedindo um tempo, e respirou fundo algumas vezes. Depois, puxou a cadeira da mesa de estudos do amigo e se sentou, mas no mesmo instante se levantou e começou a andar pelo quarto.

— Você não vai acreditar! A amiga da Larissa Alves escaneou o código — disse Guilherme, sem esconder a empolgação.

— Escaneou o código? — perguntou Rafael, mas na mesma hora entendeu. — Cara, que legal!

— Sim! Ela disse que a Larissa vai adorar — comentou Guilherme, sorrindo de orelha a orelha.

— Ah, Gui, que ótimo! Se ela divulgar, seu aplicativo vai ser um sucesso.

Guilherme o olhou em pânico.

— Não, não. Ela não pode divulgar ainda, está em fase de testes. Ainda preciso ter certeza de que funciona antes de uma divulgação maior.

— Hum... Ok. Então vamos tentar encontrá-la e pedir que não divulgue nada.

Rafael se sentou, pegando o celular.

— Não, calma. Eu não vou atrás dela.

— Bem, eu posso ir sem problema algum. Só pedir para ela esperar, não vejo nada de mais nisso.

Guilherme ia falar algo quando os dois foram interrompidos por Pedro, que entrou furioso no quarto.

— Quem mexeu nas minhas séries? — gritou ele, os cabelos loiros bagunçados, balançando para todos os lados.

— Hã? — perguntou Rafael.

— Qual de vocês entrou no meu quarto?

— Ninguém entrou no seu quarto — disse Guilherme, dando um passo para trás para se distanciar de Pedro.

— Alguém entrou, as caixas de DVD de *Mindhunter* e *Criminal Minds* estavam todas fora do lugar. Já falei que não quero ninguém entrando lá, muito menos mexendo nas minhas coisas.

— Fica frio, a gente não entra lá e você sabe disso. Deus me livre mexer nas suas coisas, ficou maluco? — comentou Rafael, em um misto de raiva e de segurar o riso pela cena que Pedro estava fazendo.

— Então, quem foi?

— Deve ter sido a nova diarista, ela veio aqui hoje. Se quiser, posso pedir a ela para não limpar sua estante de DVD e livros. Aliás, posso pedir para nem entrar no seu quarto.

Pedro ficou calado e Rafael quase podia ouvir as engrenagens do cérebro dele funcionando dentro da cabeça, tentando decidir se era melhor ele mesmo limpar sua bagunça ou deixar uma estranha fazer isso.

— Não precisa. Pode deixar limpar — respondeu Pedro, depois de um tempo, ainda encarando os dois e saindo em seguida.

Guilherme esperou ouvir o barulho da porta do quarto de Pedro se fechar, para voltar a falar com Rafael.

— Achei que ele ia matar um de nós.

— Que babaca, quanto drama por nada. Muito melhor quando ele desaparece por semanas.

— Às vezes, penso se é melhor ver ele sempre ou não.

— Bem, vamos esquecer o Pedro — disse Rafael, mexendo no celular. — Olha aqui, a Larissa está no Bar do Tavares. O que acha de irmos até lá?

— Hoje é terça-feira! Não é dia de sair.

— Não existe isso de dia de sair. Todo dia é dia de sair.

— Mas amanhã eu tenho aula cedo.

— E daí? A gente vai lá, rapidinho, come algo, conversa

com ela e pede para não divulgar ainda para os seguidores. Antes das onze, estamos de volta.

— Eu... — Guilherme coçou a cabeça. — Você não pode pedir amanhã na aula?

— Não, vamos lá. É uma forma de você falar com ela.

— Eu não quero falar com ela.

— Claro que quer! Vem, vamos — disse Rafael, pegando a chave do carro.

— Não, eu não vou — Guilherme foi enfático. — Amanhã você fala com ela.

Diferente do Bebe Aqui, mais frequentado por estudantes, o Bar do Tavares tinha um ambiente mais acolhedor, com muitas famílias ocupando a maioria das mesas. Era um lugar simples e movimentado de segunda a segunda. Tavares gerenciava o lugar desde sempre, e tinha os melhores petiscos de Rio das Pitangas. Várias pessoas iam ali de noite e ele atendia a todos com um sorriso no rosto, como se fossem velhos amigos de infância.

Bruna não se lembrava da primeira vez que fora lá. Frequentava o lugar desde bebê com os pais e, assim que entrou na faculdade, ela e Larissa fizeram do bar um ponto de encontro às terças-feiras.

— Meu Deus, esse provolone à milanesa é maravilhoso — disse Larissa, colocando um pedaço na boca.

— Eu sabia que devíamos ter comido primeiro e depois respondido as perguntas da pesquisa — comentou Bruna, pegando uma batata frita.

— Claro que não! Conseguimos fazer as duas coisas ao mesmo tempo.

— Quero fazer isso com calma.

— Ai, Bruna, para de ser certinha, é só um monte de perguntas.

— Eu sei. Mas quem sabe, isso não mostra quem é a nossa alma gêmea? — comentou Bruna, esperançosa.

— Pensei que você não queria saber, para não estragar o romantismo — disse Larissa, brincando com a amiga.

— Não sei se quero, mas não custa nada aproveitar a oportunidade. Quando o resultado estiver pronto, decido se quero saber. E eu sei que você também está bem empolgada com isso.

— Não tenho culpa se o casamento perfeito dos seus pais me fez desejar conhecer a minha alma gêmea. Eu sei que tem alguém aí que também está me procurando.

— E a Maju? Ela não ia responder junto com a gente? — perguntou Bruna, pegando mais batata.

— Maju está namorando, acho que não está muito preocupada com isso no momento.

— Claro que não, já encontrou a metade dela.

— Hum... Você parou para pensar se o André não for a pessoa certa?

— Então melhor a Maju nem fazer a pesquisa, não quero estragar o namoro deles.

— Por que não? Assim ela não perde tempo com ele.

— Que romântico — ironizou Bruna.

— Estou apenas sendo prática.

Bruna ia falar algo, quando as duas foram surpreendidas pela entrada de três garotos no bar.

— Ora, ora, olha só quem está aqui? — disse Caveira, se aproximando e as cumprimentando, enquanto Beto e Cadu se sentaram em uma mesa mais afastada. — Só falta uma do trio. Cadê a Maju?

— Ela não pôde vir hoje — respondeu Larissa.

— Maju anda sumida — disse Caveira. Ele se aproximou de Larissa. — O que acha de tirarmos uma foto juntos? Suas seguidoras vão me amar!

— Sai pra lá, Caveira, sempre se achando — disse Larissa, rindo e dando um leve empurrão nele.

— Estudando aqui? — Caveira olhou o notebook de Bruna, aberto em cima da mesa.

— Não te interessa — respondeu Bruna, abaixando a tela do computador em pânico, para que ele não visse as perguntas do aplicativo.

— Não se preocupe, não vou atrapalhar vocês. Até — disse ele, pegando uma batata em uma das travessas que estavam na mesa das meninas, e se afastando.

— Justo na hora em que estamos preenchendo um questionário para descobrirmos o amor da nossa vida, eles aparecem — comentou Larissa.

— Deixa eles, vamos voltar para a pesquisa. Porque eu sei que aquele ali não é a minha alma gêmea — disse Bruna, indicando Cadu com o queixo, que acenou para elas.

— Os Três Mosqueteiros de Rio das Pitangas. Deviam se chamar os Três Destruidores de Corações.

— Não acredito que fui apaixonada pelo Cadu durante anos — comentou Bruna, sem assumir para Larissa que seu coração ainda balançava ao ver o amor da adolescência.

— Amiga, nessa eu venci de a mais burra porque fui apaixonada pelo Beto, que nunca me deu bola. E olha que ele ficou praticamente com Rio das Pitangas inteira.

— Bem, o fato de você ter ficado com o Caveira não ajudou.

— Ah, eu cansei de ficar sofrendo pelo Beto. E o Caveira estava ali, interessado em mim, então, como dizem: *" a fila andou"*.

Elas começaram a rir alto, chamando a atenção dos meninos. Bruna levantou a tela do notebook, enquanto Larissa abria o celular para ler uma mensagem recebida.

— Ok, agora vamos esquecer eles e nos concentrarmos nesta pesquisa imensa — disse Bruna.

Elas abriram duas abas, se colocaram lado a lado. Começaram a responder as perguntas que apareceram na tela do notebook, na esperança de que suas almas gêmeas estivessem ali em Rio das Pitangas, mais próximas do que imaginavam.

Capítulo 3

Desde que Rafael e Guilherme ficaram amigos que almoçavam todos os dias no Fazenda, um restaurante rústico, que servia a melhor comida mineira de Rio das Pitangas. O movimento era constante no amplo salão, e os dois tentavam sempre pegar uma das mesas na varanda, com vista para as montanhas que cercavam a cidade.

A comida era feita em fogão a lenha, no estilo das antigas fazendas mineiras, o que trazia muitas lembranças da infância de Guilherme na casa dos avós, no interior do estado.

— Por que no Rio chamam mandioca de aipim? — perguntou ele, para Rafael, olhando um pedaço do tubérculo em seu prato.

— Não faço a menor ideia. Pelo mesmo motivo que chamam de macaxeira no Nordeste.

— Como você pode afirmar isso se não sabe o motivo?

— Estava brincando, Gui. Nem tudo o que as pessoas falam é a sério.

— Bem, facilitaria muito a vida se todo mundo falasse as coisas a sério.

— A vida seria muito mais sem graça se ninguém brincasse tanto.

— Mas como se sabe que a pessoa está brincando? Isso gera uma confusão.

— Você simplesmente sabe. Bom, nem sempre. — Rafael deu de ombros. — Achei que, depois de vinte e um anos no mundo, você já teria se acostumado com isso.

— Nunca vou me acostumar. A vida é algo sério.
— A vida é algo sério, mas nem sempre deve ser levada a sério.
— Que bonito isso.
— Agora mesmo eu poderia achar que você está sendo sarcástico, mas como te conheço, sei que está falando sério.
— Eu sempre falo sério. — Guilherme terminou o almoço e pegou o cartão para pagar a conta. — Quando o Igor volta?
— Domingo que vem. O pai dele queria que ele voltasse logo após o enterro do avô, mas como é longe, Igor decidiu ficar duas semanas lá, para dar um apoio à mãe e à avó.
— Não consigo imaginar se fosse um de meus avós.
— É a vida — disse Rafael.
— Agora você está brincando?
— Não. — Rafael balançou a cabeça. — Desculpa se pareci frio. Não tenho muito contato com as famílias dos meus pais, então esse amor familiar não existe na minha vida.
— Tudo bem, eu sei disso. Só é triste.
— Sim. — Rafael olhou em volta. — Mas não vamos ficar tristes, né? A vida é muito boa para deixarmos o inevitável nos abalar.
— Hoje você está filosófico.
— Deve ser porque vou tomar sorvete — brincou.

Eles foram até o caixa e pagaram a conta. Quando saíram do restaurante, pararam na sorveteria Iceberg, a preferida de Rafael. Ele gostava da cremosidade que o sorvete dali tinha, sem contar que era a única de Rio das Pitangas que vendia o sabor pistache.

— Você sabia que o sorvete mexe com o cérebro? Pesquisadores britânicos do Instituto de Psiquiatria de Londres fizeram um estudo, onde rastrearam a atividade cerebral de pessoas que consumiram sorvete de baunilha. Resumindo para um leigo, de acordo com as atividades cerebrais, logo após o consumo de sorvete, as pessoas estavam mais felizes do que antes.

— Gui, nem tudo precisa ser uma palestra científica.

— Não estou palestrando, apenas explicando porque você ama tanto sorvete.

— Eu amo sorvete porque é uma das melhores coisas já inventadas, e porque a vida é muito curta para não tomar sorvete sempre que puder.

— Bom, isso eu tenho de concordar — disse Guilherme.

— Agora vamos pelo caminho mais longo que você tanto gosta.

— Sim, eu gosto. E ele só é cinco minutos mais longo do que pela rua principal.

Ao deixarem a sorveteria, viraram para a esquerda e caminharam até em casa, um percurso de quinze minutos por ruas arborizadas passando pela margem do rio, e que Rafael gostava de fazer todos os dias.

Quando começaram a almoçar juntos, sempre voltavam passando pela rua principal da cidade, até um dia Rafael sugerir desviarem daquela confusão de gente, carros, barulhos e obstáculos e irem pela beirada do rio. Guilherme reclamou.

— Não há sentido em adicionar cinco minutos ao meu tempo de caminhada, sendo que não preciso disso. Já ando pela universidade o tempo todo indo de uma aula para outra.

— Deixa de ser preguiçoso — argumentou Rafael. — Deve existir algum estudo, que você tanto ama, explicando os benefícios para o cérebro ao caminhar por um caminho um pouco mais longo, mas que seja mais agradável, do que por um mais curto e mais estressante.

— Sim, com certeza. Posso procurar para você.

— Não precisa. — Rafael suspirou, achando graça do amigo. Ele conseguiu vencer todos os argumentos de

Guilherme, explicando que o fato de andar por um lugar mais bonito fazia bem à saúde mental.

Guilherme se deu por vencido, e se resignou a acrescentar cinco minutos à volta para casa.

— Já recebi várias respostas para o aplicativo — comentou Guilherme, trazendo Rafael de volta ao presente.

— Que bom!

— E você ainda não falou com a Larissa.

— Desculpa, Gui, mas eu não a encontro todos os dias no departamento. Já falei que ela não é do meu ano.

— Você podia esperar por ela no corredor.

— Se você não quer ir aos lugares onde ela marca que está, nas redes sociais, eu que não vou ficar cercando a menina na universidade. Um dia vou vê-la em algum lugar, aí falo com ela.

— Até lá, ela pode divulgar.

— Se ainda não divulgou, não se preocupe, não vai divulgar mais. Às vezes, ela está esperando para ver se o sistema é confiável, antes de sair falando para os outros e ser uma furada.

— Não é uma furada, existe uma lógica por trás do sistema que criei, para que não haja erro no resultado final.

— E, por falar nisso, já mostrou alguma combinação de alma gêmea?

— Ainda não cruzei os dados.

— Pensei que era automático.

— Era para ser, mas eu usei uma variável que não deu certo e preciso alterar a classe, vou fazer isso agora de tarde, aproveitar que não tenho aula.

— Não entendi nada, mas beleza. Depois me fala se você é a alma gêmea da Larissa.

— Eu imagino que você esteja brincando comigo.

— Claro que estou — disse Rafael, abrindo a porta de casa para os dois entrarem.

— Como imaginei. — Guilherme entrou na sala e se virou para Rafael. — Vou corrigir o sistema e pesquisar o motivo de os cariocas chamarem mandioca de aipim — disse, deixando Rafael rindo sozinho.

A ideia de criar um aplicativo que indicasse quais pessoas tinham mais compatibilidade umas com as outras surgiu ao acaso, durante um jantar familiar. Os pais e avós de Guilherme conversavam sobre pessoas predestinadas a ficarem juntas e coisas do tipo, quando ele falou sobre probabilidades e estatísticas, e os quatro o olharam como se estivesse discursando sobre a existência de vida extraterrestre no Universo. Tudo bem que o fato de ele ter usado termos técnicos, e decorrido sobre o quão surreal é acreditar em almas gêmeas, além de citar alguns estudiosos franceses e seus complexos trabalhos sobre o assunto, não ajudou na compreensão, mas não era algo tão difícil de entender se colocado em termos práticos. Foi o que Guilherme tentou explicar, quando o pai soltou um *"então faz algo prático para mostrar para a gente"*, e ele respondeu:

— Um aplicativo ajuda?

Em muitas famílias isto poderia soar como um insulto aos mais velhos, mas na casa de Guilherme todos amavam a tecnologia e os avós usavam Instagram e Facebook desde o surgimento das redes sociais. Eles até comentavam sobre coisas como ICQ, MSN e Orkut, mas Guilherme nunca se interessou em saber a fundo do que se tratava. Lá, se alguma empresa lançasse uma máquina que era só colocar no centro da sala, clicar em um botão, que ela sugava toda a poeira do cômodo de imediato, todos comprariam. Tecnologia era algo a que a família dele estava sempre conectada e interessada. Quando comentou sobre o assunto com Rafael, ele sugeriu que essa máquina podia ser o novo investimento de pesquisa de Guilherme, após o aplicativo ficar pronto. Segundo ele, iria vender mais do que água no deserto, ou o que quer que isto significasse.

Desde então, Guilherme passou a desenvolver um código para criar um sistema que comparasse dados, e mostrasse com qual pessoa (ou pessoas) alguém teria maiores chances de ter um relacionamento duradouro. Para ele, era algo simples: se dois humanos tinham o máximo de afinidades possíveis, as chances de se entenderem e ficarem juntos, sem muitas brigas, eram grandes. Claro que, na prática, as pessoas só ficam sabendo se vão se dar bem com a convivência, por isso a ideia era ajudar a filtrar os possíveis relacionamentos falíveis, evitando muitas brigas e separações.

Agora, o aplicativo estava pronto para ser testado. Antes de disponibilizar o software, ele criou um site, para ficar mais fácil coletar e analisar os dados. Bastava só as pessoas preencherem o cadastro e responderem as perguntas, que os dados se cruzariam automaticamente. Se estivesse funcionando de forma perfeita, ele migraria tudo para o banco de dados principal e enviaria uma mensagem para todos os cadastrados, explicando o processo de baixar o aplicativo no celular e verificar com quem tinham compatibilidade.

Mas a parte final não deu certo por puro descuido de Guilherme, que se recriminou por isso. Nunca teria deixado algo assim passar despercebido, mas nos últimos dias esteve um pouco desligado, se lembrando da garota que o encantou no dia em que saiu com Rafael. Então, depois de passar horas estudando os algoritmos que tinha implementado, além de mudar os serviços que rodavam em segundo plano,

Guilherme conseguiu encontrar o erro que impedia que os dados se cruzassem de forma automática, conforme as pessoas preenchessem o questionário. Foi um trabalho exaustivo porque era um pequeno detalhe que estava atrapalhando o sistema, uma variável usada no lugar errado do código-fonte que ele não havia notado, mas, felizmente, agora parecia estar tudo funcionando. Ele se levantou da cadeira e esticou os braços para cima, para alongar as costas. Ficara sentado a tarde inteira e já sentia os efeitos disso. Olhou sua foto com os pais e os avós em cima da mesa de cabeceira e riu, se lembrando de alguma piada antiga que o avô contou e ele não entendeu na época, só muitos anos depois.

Deixou o computador funcionando e percebeu que cometeu outro erro bobo e importante: o ideal era ter um modelo para ter a certeza de que o aplicativo funcionava, um casal perfeito que realmente se completava. Ele se culpou por não pensar nisso antes e desejou ter pedido para os avós preencherem o questionário, eles eram o mais próximo que já conhecera de um casal de almas gêmeas. Podia falar com os pais também, pois sempre pareceram compatíveis para Guilherme, ele mal se lembrava de vê-los brigando. Pegou o celular e enviou uma mensagem para o grupo da família, perguntando se estavam dispostos a entrarem no site, e em poucos minutos recebeu quatro eufóricos *"sim"*.

Mas seria bom ter um casal com quem não tivesse tanto contato. Quanto mais modelos, mais preciso seria o resultado final e maiores as chances para dar certo, ou eles ficarem ricos, como Rafael gostava de falar. Ficou um tempo se perguntando se conhecia alguém assim, quando a tela do computador começou a mostrar os números. Várias porcentagens surgiram: 78,92%, 46,56%, 23,20% e assim por diante.

Ele não ia olhar nenhum resultado porque, além de ser

uma invasão de privacidade, não se interessava por essas coisas de almas gêmeas. Havia respondido as perguntas também mais para ter uma maior base de dados, mas não queria saber se alguém ali teria uma compatibilidade de 80% com ele, só que um número chamou sua atenção no monitor do notebook: 98,88. Isso era algo que não estava esperando de imediato, uma porcentagem muito alta e pouco provável para o grupo pequeno de participantes que tinha no momento.

Guilherme se aproximou do computador, clicando no número que se destacava dos demais. E ficou surpreso com o que viu.

Uma coisa que Guilherme demorou a entender, em uma cidade universitária, era que basicamente qualquer lugar para comer algo ficava cheio em qualquer horário, independente se era fim de semana ou não.

Com os estudantes longe de casa, dividindo uma república com estranhos, acabava sendo normal sair todos os dias para encontrar os amigos, tomar cerveja e comer qualquer coisa que entupisse as artérias e levasse a pessoa a um infarto aos quarenta anos de idade.

Ele tentava não pensar no assunto, encontrar algo saudável para comer era praticamente impossível durante a noite em Rio das Pitangas. Os lugares mais concorridos eram as lanchonetes, pizzarias ou trailers de hambúrgueres.

— Eu nem acreditei quando você falou em sair hoje. Onde está o Guilherme com quem fui morar? — brincou Rafael.

— Estou bem aqui, na sua frente. E não é algo tão estranho assim. Ou você preferia comer pizza na sala, com o Pedro? — perguntou Guilherme.

— Deus me livre — respondeu Rafael.

Quando Guilherme foi ao quarto do amigo propor uma pizza, os dois não contavam encontrar Pedro na sala, vendo TV. Ele raramente saía do quarto para qualquer coisa, quanto mais assistir algo na televisão, que mostrava um episódio de alguma série sangrenta, onde um psicopata cortava a perna de uma adolescente aos berros. Eles perceberam que não havia clima para saborear uma pizza em paz ali. A ideia de sair foi de Guilherme, e Rafael sugeriu o Pizzaiolo.

— Como alguém consegue comer vendo aquilo? Nosso cérebro não foi programado para degustar uma pizza vendo sangue esguichando pela TV, mesmo que seja fictício.

— Tenho que concordar com você — respondeu Rafael, mordendo um pedaço da pizza de calabresa. Um pouco de molho de tomate escorreu pelo prato, e Guilherme evitou visualizar a cena que vira, pouco antes em casa. Rafael pareceu pensar o mesmo. — Vamos mudar de assunto sobre os gostos televisivos do Pedro, ou não vou conseguir terminar de comer. Diz aí, conseguiu resolver o problema do sistema?

— Problema resolvido! — comentou Guilherme, se lembrando dos resultados do aplicativo. — Por falar nisso, você conhece uma Bruna Souza?

— Acho que não. Tem uma Bruna na minha sala, mas não sei o sobrenome dela. — respondeu Rafael. — Se for algo importante, posso tentar descobrir. Você pode ser mais específico?

— Específico como?

— Sei lá. Onde você ouviu o nome? Por que quer saber?

— Dados confidenciais, não posso responder — disse Guilherme.

— Ok. — Rafael olhou por cima do ombro de Guilherme e sorriu. — Não olhe agora, mas a Larissa acabou de entrar e está vindo para cá.

Na mesma hora, Guilherme olhou para trás, recriminando Rafael por ter falado que era para não olhar. O cérebro humano também não estava programado para obedecer aquele comando.

— Olha só, a pessoa que eu queria encontrar! — disse Larissa, sorrindo para Guilherme e apontando a amiga, que parou ao seu lado. — A Bruna me disse que você é o responsável pelo aplicativo.

— Eu, eu... — Guilherme começou a gaguejar e Rafael o ajudou.

— Sim, o Gui, meu companheiro de república, que desenvolveu tudo sozinho, acredita?

— Uau, que máximo! — disse Larissa. — E você já tem os resultados? Quero dizer, dá pra gente saber se teve algum... Não sei como falar.

— Resultado positivo? — Bruna tentou ajudar.

Guilherme ficou encarando as meninas em pé, ao seu lado, em um misto de pânico e nervosismo, sem saber como agir. Rafael percebeu seu desconforto e tentou ajudar, mais uma vez.

— Porque vocês não se sentam aqui com a gente, para conversarmos melhor sobre isso. O Guilherme estava mesmo querendo falar com você, não é, Gui?

Guilherme encarou Rafael, como se quisesse fazer com ele o mesmo que o *serial killer*, da série que Pedro assistia, estava fazendo com a vítima número cinco.

— Ah, que legal. Pode ser? — perguntou Larissa, para a amiga, que concordou. As duas se sentaram, ela ao lado de Guilherme e Bruna ao lado de Rafael. — Eu quero saber tudo sobre esse aplicativo. E quero saber se posso divulgar ele nas minhas redes sociais.

— Não! — gritou Guilherme, assustando as meninas e chamando a atenção de algumas pessoas ao redor. — Quero dizer, não, por enquanto, não — completou ele, retomando o controle das suas emoções.

— Ele quer ter a certeza de que está funcionando cem por cento, antes de divulgar — completou Rafael. — Nem me apresentei. Eu sou o Rafael, ou Rafa, e este é o Gui.

Um garçom se aproximou e anotou o pedido das meninas, dando a Guilherme mais tempo para se recuperar de todo o carrossel de emoções que o havia dominado, desde que elas chegaram.

— Bem, está funcionando cem por cento, eu usei modelos de parâmetro, mas não muitos porque o que conheço de mais compatível são os meus pais e meus avós, mas não sei se as variantes funcionam nesses casos. Se eu tivesse mais alguns modelos de excelente compatibilidade, os resultados poderiam ser mais precisos — explicou Guilherme, agora no controle total de suas emoções. Falar sobre o aplicativo era um terreno confortável para ele.

— Hum, você quer dizer outros casais que são almas gêmeas? — perguntou Bruna.

— É, bem, pode se usar esta nomenclatura — concordou Guilherme.

— Podemos ver com a Maju — comentou ela, olhando Larissa. — Não sei se ela e o André são almas gêmeas, mas eles formam um casal praticamente perfeito.

— Isso ia ajudar muito, né, Gui? — perguntou Rafael.

— Ei, e seus pais, Bruna? — disse Larissa, animada. — Eles são a definição ideal de almas gêmeas. E quando digo ideal, quero dizer exatamente isso: eles nasceram um para o outro.

— Pode ser, acho que eles vão gostar de responder as perguntas. Minha mãe vai se divertir horrores com *"você aperta a pasta de dente no meio ou na ponta?"*.

— Aliás, que tipo de pergunta é essa? — quis saber Larissa.

— É algo extremamente importante. Estatisticamente,

se você vai dividir uma casa com uma pessoa que aperta no meio, sendo que você aperta na ponta, as chances de sair uma discussão sobre o assunto são altas.

— Estatisticamente? — perguntou Rafael, rindo.

— Isso é algo sério! — comentou Guilherme, como se estivesse ofendido. — A pessoa que aperta no meio é alguém que não se estressa com pequenas coisas, mas a pessoa que aperta na ponta irá perder a paciência ao sempre encontrar a pasta apertada no meio, o que um dia ocasionará uma discussão que pode vir a ser uma grande briga. É nos detalhes que a compatibilidade de duas pessoas é medida.

— Entendi — disse Bruna. — É o mesmo lance para quem gosta de dormir cedo e quem vira a madrugada acordado. Ou quem gosta de ir para festas e quem prefere ficar em casa, assistindo uma série e tomando um vinho.

— Exatamente! — Guilherme ficou eufórico. — O aplicativo junta pessoas através de uma análise de perfil de gostos e atitudes, gerando uma alta combinação de interesses. Quanto mais interesses em comum duas pessoas possuem, mais as chances delas serem compatíveis. Ou almas gêmeas, como vocês preferem falar.

— O Gui não gosta muito desta, hum, nomenclatura — explicou Rafael, usando as palavras do amigo.

— Eu acho isso tudo tão legal! — disse Larissa.

— Eu também acho legal, mas quebra um pouco a magia, não? — comentou Bruna.

— Se você já sabe que as chances com uma determinada pessoa são poucas, não precisa perder tempo com ela — respondeu Guilherme.

— Mas isso é muito frio — disse Bruna. — Quando você namora uma pessoa e não dá certo, claro que é uma droga e você fica triste, mas vale a experiência, o aprendizado. Você cresce com isso.

— Você parece o Rafa falando — disse Guilherme.

— Pelo menos alguém concorda comigo — respondeu Rafael.

— Eu não me importo. Imagina só se minha alma gêmea está aqui em Rio das Pitangas? Você não quer saber? — perguntou Larissa.

— Sim e não — disse Bruna. Ela olhou todos na mesa. — Eu respondi as perguntas porque imagino que minha alma gêmea não é daqui de Rio das Pitangas, ou já a teria conhecido. Não é uma cidade muito grande. Mas seria legal saber se é alguém que está aqui, estudando na universidade. Só que ainda não sei se quero saber, não me decidi se quero que o destino faça sua parte ou se deixo tudo nas mãos do seu aplicativo.

— Ai, dona Bruna Souza, você, às vezes, é muito certinha — brincou Larissa. — Deixa o aplicativo te mostrar quem é o cara e dane-se o destino, afinal, ele está demorando muito para agir.

— Não existe essa coisa de destino, as pessoas estão programadas para... — Guilherme começou a falar, mas parou, por um momento, se virando para Larissa. — Você disse Bruna Souza?

— Sim, é o nome dela. Por quê?

— Nada — respondeu Guilherme, tentando controlar a tosse que surgiu na garganta. Ele bebeu um pouco de refrigerante.

— O que foi? Algum problema com as minhas respostas? — perguntou Bruna.

— Nada, tudo absolutamente normal — desconversou Guilherme.

— Então porque meu nome quase fez você engasgar?

— Não é nada, é que eu pensei já ter ouvido seu nome, mas não me lembro onde — disse Guilherme.

— Bom, é um nome comum... — Bruna deu de ombros.

— Voltando ao aplicativo, eu queria saber se... — Larissa começou a falar, mas Guilherme já não conseguia prestar tanta atenção.

Rafael ficou encarando o amigo, que olhava para todos os lados, menos para ele. Guilherme tentou pensar em uma desculpa, sem sucesso. Sabia que, quando chegassem em casa, Rafael iria enchê-lo de perguntas.

Capítulo 4

Dormir na casa de Bruna, após saírem juntas, sempre animou Larissa. Ela gostava do ambiente familiar que tinha ali, da alegria contagiante dos pais da amiga e do quarto aconchegante de Bruna, que ficava no andar superior da casa. Já sua mãe era distante e o pai só pensava no trabalho, então não se importavam que Larissa dormisse fora várias noites, na casa das amigas.

Ela se ajeitou no colchão arrumado ao lado da cama de Bruna e ficou tirando fotos de Baz, que estava deitado de barriga para cima e com as patas espichadas para todos os lados.

— Seu gato parece que está morto em cima da sua cama.

— O Baz adora fazer poses estranhas — comentou Bruna, também tirando uma foto do gato. — O que acha de colocarmos umas velas ao lado dele?

— Meu Deus, isso é tão mórbido e excelente! Meus seguidores vão amar — disse Larissa, se levantando. — Onde tem vela?

— Provavelmente, metade dos seus seguidores vai te cancelar, te chamando de insensível.

— Verdade — comentou Larissa, desanimando na mesma hora e voltando a se sentar no colchão. — As pessoas não entendem mais sarcasmo na internet.

— É um dos motivos pelo qual eu tenho postado cada vez menos nas redes sociais.

— É, eu sei o quanto você ama sarcasmo.

— De que adianta postar algo sarcástico se tenho que ficar explicando isso para as pessoas? Se você tem que explicar, perde a graça.

Baz se espreguiçou, levantou a cabeça, olhando as duas com desdém, e voltou a se deitar, desta vez se aninhando no travesseiro de Bruna.

— Na próxima encarnação, quero vir gato da família Souza — comentou Larissa.

— Na sua próxima encarnação, eu não estarei aqui para te mimar.

— Sem sarcasmo — disse Larissa, se deitando.

Bruna foi até o banheiro, passar hidratante no rosto, e voltou alguns minutos depois, encontrando a amiga mexendo no celular.

— Está tentando descobrir quem é a sua alma gêmea?

— Haha, que engraçado. Não, estou mandando mensagem para a Maju falando para ela e o André responderem o questionário.

— Você acha que ela vai topar?

— Não sei. Imagina descobrir que seu namorado de anos não é compatível com você?

— Eles são compatíveis, ou então não estariam mais juntos. Só não sei se são almas gêmeas — disse Bruna, apagando a luz e deixando apenas o abajur ligado. — O que você achou dos meninos?

— Eu achei o Gui uma graça, ele é tão tímido.

— Só quando não está falando do aplicativo, né?

— Meu Deus, ele é um *nerd* completo. Não entendi metade do que falou.

Elas riram.

— Ele não parava de te comer com os olhos.

— Eu percebi, mas fingi que não. Ele é um fofo, mas não tem nada a ver comigo. Com certeza não é minha alma gêmea.

— Não mesmo. — Bruna tirou o travesseiro debaixo de Baz, que resmungou, mas continuou dormindo, e se deitou na cama, abraçando o gato, pensativa. O quarto estava silencioso, apenas a respiração alta de Baz tomava conta do ambiente. — Eu achei o Rafael bem bonitinho — comentou ela, um pouco sem graça.

Na mesma hora, Larissa parou de digitar e encarou a amiga.

— Ora, ora, dona Bruna está começando a esquecer que um certo Cadu existe?

— Ai, Lari, para de trazer essa assombração para a conversa. Nem estava pensando mais nele.

— Sei, sei. Você só pensa no Cadu quando respira, né? — disse Larissa, rindo. Bruna jogou o travesseiro na amiga e seu movimento fez Baz acordar, resmungar novamente e se levantar, indo deitar nas pernas de Larissa. — Olha só, até o Baz concorda comigo.

— Para de me encher. Só falei que achei o carinha bonitinho. Não que irei me casar com ele — comentou Bruna, pegando o travesseiro de volta.

— Ele é bonitinho, mas ainda sou mais o Diogo, do Departamento de Informática. Ele é tão lindo, mas nunca o vejo nas festas.

Bruna se lembrou de quando Larissa viu Diogo pela primeira vez, e ficou com uma paixonite por ele. Desde então, tentou descobrir tudo sobre a vida do rapaz, mas ele quase não saía e não tinha redes sociais. Bruna suspeitava que ele pudesse ter uma noiva em sua cidade natal, ou algo parecido.

— Por que não vê se o Guilherme o conhece? Ele também faz Engenharia de Software.

— Ah, sim, conheci o cara hoje e já vou pedir para ele me dar o relatório completo de outro cara?

— Claro que não, né, Larissa. Faz discretamente.

— Eu e discretamente não podemos ser encaixados na mesma frase.

— Não, definitivamente não. Mas ele deve conhecer o Diogo. Ou saber algo da vida dele.

Larissa ficou pensativa, fazendo carinho em Baz, que foi deitar ao seu lado. O gato deu alguns suspiros altos e se virou de lado, para que ela fizesse carinho na orelha.

— Por que você não se aproxima do Rafael e descobre as coisas do Diogo para mim?

— Eles não são do mesmo departamento.

— Não, mas você tem uma desculpa para se aproximar dele — disse Larissa, apontando o dedo para a própria cabeça, como quem dizia que Bruna devia pensar direito.

— Por que não vamos dormir e paramos de falar de mim?

— Ok, ok. Boa noite. E sonhe com o Rafael — disse Larissa, puxando Baz e abraçando ele. O gato miou e saiu do colchão, indo se aninhar em uma almofada em cima de uma poltrona, que havia no quarto.

Depois de muita pizza e conversa, ao chegar em casa, Guilherme só queria deitar na cama e dormir. Era tarde e ele precisava acordar cedo para mais um dia de aula. Ao contrário de Rafael, não estava acostumado a ter o sono desregulado pela vida social da faculdade.

Mas seu desejo de dormir foi impedido pelo amigo, que o segurou antes que ele pudesse fugir para o quarto e trancar a porta.

— Você conseguiu se esquivar de mim até agora, mas eu quero saber qual o problema da Bruna — disse Rafael.

— Nenhum, na minha opinião, ela parece uma garota normal.

— Gui, você é péssimo inventando desculpas. Devia treinar mais, sabia?

Guilherme ficou quieto, pensando se contava o resultado do aplicativo ou não.

— Não posso compartilhar informações confidenciais.

— Você falou isso mais cedo, mas se não quer compartilhar informação, então não me pergunte o que eu não posso saber. Sou curioso.

— É, bem, eu... — Guilherme suspirou. — O sistema detectou uma compatibilidade alta para uma Bruna Souza aqui em Rio das Pitangas.

— Sério? Que legal! Alta quanto?

— Noventa e oito vírgula oitenta e oito por cento — disse Guilherme, rapidamente.

— Nossa, isso é alto mesmo. Você vai contar para ela?

— Óbvio que não, ela deixou claro que não quer saber.

— Ela não deixou tão claro assim, só disse que ainda não decidiu se quer saber — comentou Rafael. — E quem é o cara? Você? — brincou ele.

— Não, eu não, nem vi meus dados — respondeu ele, ficando pensativo. — Você gostaria de saber?

— Eu?

— Sim, se fosse você com uma porcentagem alta assim, iria querer saber?

— Não sei. — Rafael ficou em silêncio. — Acho que só se eu acreditasse que a minha alma gêmea existe.

— Então, você não quer saber?

Rafael ia falar algo, mas parou e começou a respirar rapidamente, seguidas vezes.

— Sou eu? Meu Deus, sou eu?
— Eu não disse isso.
— Claro que disse! Eu te conheço, você não sabe mentir e acaba sendo direto com as pessoas. — Rafael parou de falar e balançou a cabeça, desnorteado. — Caramba, eu tenho essa compatibilidade alta com a menina? Mas eu nem conheço ela!
— Você não precisa conhecer. Várias pessoas no mundo compartilham gostos similares e não se conhecem. Eu acho que...
— Ok, Gui, desculpa, mas sem explicações científicas agora.

Rafael se sentou no sofá e ficou encarando o vazio por um tempo. Sem saber o que fazer, Guilherme se sentou ao lado dele.

— É tão ruim assim ter uma compatibilidade alta com ela? Quero dizer, a Bruna parece ser legal...
— Não é isso, Gui. Eu apenas não penso nessas coisas, não cresci em uma família feliz, por isso nunca quis isso para mim. Não acredito que tem alguém no mundo destinado a mim.
— Mas uma pessoa ao seu lado, que seja compatível com seus gostos, é algo bom. A ideia da vida a dois é essa, não? Um completar o outro e os dois construírem uma vida juntos, dando uma estabilidade para uma possível criança que possa surgir.
— Meu Deus, pare de falar desse jeito técnico. Como as meninas disseram, você está quebrando a magia. E pare de falar em casamento e crianças — pediu Rafael, se levantando. — Me dê alguns minutos para digerir isso.
— O que você vai fazer com esta informação? Você vai contar para ela?
— De jeito nenhum! Acredite em mim, a Bruna é a última pessoa que eu quero que saiba o quanto somos compatíveis — disse Rafael, antes de ir para o quarto.

Capítulo 5

A ideia de casar e ter filhos era algo que fazia Rafael ficar arrepiado de medo. Ele nunca pensou em ter uma família e *"estruturar a vida"*, como dizia seu pai. O que parecia uma piada, porque estruturada era a última palavra que definia a vida em sua casa. O casamento dos pais era um fiasco, e Rafael parou de contar quantos amantes cada um teve enquanto crescia. Nunca entendeu porque os pais não se separavam, mas se não os incomodava viver daquele jeito, ele decidiu que aquilo ia parar de afetá-lo também.

O que Rafael queria era viver cada minuto que a vida lhe dava, mas sozinho, e via o casamento como um compromisso muito sério, que envolve uma responsabilidade grande em relação à felicidade de outra pessoa. Ele decidira há tempos que não viveria como os pais, nem criaria uma criança em um ambiente nada saudável como aquele em que cresceu.

A ideia de que alguém podia ser 98,88% compatível com ele era algo surreal, e que ainda não entrava em sua cabeça, porque nunca pensou que uma pessoa pudesse estar destinada a passar o resto da vida ao seu lado. Ainda mais uma garota que acabara de conhecer, e não havia despertado nenhum sentimento forte nele. Isto, e tudo o que Guilherme vinha falando desde que lhe contara sobre o aplicativo, ficou rodando como um filme antigo em sua mente, e Rafael teve uma péssima noite de sono.

Quando amanheceu, decidiu parar de rolar na cama e foi para a cozinha, fazer um café forte. Já estava na segunda xícara quando Guilherme apareceu na sala.

— Percebo que não dormiu direito — disse o amigo, servindo um pouco de café e se sentando à mesa, que havia na sala, em frente a Rafael.

— Umas duas horas só. Não paro de pensar no que você falou da Bruna.

— Peço desculpas. Não quis te perturbar com isso.

— Tudo bem. Provavelmente eu ia descobrir em breve, não?

— Não posso afirmar com certeza, mas caso você começasse a conviver com ela, ia desenvolver fortes sentimentos que ocasionariam no que as pessoas chamam de se apaixonar.

— Ok, obrigado por sempre quebrar o clima, Gui.

— Você não precisa se casar com ela. — Guilherme deu de ombros.

— Por favor, pare de falar em casamento. Eu não quero nem pensar em namorar a menina, quanto mais casar!

Guilherme ia falar algo, mas desistiu. Depois de conviver a vida toda com outras pessoas, havia aprendido o valor de ficar com a boca fechada de vez em quando. Após alguns minutos quieto, decidiu tentar algo mais sutil.

— Por que não tenta conhecê-la melhor? Pode ser que a ache... hum... interessante.

— Você não está ajudando.

— Desculpa, não sei conversar sobre essas coisas.

— Então não vamos conversar, Gui. Mal conheci a menina e já descobri que ela é a pessoa que deve passar o resto da vida comigo. Como você quer que eu me sinta?

— Eu não disse que ela deve passar o resto da vida com você. Só disse que, caso você decida um dia se casar, ela é praticamente a pessoa ideal.

Rafael o encarou, com raiva, e Guilherme decidiu parar de falar por um tempo. Ficou mais um pouco quieto, tentando decidir se havia algum assunto que não deixasse o amigo mais furioso, quando Pedro saiu do quarto e chegou na sala, jogando a mochila na mesa e indo até a geladeira. O bolso da mochila estava aberto e um papel saiu dali e caiu no chão. Ao pegar, Guilherme reconheceu o anúncio que Rafael fez e arregalou os olhos, mostrando a arte para o amigo, que se espantou e tossiu, engasgando um pouco com o café.

Pedro notou a estranha movimentação dos colegas de república, e se virou rapidamente. Ao perceber o papel na mão de Guilherme, avançou em sua direção, arrancando-o e enfiando no bolso da calça.

— Quem te deu o direito de mexer nas minhas coisas?

— Não mexi em nada, isto caiu da sua mochila e eu só peguei — explicou Guilherme.

— Não enche — disse Pedro, pegando a mochila e saindo da casa.

Após a porta bater com força, Rafael e Guilherme se encararam, um pouco incrédulos.

— Eu não acredito que ele arrancou o anúncio! Como as pessoas vão ver e poder participar da pesquisa? Agora vou precisar ir a todos os lugares em que colei para descobrir de onde ele tirou.

— Infelizmente algumas pessoas só pensam nelas mesmas e fazem o que é melhor para elas, sem considerar se vão prejudicar os outros — explicou Rafael. — Mas vá primeiro ao Departamento de Geografia, onde ele estuda. Deve ter arrancado de lá.

— Não consigo acreditar até agora que ele fez isso. Não podia só escanear? Muito mais prático e menos egoísta.

— Eu não acredito é que ele preencheu os dados da pesquisa. Você tem que ver o que ele respondeu — disse Rafael.

— Eu não posso fazer isso, já disse que as informações são confidenciais.

— Gui, você ficou doido? A gente tem a chance de saber mais coisas sobre este ser estranho que mora aqui! Não podemos perder esta oportunidade — disse Rafael, se levantando e puxando Guilherme em direção ao quarto dele.

— Ei, eu tenho que passar na biblioteca antes da aula.

— Dane-se a biblioteca. Quero saber se moro com alguém normal ou um projeto de *serial killer*.

— Eu não posso fazer isso!

— Claro que pode. Só dar uma olhada e ver o que ele respondeu. Anda, Gui — disse Rafael, já ligando o computador de Guilherme.

— Você acha que ele vai escrever que sonha em decepar jovens durante a noite? — comentou Guilherme, se dando por vencido e se sentando em frente ao computador.

— Claro que não. Ou vai, sei lá. Vamos ver só algumas perguntas, ok? Aproveita e vê quanto de porcentagem você tem com a Larissa — brincou Rafael, tentando se esquecer de Bruna.

O campus da Universidade Federal de Rio das Pitangas era amplo, com vários prédios baixos, cada um pertencendo a um departamento. Os alunos costumavam ficar nos gramados verdes, cheios de árvores, estudando ou apenas conversando nos dias mais frescos do ano.

Rafael adorava aquele ambiente descontraído e, ao mesmo tempo, acolhedor que a universidade tinha. A partir do momento em que fora estudar ali, passou a andar por todos os cantos para conhecer cada centímetro, até descobrir o gramado atrás da biblioteca. Ele se surpreendeu com a beleza e, mais ainda, com o fato de quase ninguém usar aquela área, tornando o lugar ainda mais atrativo por causa do silêncio.

A biblioteca era um prédio monstruoso de vidro preto, que destoava do restante do campus. Atrás dela, não havia nada além do gramado e algumas árvores, por isso não havia muito movimento. Um caminho contornava a construção, mas apenas servia para ir de um lado ao outro do edifício, sem outra finalidade.

Quando descobriu aquela parte do campus, Rafael começou a ir lá com frequência, para esperar a hora de encontrar Guilherme e Igor para almoçar. Já havia visto poucas pessoas passando por ali, por isso, naquela sexta-feira, não se surpreendeu ao avistar Bruna vindo ao longe.

Fazia alguns dias que ele não parava de pensar nela, desde que descobriu que os dois seriam perfeitos juntos. Não queria isto, mas por que ela não saía da sua cabeça? Por mais que tentasse, que ficasse forçando outro assunto para ocupar sua mente, lá estava Bruna, de alguma forma, aparecendo com seu sorriso carismático e sua presença doce. Pensava nela durante a aula, o almoço, a tarde e a noite, e culpava o aplicativo de Guilherme por isto.

Ao vê-la, tentou decidir se a chamava ou não. Ele estava deitado embaixo de uma árvore e ela nem olhara para o lugar. Se não abrisse a boca, provavelmente Bruna nem o veria, mas não foi o que fez.

— Está perdida? — perguntou Rafael, em voz alta, se apoiando nos cotovelos, para vê-la melhor, e se arrependendo no mesmo instante. Por que a chamara? Não queria conversar com ela, muito menos conhecê-la melhor. Ou queria?

— Não, só perdida nos pensamentos — disse ela, se aproximando, e Rafael sentiu algo diferente dentro do peito.

Quando voltava para casa sem Larissa, Bruna costumava desviar da rua principal que ligava a universidade ao centro de Rio das Pitangas, dando uma volta ao redor da biblioteca, que ficava em frente ao Departamento de Marketing. Fazia isso quando queria espairecer, pelo fato de o caminho ser tranquilo e mais bonito.

Desde que conversara um pouco com Rafael, no Pizzaiolo, na semana anterior, ela vinha pensando nele, mas com cautela. Não queria sair de uma desilusão amorosa para um novo amor platônico. Ainda sentia algo quando via Cadu, seu amor da juventude, a razão de ter sofrido a adolescência inteira com o coração partido por nunca ter sido notada.

Bruna pensava sobre sua paixonite juvenil quando ouviu uma voz ao longe, ao passar por trás da biblioteca.

— Está perdida?

Ela se virou e viu Rafael embaixo de uma árvore. Ele estava deitado, com as pernas esticadas, tornozelos cruzados e os braços apoiados nos cotovelos.

— Não, só perdida nos pensamentos — disse ela, se aproximando.

— Espero que esteja perdida em algo bom.

— Pior que não.

Rafael fez sinal para ela se sentar ao seu lado, e Bruna reparou em como o cabelo castanho dele caía na testa, dando um ar de desleixado arrumado. Ela se ajeitou ao seu lado e ficou olhando para a frente, para o imponente prédio preto da biblioteca. Rafael fazia o mesmo.

— Eu acho esta biblioteca a coisa mais feia deste mundo — disse ele, depois de um tempo.

Os dois começaram a rir. Ela nunca havia pensando muito sobre a construção; um gigante de vidros pretos, que se destacava e não combinava com o campus da universidade. Bruna se lembrou de quando o projeto fora anunciado, alguns anos atrás. Ela ainda estava no colégio e as pessoas da cidade ficaram eufóricas, já que a antiga biblioteca era um cômodo pequeno e abafado. Todos fizeram planos de frequentar o novo local, depois da inauguração com festa e pompa.

— Sim — comentou ela. — O que você está fazendo aqui atrás?

— Eu gosto do silêncio, é um caminho que leva nada a lugar algum. Quase ninguém o usa. — Ele a encarou. — Aliás, por que você está passando por aqui?

— Gosto de passar por aqui, às vezes, quando preciso pensar um pouco. Sei que é um caminho mais longo para casa, mas é tão bonito que vale a pena — disse ela.

Rafael balançou a cabeça, concordando. Ele voltou a olhar para a frente, parecendo distraído, e ela decidiu não comentar nada.

Depois de um tempo, ele deitou a cabeça na grama e fechou os olhos. Ela aproveitou para analisá-lo melhor. Ele era alto e chamava a atenção, com seu ar de garoto de praia do Rio de Janeiro. Já havia reparado em Rafael no departamento, mas nunca conversara com ele. Tinha a impressão de que era mais um dos carinhas metidos que faziam Marketing, e se achavam os novos empresários de sucesso do país, por isso nunca pensara nele como alguém além de um babaca bonito.

— Não quer fazer fotossíntese? — perguntou Rafael, assustando Bruna.

— Hã?

Ele abriu os olhos e a encarou. Bruna sentiu as bochechas corarem, ao pensar que ele podia ter percebido que ela o estava analisando de cima a baixo.

— Deita aí para fazer fotossíntese no sol.
— Nós estamos na sombra.
— Isso é um mero detalhe. A gente pega a fotossíntese da grama por absorção.

Ela riu e se deitou ao lado dele. Fechou os olhos e sentiu a grama embaixo dela. Era engraçado ter passado a vida toda na cidade, e estar na faculdade há um ano, mas nunca ter se deitado em um dos gramados bem cuidados que havia por ali. Provavelmente, fizera isso quando criança, em um dos piqueniques aos domingos que os pais a levavam, mas havia se esquecido da sensação de paz que ficar apenas ali, deitada, lhe transmitia.

— Isso é bom — comentou ela.
— Sim. Devia fazer mais vezes.
— Como você sabe que eu não faço isso sempre?
— Dá para perceber.

Ele sorriu e Bruna sentiu algo dentro dela explodir. Não queria ficar balançada por ele, mas estava um pouco difícil, naquele momento.

Ficaram em silêncio, apenas ouvindo o barulho do vento fresco que passava por eles. Um passarinho piou, ao longe, enquanto Bruna alisava a grama com a palma das mãos.

— Preciso ir para casa, estou atrasada para o almoço.
— E você acabou de estragar o momento — disse ele, rindo e se sentando ao mesmo tempo que Bruna.
— Desculpa, mas meus pais estão esperando — explicou ela, se levantando. Pegou o fichário e ficou olhando para Rafael, ainda sentado na grama.
— Tudo bem — disse ele.
— Ok, então... Até mais — disse ela, acenando e saindo.

55

Capítulo 6

O Fazenda ainda não estava cheio, no domingo, para o almoço quando Igor entrou, apressado. Rafael o viu de longe, olhando pelo amplo salão, e acenou. Ele passou por alguns conhecidos rapidamente, balançando a cabeça em um cumprimento, e se dirigiu até a varanda, onde encontrou os amigos almoçando.

— Oi, gente, desculpa a demora — disse Igor, se sentando — acabei de chegar de viagem.

— Relaxa, cara. Como você está? — perguntou Rafael.

— Um trapo. — Igor pediu um refrigerante ao garçom e olhou o prato dos amigos. — Sem fome.

— Você devia comer algo, as pessoas se sentem melhor de estômago cheio — aconselhou Guilherme.

— Ok, mamãe. — Ele sorriu, um sorriso triste. Era visível que não estava nada bem. — Contem as novidades de quando estive fora, me distraiam.

— Não acho que muita coisa tenha acontecido — disse Guilherme.

— Como não? O Gui já começou a coletar dados para o aplicativo. E está apaixonado pela Larissa Alves. Nós comemos pizza outro dia com ela.

— Não me diga! — Igor ficou surpreso.

— Não estou apaixonado por ela. Apenas a acho fascinante.

— De onde eu venho, isso é a mesma coisa que estar apaixonado — provocou Igor.

— Foi mais ou menos o que eu disse a ele — comentou Rafael.

— Não estou apaixonado — disse Guilherme, um pouco ríspido, se levantando para ir ao buffet se servir mais um pouco.

— Ele é uma comédia — disse Igor. — Mas e ela?

— Ela o acha divertido.

— Divertido? O Guilherme? Claramente não estamos falando da mesma pessoa.

Rafael começou a rir e Igor o acompanhou. Eles olharam Guilherme próximo à mesa do buffet, conversando com alguém da universidade.

— Ela está eufórica com o aplicativo, achou o máximo e fez um monte de perguntas ao Gui. Precisava vê-lo, todo hipnotizado por ela.

— Coitado — comentou Igor.

— Precisamos ensiná-lo a conquistar uma garota — lamentou Rafael.

— Você acha que isso vai acontecer? — perguntou Igor.

— Ele vive para os códigos e softwares dele, ou o que quer que ensinem na área de informática.

— Não sei. Acho que um dia sim, sei lá. Fiquei surpreso por ele se interessar em sair mais esses dias em que você esteve viajando. O Gui tenta disfarçar que não está empolgado com a Larissa, mas ficou frustrado quando viu que só tem vinte e três por cento de compatibilidade com ela.

— Pobre homem, vai ter o coração despedaçado quando a vir com outro cara.

— Acho que é uma paixonite inofensiva.

— Você acha? — Igor balançou a cabeça. — Espero que sim. Ele é excêntrico, mas é um dos caras mais gente boa que conheço, merece ser feliz.

— Não sei se ele pensa nisso.

— Bom, eu não me importaria se a Larissa quisesse me dar uns beijos — disse Igor, enquanto enviava uma mensagem no celular. — E você? Preencheu os dados e encontrou sua alma gêmea?

Rafael olhou o garçom, que se aproximou, e esperou que colocasse a lata de refrigerante de Igor na mesa. Depois que ele se afastou, respirou fundo.

— Você acredita nessas coisas?

— Não sei. — Igor deu de ombros. — Não penso nisso desta forma, mas acho que deve ser legal casar com alguém sabendo que as chances de dar certo são boas, né?

— É, acredito que sim.

Rafael ficou olhando ao longe, perdido nos pensamentos, se lembrando do encontro com Bruna na sexta-feira, atrás da biblioteca. Ela parecia ser uma pessoa legal, mas ele não queria pensar nela de forma alguma, embora relutasse em admitir que gostou dos poucos instantes em que passou junto dela.

— Aconteceu alguma coisa? — perguntou Igor, trazendo Rafael de volta dos pensamentos.

— Não, nada. Por quê?

— Sei lá, você pareceu estranho.

Rafael relutava se devia ou não contar para Igor sobre Bruna. Ele nunca conversou muito sobre namoros com os amigos da escola e, quando foi para a faculdade, apenas pensava em ir a festas e curtir o momento. As conversas com Igor se resumiam mais às matérias do curso, embora o amigo sempre comentasse sobre garotas com ele. Ao mesmo tempo, sentia que Igor era alguém em quem podia confiar, mas ainda estava na dúvida se queria levar adiante o assunto *"Bruna"* com alguém.

— E você? Quer falar sobre seu avô? — perguntou Rafael, trazendo um novo tema para a mesa.

— Ainda não. Talvez mais tarde ou outro dia, sei lá — respondeu Igor, mexendo o copo entre as mãos. Guilherme voltou para a mesa.

— Quer fazer algo hoje à noite? — perguntou Rafael, para Igor.

— Não sei. Acho que sim, quero distrair a cabeça. Bebe Aqui ou Tavares... Sei lá, tem alguma festa boa no Trem Bão?

— Festa, provavelmente, só no sábado, mas sair hoje cairia bem — disse Rafael.

— Podemos ir ao Bebe Aqui. — Igor se virou para Guilherme. — Você vem também?

— Hoje é domingo, amanhã temos aula cedo.

— Eu me esqueci disso. — Igor riu. — Mas pode ser que a gente encontre a Larissa.

Guilherme apenas resmungou alguma coisa.

— Pare de implicar — comentou Rafael, rindo. No salão, ele viu Bruna entrando, acompanhada por um casal mais velho, que reconheceu das redes sociais de Larissa. Ela costumava postar fotos com eles e a legenda *"meus segundos pais"*. — Olha a amiga dela ali — disse ele, e Guilherme e Igor olharam para o salão.

Milton e Eliana gostavam de se aventurar na cozinha, e Bruna adorava quando os pais inventavam um prato novo para fazer, ou preparavam algo que ela amava. Os dois se saíam bem no forno e fogão e, às vezes, ela os ajudava, mas preferia mais olhar ou lavar a louça depois. Cozinhar não era bem uma arte que ela dominava.

E não se importava quando eles decidiam não criar nada novo e apenas irem ao Fazenda, aproveitar uma comida no fogão a lenha. O buffet era muito variado, e ela ficava empolgada quando os pais sugeriam o restaurante, já que Cadu costumava almoçar lá aos finais de semana com o pai.

Ao entrar no salão, Bruna olhou por todo o ambiente procurando por ele, sem sucesso, e avistou Rafael ao longe, em uma mesa na varanda, com Guilherme e um amigo. Ela já o vira lá algumas vezes, mas nunca prestara muita atenção porque seu objetivo era sempre outro. Naquele domingo, não encontrou Cadu e ficou secretamente feliz por isso, o que a surpreendeu.

Após se servir e antes de se sentar, Bruna acenou para os rapazes, ficando corada e quase deixando o prato cair.

— Quem são? — perguntou Eliana, quando eles ocuparam uma mesa.

— Uns amigos — respondeu Bruna, sorrindo ao ver Rafael a cumprimentar de volta. Guilherme também acenou.

— Amigos? Sei... — comentou Eliana, rindo.

— Nem começa, mãe. Um deles cursa Marketing também, mas está um ano à minha frente. E o outro faz Engenharia de Software.

— E o terceiro? O que não acenou para você? — perguntou Milton, curioso.

— Faz Marketing também, mas não o conheço.

— Nunca os vi aqui.

— Eu já, mas não os conhecia direito. Conversei melhor com eles na semana passada. O de camisa azul que criou o aplicativo que falei para vocês.

— Hum, deve ser alguém bem interessante de se conversar — comentou Milton, olhando para Guilherme.

— Olhe discretamente, pai! — pediu Bruna. — Vai parecer que estamos falando deles.

— E estamos. — Milton não entendeu o motivo da filha ficar sem graça.

— Querido, vai parecer que estamos fofocando sobre eles — explicou Eliana. Ela olhou a mesa dos três rapazes. — Coitados, não devem comer comida caseira há um tempo.

— A comida aqui é bem parecia com a caseira — comentou Milton.

— Você entendeu o que eu quis dizer. — Eliana olhou Bruna. — Convide-os para almoçar um dia lá em casa.

— Eu nem conheço eles direito, mãe. O que vão pensar?

— Que vão almoçar de graça um dia — disse Milton, e começou a rir.

— Que horror, querido — comentou Eliana, rindo também.

— Eu não vou chamar ninguém, vocês vão me fazer passar vergonha — reclamou Bruna.

— Nós nunca te fazemos passar vergonha — disse Milton, ainda rindo.

— Não, imagina. — Bruna olhou Rafael, que conversava com os amigos, sem prestar atenção a ela.

— Acho que você pode convidá-los para ir lá em casa, sim — disse Eliana, piscando um olho para Bruna, que sentiu o rosto corar. — Diga que seus pais viram os três aqui e ficaram com pena.

— Definitivamente não vou falar isso.

— Não vejo problema algum. — Eliana olhou a mesa dos rapazes. — Qual deles que você acha mais interessante?

— Nenhum, mãe — gemeu Bruna. — Vamos mudar de assunto, por favor.

A sorveteria Iceberg era parada obrigatória após os almoços de domingo para Rafael. Igor implicava com ele que era uma rotina de todos os dias, não apenas de domingo, mas Rafael sabia que o amigo também adorava os sorvetes de lá.

Eles e Guilherme compraram sorvete e foram para a beirada do rio, caminhando até em casa. Ao chegarem próximo à rua onde Rafael e Guilherme moravam, Igor parou para se despedir.

— Você não quer mesmo sair com a gente hoje? — perguntou Igor, para Guilherme.

— Já disse, tenho aula amanhã.

— Ok. — Igor olhou Rafael, que deu de ombros. — Que horas lá no Bebe Aqui?

— Umas seis da tarde?

— Beleza, te vejo lá — respondeu Igor, acenando e se afastando.

Rafael e Guilherme seguiram o caminho em silêncio, com Rafael pensando em Bruna. Ficou feliz ao vê-la ali, almoçando com os pais. Ele já assistira vídeos deles nas redes sociais de Larissa, e ambos pareciam pessoas alegres e animadas, e ficou imaginando como era crescer em um lar assim.

Ao chegar em casa, ele foi para o quarto, tentar ler algo, mas sua cabeça só tinha espaço para Bruna. Por que pensava tanto nela? Mais uma vez, culpou Guilherme e seu aplicativo. A vida dele estava muito bem e tranquila até saber da existência daquela garota.

Bem, já sabia da existência dela, mas nunca pensara com tanta frequência assim em alguém. É claro que a culpa era do resultado que Guilherme contara a ele, alguns dias atrás. Jamais pensaria nela se não fosse por isso, porque não havia motivo. Ela não era a pessoa ideal para ele, e a última coisa que queria era saber se existia alguém assim.

Pegou um livro na estante e ficou se perguntando se ela gostava de ler. E se ela iria até o Bebe Aqui mais tarde.

— Que droga, cara, para de pensar nessa menina — disse, a si mesmo, em voz alta.

O Bebe Aqui era o ponto de encontro dos jovens de Rio das Pitangas aos domingos. O movimento maior começava por volta das sete da noite, por isso Rafael e Igor costumavam chegar mais cedo, para conseguirem uma mesa vaga.

Ao entrar no bar, Rafael viu Igor já sentado e comendo batata frita.

— Desculpa, pensei que tínhamos combinado às seis — disse Rafael, se sentando.

— Combinamos, mas não aguentei ficar em casa e vim mais cedo.

— Podia ter me avisado, eu estava à toa no meu quarto, teria chegado mais cedo também.

— Não tem problema. — Igor deu de ombros.

— Quer falar sobre o assunto? — perguntou Rafael.

— Não, foram dias bem para baixo que tive, agora quero tentar esquecer um pouco. Nunca fui muito próximo do meu avô, ele não dava muita liberdade para a gente, era tudo sempre muito cerimonioso. Só fico triste pela minha avó, ela sim eu amo muito. Sempre fomos muito apegados. — Ele deu um gole no chope. — Talvez seja por isso que meu avô não me dava papo, tinha ciúmes do meu relacionamento com minha avó. — Ele esboçou um sorriso triste.

— Que barra, cara — lamentou Rafael, só para falar algo. Ele não sabia muito bem como deveria agir em uma situação dessas.

— Mas vamos falar sobre outra coisa, não quero baixo-astral hoje — disse Igor.

Rafael balançou a cabeça, concordando, mas eles ficaram calados, sem conversar. Depois de um tempo, Rafael se levantou para pegar algo para beber e voltou para a mesa.

Igor olhava ao longe, talvez sem focar em alguma coisa específica, e a cabeça de Rafael estava distante, pensando em sua família. O que será que os pais estavam fazendo naquela noite de domingo? O pai provavelmente assistia algo na televisão, no quarto, e a mãe lia um livro na sala. Ele mal se lembrava do dia em que os dois ficaram no mesmo cômodo, mantendo uma conversa civilizada e animada. Nem quando anunciou que passou para a universidade eles se esforçaram em fingir que eram uma família feliz, saindo para comemorar com um jantar. O pai apenas deu os parabéns e um tapinha nas costas, e a mãe perguntou em que lugar de Minas ficava Rio das Pitangas, e foi só isso. Agora, ele estava ali, há quilômetros de distância e meses sem ver os dois, conversando raramente pelo celular.

— Olha a namorada do Gui — disse Igor, tirando Rafael de seus devaneios.

Ele olhou em direção à porta do bar e viu Larissa, entrando com Bruna. Dizer que seu coração pulou ao ver Bruna novamente, no mesmo dia, era um exagero, mas sentiu algo diferente dentro dele. Quis afirmar silenciosamente para si mesmo que era apenas seu estômago se revirando, ao pensar que ela era a alma gêmea dele.

Elas acenaram enquanto se sentavam em uma mesa distante, e ele acenou de volta.

— Já estamos assim, é? — brincou Igor.

— Assim como?

— Assim, acenando amigavelmente todas as vezes que se encontram, como se conhecessem há tempos.

— Para de encher a paciência — reclamou Rafael. Igor riu e ele ficou feliz pelo amigo ter esquecido um pouco a tristeza. — Elas são legais.

— Manda uma mensagem para o Guilherme e avisa que a namorada dele está aqui.

— Deixa o Gui. Ele está em casa mexendo no aplicativo.

— Mas o que tem tanto para mexer naquilo? Não é só colocar uns códigos de *html* e pronto?

— Se ele te escutar falando isso, vai dar uma palestra sobre a diferença entre criar um site e um aplicativo. E sobre a origem do *html*, e a importância disso para o mundo da informática ou o mundo no geral — disse Rafael, ainda rindo.

— Sinto calafrios só de pensar — comentou Igor. — Ele é uma figura, adoro ele, mas podia se soltar mais.

— No dia em que o Gui se soltar, o mundo acaba.

Rafael ficou pensativo, decidindo se contava ou não para Igor sobre Bruna. Quando o amigo se levantou e foi ao banheiro, ele olhou a mesa das meninas. Elas riam sobre algo e pareciam se divertir. O rosto de Bruna se iluminava cada vez que o sorriso crescia nas bochechas. Ele se pegou analisando cada pedaço do semblante dela, até Bruna se virar e o ver encarando-a. Ela parou de rir, pareceu prender a respiração e sorriu para Rafael, que sorriu de volta e virou o rosto.

— Droga — disse ele, baixinho, para si mesmo.

— O que foi? — perguntou Igor, voltando para a mesa.

Rafael levou um susto, não percebera o amigo se sentando. Ele olhou Igor e, depois, Bruna, que já voltara a conversar com Larissa. Um casal chegou e se sentou com elas.

— Cara, se eu te contar uma coisa, promete que vai levar a sério e não vai me encher a paciência ainda mais?

— Ah, não posso prometer nada sem saber o que é.

— Estou falando sério. — Rafael respirou fundo. — O aplicativo do Gui deu um valor de combinação alto para mim.

— Como assim?

— Eu e uma garota.

— Caramba! — Igor arregalou os olhos. — Logo você, o senhor *"não-quero-me-casar-nunca"*? Alto quanto?

— Noventa e oito e sei lá o quê.

— Alto mesmo! E quem é a sortuda? — perguntou Igor. Rafael indicou com o queixo a mesa onde Bruna estava. — A Larissa?

— Não. A morena, de blusa vermelha.

— Hum... — Igor ficou um tempo olhando Bruna. — Ela é bonita.

— É — concordou Rafael.

— Mas e aí? Devo te dar os parabéns? O que ela achou disso?

— Está maluco? Ela não sabe e nem pode saber.

— Por quê?

— Porque a última coisa que preciso é que ela saiba que somos o casal perfeito, como diz o Gui.

— Nossa, é mesmo, o Gui. Ele deve ter ficado feliz quando viu que o aplicativo deu certo. O que ele falou? — perguntou Igor, tomando um gole de chope.

— Cara, você conhece o Gui, ele não tem tato. Não parou de falar em casamento e filhos — disse Rafael, e Igor cuspiu um pouco do chope que bebia e se engasgou, rindo. Todos no bar olharam para eles e Rafael bateu nas costas do amigo. — Você está bem? — perguntou ele, preocupado.

— Sim, sim. Só o Guilherme mesmo. Casamento? — perguntou Igor, pegando um guardanapo, para limpar a blusa e a mesa onde caiu chope.

— E filhos! — completou Rafael.

— Esse é o Gui. — Igor não parava de rir.

— Você acha graça porque não é com você.

— Sei lá, vai dizer que não achou legal saber que ela é a pessoa ideal para você?

— Não tenho pensado muito no assunto — mentiu Rafael.

— Sei. — Igor voltou a olhar Bruna. — Você a conheceu bem? Realmente ela tem a ver com você?

— Não sei. Só conversamos poucas vezes.

— E por que não tenta conhecer melhor? A menina pode ser mais especial do que você imagina.

— Agora você parece o Gui falando.

— Só estou dizendo que, se eu souber que tem uma garota aí, com quase cem por cento de chance de dar certo comigo, com certeza iria querer saber mais sobre ela.

Rafael ficou pensando nas palavras do amigo, enquanto observava Bruna, novamente. Ele ainda estava reticente, mas o que tinha a perder? Bem, e se o aplicativo estivesse errado? Apesar de confiar totalmente na capacidade de Guilherme para criar o projeto, ele podia ter trocado um algoritmo, ou seja lá o que se usa para desenvolver o programa de compatibilidade. E foi então que Rafael começou a pensar nesta possibilidade. Ele ainda não acreditava que aquela garota, sentada a poucos metros de distância, era a pessoa ideal para ele. Droga, ele não acreditava que existisse alguém assim no mundo. Nunca acreditou em amor verdadeiro, para ele tudo isso era uma bobagem.

Sentiu seu corpo ficar mais leve ao chegar a esta conclusão. Claro que Guilherme havia trocado alguma coisa na programação do aplicativo. Ele ainda estava em casa mexendo nos códigos, variáveis e *html*, como diz Igor. Ou então Rafael respondeu alguma pergunta errada. Sim, podia ser isso. Eram muitas perguntas, e ele completou tudo de uma vez. Podia não ter pensado direito no final do questionário, podia estar cansado. Já planejava pedir para Guilherme deixá-lo dar uma revisada nas suas respostas, quando Igor estalou os dedos na frente dos seus olhos.

— Sonhando com o casamento? — brincou o amigo.

— Deus me livre — disse Rafael, sentindo um arrepio pelo corpo. — Sabe, acho que você tem razão, vou dar uma chance a ela — comentou, indicando Bruna discretamente.

— Vai namorar a menina? — Igor se espantou com a mudança repentina de Rafael.

— Claro que não, está doido? Vou ficar amigo dela e provar ao Gui que o aplicativo dele está errado. Que ela não é minha alma gêmea e não temos nada em comum.

— Putz, não faz isso.

— Por que não? Você realmente acredita nisso? Se ela fosse minha alma gêmea, eu já estaria apaixonado por ela.

— Não sei se é assim que as coisas funcionam.

— Também não, e muito menos o Gui. Eu olho para ela e vejo uma garota que parece ser legal, e que um dia formará uma família feliz, mas não comigo. Com certeza o aplicativo do Gui errou em alguma coisa.

— Se ele te ouvir, vai surtar em dois segundos.

— Só quero ter certeza de que eu estou certo. Ela não é a mulher que vai ficar o resto da vida ao meu lado. Não existe tal mulher.

— E se ela se apaixonar por você?

— Ela não vai, confie em mim. Não temos noventa e oito por cento de compatibilidade. Ninguém no mundo tem.

— Você que sabe. — Igor deu de ombros. — Ainda acho que o Gui pode estar certo.

— Não está.

— Ok, então. Vai lá, conhece ela e daqui a alguns anos eu serei o padrinho do casamento de vocês.

Capítulo 7

Na segunda-feira, quando Larissa disse que ia ficar pela universidade para fazer um trabalho, Bruna não pensou duas vezes antes de pegar o caminho atrás da biblioteca. Ela desejava encontrar Rafael, e ficou feliz ao vê-lo de longe.

Bruna sabia que era um erro se apaixonar por um cara que mal conhecia, mas estava cansada de pensar em Cadu. Não havia mal algum em conhecer pessoas diferentes, e queria ser amiga de Rafael. Ele parecia alguém legal e divertido para se conviver.

Ela andou pelo caminho pavimentado que circulava a biblioteca, e acenou quando ele levantou o rosto e a viu.

— Está me seguindo? — perguntou ele, se sentando na grama.

— Pergunto o mesmo — disse ela, se aproximando.

— Eu cheguei primeiro, então, você é quem está me seguindo.

— Eu moro aqui a minha vida toda, conheci este esconderijo antes de você.

— Ok, você ganhou. — Ele sorriu. — Quer se sentar?

— Não posso, obrigada, meus pais estão me esperando para almoçar.

— Legal — disse ele, encarando Bruna. Ela se perguntou se ia embora ou se devia se sentar por alguns minutos ao lado dele. — Quer almoçar em outro lugar?

O convite dele a pegou de surpresa, e ela pensou, por alguns segundos, se aceitava.

— Não posso, prometi à minha mãe que ia com ela levar o Baz ao veterinário hoje.

— Baz é seu gato, né?

— Sim, como você sabe?

— A Larissa já postou fotos dele na internet.

— Ah — respondeu Bruna, um pouco sem graça e triste ao perceber que ele seguia Larissa nas redes sociais. Ela tinha a certeza de que ele não a seguia.

— Bem, fica para outro dia — disse ele, voltando a se deitar e fechar os olhos.

Bruna olhou em volta e mordeu o lábio, se lembrando da conversa com os pais no dia anterior. Tentou criar alguma coragem, e pensou no que Larissa faria, no lugar dela.

— É... Quer almoçar lá em casa?

Rafael abriu os olhos e a encarou. Ela não conseguiu decifrar direito sua expressão.

— O que seus pais achariam se eu chegasse lá, sem ser convidado?

— Eu estou te convidando — disse ela, sentindo as bochechas arderem. — Minha mãe viu vocês ontem no Fazenda e, sabe como é mãe, né? Ela pensou que há tempos não comem comida caseira, e me pediu para convidá-los para almoçar lá em casa um dia.

— Mas eles não estão me esperando hoje.

— Meus pais são as pessoas mais tranquilas do mundo.

— Sorte a sua — disse ele, ficando em silêncio. — Quem sabe outro dia? Quando eles souberem que eu vou.

— Não tem problema, de verdade.

— Outro dia — disse ele, voltando a se deitar e fechar os olhos, e ela percebeu que o assunto estava encerrado. Ficou sem graça, sem saber se ele a estava cortando ou falando sério.

— Ok, outro dia, então — disse ela, saindo.

Rafael apenas acenou, sem abrir os olhos.

Ao entrar em casa, Bruna reconheceu o aroma do famoso arroz de forno com tomate, queijo e manjericão, que seu pai costumava fazer quando estava inspirado.

— Cheguei — berrou ela, jogando a bolsa no sofá.

— Oi, querida, venha almoçar — disse sua mãe, da cozinha.

Bruna entrou e viu os pais arrumando a pequena mesa, que havia ali.

— Por que não comemos na sala?

— Seu pai espalhou as provas dos alunos lá, então hoje estamos confinados à mesinha da cozinha.

— Eu me distraí com a hora e com a preparação da comida — explicou o pai.

Milton era professor do Departamento de Engenharia, e costumava deixar a mesa da sala bagunçada com projetos e provas dos alunos. A mãe achava divertido e Bruna já estava acostumada, desde criança. Quando pequena, adorava olhar os trabalhos que os alunos faziam, ficava maravilhada com os desenhos, que nada entendia. Eram como um quebra-cabeça, e o pai costumava brincar que ela seria sua aluna um dia.

Este dia nunca chegou, mas Bruna ficou feliz ao ver que ele não se decepcionou por ela não seguir a carreira dele. Não havia pressão em casa, não havia obrigatoriedade nem um plano implícito de que precisava ser o que os pais queriam. Eles a criaram para ser livre e ter suas próprias escolhas, e ela sempre foi grata a eles por isso.

— Eu convidei um dos meus amigos para vir almoçar aqui — disse Bruna, se sentando e pegando um dos pratos que havia na mesa.

— Ah, que legal, quando? — perguntou a mãe, servindo

um copo de limonada para Bruna. Ela amava a limonada da mãe, azeda na medida certa e com uma pitada de gengibre.

— Hoje.

— Hoje? — Os pais falaram juntos.

— Calma, ele não vem, ficou sem graça de vir sem vocês saberem.

— Já gosto dele — disse a mãe.

— E esse amigo é, bem... apenas um amigo? — perguntou o pai, e Bruna sentiu seu rosto corar. Isso vinha acontecendo muito nos últimos dias.

— Sim, e vocês o viram ontem, lá no Fazenda, lembra?

— Ah, meu Deus — gemeu o pai.

— O que foi? Eu acho isso tão fofo! Chame-o para vir aqui sim, querida, vamos adorar conhecê-lo.

— Mãe! Nós não temos nada, só acho ele legal.

— Ahã, sei bem como é.

— Não há nada mais romântico do que almoçar com um cara e os pais, né? — disse Bruna, enchendo a boca de arroz para ganhar tempo e pensar.

— Convide-o de novo — disse Eliana. — Ou melhor, ontem fiquei pensando... Por que não fazemos um festival de pizza aqui, hein, Milton? Você adora usar o forno do quintal.

Bruna viu os olhos do pai brilharem.

Quando ela estava no último ano da escola, Milton decidiu construir um forno a lenha no quintal, para fazer noites de pizza para os amigos. A construção do forno levou mais tempo do que o previsto, porque o pai decidiu fazer um pátio com um caramanchão, para colocar mesas embaixo.

— Ah, que excelente ideia, tem um tempo que não uso o forno — comentou o pai, empolgado. — Está combinado, sábado teremos pizza para o amigo especial da Bruna.

— Ei! Ele não é meu amigo especial.

— Tenho que ver se preciso comprar lenha. E, definitivamente, preciso comprar farinha, tomate para o molho. Acho que tem rúcula e tomate seco aqui — disse Milton, ignorando a filha. — Vou comprar tudo amanhã, depois do almoço, para já testar alguns sabores novos.

— Ah, e alho torrado. Sua pizza de alho é maravilhosa — comentou Eliana.

— Alho é melhor não, vai que ele não gosta e aí a Bruna vai comer, e depois não vai poder beijá-lo — explicou Milton, virado para a esposa, ainda ignorando Bruna.

— Ai, meu Deus, que vergonha, eu não devia ter falado nada. Vocês vão me envergonhar na frente dele.

— Claro que não, querida, nós somos civilizados. Você pode chamar a Larissa também, aí ela te envergonha sozinha — disse a mãe, brincando. — E a Maria Júlia e o namorado dela, esqueci o nome dele. Sempre esqueço.

— Boa ideia! Chame outras pessoas. Esse cara... Como é o nome dele?

— Rafael — gemeu Bruna.

— ... então, o Rafael, chame os amigos dele que estavam lá no Fazenda, ontem.

— Que tal voltarmos para uns dez minutos atrás, e fingirmos que eu não falei nada? — pediu Bruna.

— Que isso, querida. É bom você ter um novo interesse, já está mais do que na hora de esquecer o Cadu.

— Que Cadu? — perguntou Milton.

— O Carlos Eduardo Campos. Você sabe, aquele menino que mora umas três ruas acima, filho do diretor da escola onde a Bruna estudou. Ela sempre foi apaixonada por ele.

— Ah, sim, um dos Três Mosqueteiros.

— Ok, gente, chega de falar de mim — disse Bruna. — E eu não gosto mais dele.

— Não, claro que não — disse Eliana, piscando para Milton. Seus pais estavam claramente se divertindo com toda a situação. — Vamos ter um sábado normal, com muita pizza, e você chama seus amigos. Só isso.

— Sei. Só isso. Que coisa mais antirromântica — disse Bruna. — Que eu saiba, os pais não costumam gostar muito de ver seus filhos com namorados — disse Bruna.

— E quem disse que eu gosto de te ver namorando? Por mim, você só beijava um garoto quando tivesse quarenta anos — brincou Milton.

— Que coisa mais retrógrada, querido, eu sei que você não pensa assim — comentou Eliana, rindo.

— E se fosse uma garota? Não teria problema eu beijar agora, aos dezenove anos?

— Ah, se fosse uma garota eu aprovaria, pois as chances de você aparecer grávida seriam mínimas.

— Pai! — gritou Bruna.

— Estou brincando, minha filha. Você sabe que só queremos te ver feliz e, se esse rapaz for te fazer feliz, está mais que aprovado.

— Vocês falam como se estivéssemos organizando meu casamento. Ele é só um amigo.

— Por enquanto, não é mesmo? — perguntou a mãe, para ninguém em especial.

— Ok, agora vamos falar sobre a visita do Baz ao veterinário, pois já estou me arrependendo de ter contado a vocês sobre meu encontro hoje, com o Rafael — disse Bruna, tentando mudar de assunto, mas ao mesmo tempo feliz por ter uma desculpa para conversar com Rafael.

Ela só esperava que ele se animasse com a pizza, no sábado.

O cheiro de pizza tomou conta da casa naquela terça-feira. Bruna tinha a impressão de que o quarteirão inteiro podia sentir o aroma, e imaginou os vizinhos pegando o telefone da pizzaria mais próxima, para fazer um pedido. Provavelmente, xingavam Milton toda vez que ele usava o forno a lenha.

Ela, Larissa e Maju estavam no quarto, quando Eliana entrou com uma travessa cheia de pequenos pedaços de pizza, de diferentes sabores, cortados em quadradinhos, e três garfos.

— Aqui, meninas, digam o que acham — pediu a mãe, colocando a travessa na cama de Bruna.

Larissa estava em pé, olhando a estante de livros, e deixou alguns que estavam em suas mãos na mesa de estudos e se sentou na cama, em frente à travessa de pizza. Maju fazia cachos no cabelo de Bruna com o *babyliss*, e na mesma hora largou o aparelho.

— Tudo maravilhoso, tia — respondeu Maju, de boca cheia.

— Obrigada, Maria Júlia. Vou lá pegar mais — disse Eliana.

— Não! — gritaram as três, ao mesmo tempo, assustando Eliana.

— Mãe, como vamos comer provolone à milanesa se nos entupirmos de pizza? — perguntou Bruna, mordendo uma pizza cheia de alecrim. — Este sabor é novo?

— Sim, alecrim com muçarela, azeitona preta e palmito. Seu pai disse que levou a *focaccia* para cima da pizza.

— Ficou boa.

— Quer mais?

— Não, mãe, sério. Vamos sair daqui a pouco.

— Ok, se quiserem mais, é só chamar — disse Eliana, saindo do quarto.

— Deixa eu experimentar essa aí — pediu Maju.

— Pode pegar todos os pedaços, só vou comer isso, ou então não aguento nada no Tavares — disse Bruna. — Eu pedi ao meu pai para testar essas pizzas amanhã, que vou ficar em casa, mas ele já havia convidado alguns amigos para virem aqui hoje.

— Por que seu pai está fazendo um monte de experiência de sabor hoje? — perguntou Larissa.

— Ele vai fazer um festival da pizza sábado à tarde aqui. Estão convidadas, viu?

— Oba! — comemorou Maju. — Posso chamar o André?

— Claro. Quanto mais gente, melhor — comentou Bruna. Ela voltou a se posicionar em frente ao espelho, e Maju continuou fazendo *babyliss* enquanto mordia a pizza. — Cuidado para não sujar meu cabelo — pediu Bruna.

— Pode deixar — disse Maju, terminando a pizza. — Também não quero comer muito, estou sonhando com o provolone à milanesa.

— Que bom que seu pai resolveu usar o forno novamente. E, agora, chega, ou então não como nada mais hoje. — Larissa se levantou e voltou a olhar os livros de Bruna. — Estou deixando três livros aqui separados, amanhã venho pegar.

— Pensei que você pegaria hoje à tarde — disse Bruna.

— Eu ia vir mais cedo, mas estava editando uns vídeos para postar.

— Só você para ter paciência com isso — provocou Bruna.

— Nem eu tenho, às vezes — suspirou Larissa, se sentando na cama. Ela respirou fundo. — Esse cheirinho de pizza... Já estava com saudades das pizzas do seu pai.

— Eu também — concordou Bruna.

— Só não entendi porque ele está testando novos sabores hoje, ao invés de fazer tudo no sábado mesmo. Quem vai vir para ele estar todo preocupado com o que vai servir? — perguntou Larissa.

Bruna sentiu o rosto corar antes mesmo de ter tempo de se ver no espelho. A amiga conhecia muito bem o pai dela, para desconfiar de que havia um significado por trás daquela experiência com novos sabores.

— Bem, eu posso ter falado meio que por alto do Rafael ontem no almoço, e meus pais decidiram que era uma boa ideia convidá-lo para vir aqui no sábado.

Pelo espelho, ela pôde ver Larissa arregalar os olhos e abrir a boca, e Maju parar o *babyliss* a meio caminho do cabelo de Bruna. As duas se olharam e começaram a gritar em comemoração.

— Ah, eu amo seus pais — disse Maju.

— Meu Deus, que máximo! O que você falou? O que eles falaram? Conta tudo, Bruna! E por que você falou do Rafael? Meu Deus, são tantas perguntas que nem sei por onde começar — disse Larissa.

— Comece do começo — pediu Maju, voltando a arrumar o cabelo da amiga, mas parando logo em seguida. — Calma aí! É por isso que você me pediu para testar o *babyliss* no seu cabelo?

— Bem, não... sim... sei lá. Eu pensei em fazer para a festa do Trem Bão, no sábado à noite, mas pode ser para a tarde mesmo — disse Bruna, dando de ombros e tentando soar o mais casual possível.

— AI, MEU DEUS, VOCÊ ESTÁ APAIXONADA! — gritou Larissa.

— Isso, Larissa, fala mais alto — reclamou Bruna, enquanto Maju se alternava em rir e terminar de arrumar o cabelo dela. — Eu não estou apaixonada. Nem sei por que fui falar dele para meus pais.

— Terminei — disse Maju, desligando o *babyliss* e conferindo o resultado do seu trabalho. — Agora conte tudo desde o começo. Como disse a Lari: são tantas perguntas...

E Bruna contou sobre o encontro com Rafael no dia anterior, na universidade, e o almoço com os pais.

Capítulo 8

Era quase meio-dia e o sol estava um pouco mais forte do que o normal na quinta-feira, mas Rafael não se importou. Ele continuou deitado na grama, embaixo da árvore, sentindo o calor envolvendo-o. Gostava daquela sensação, o clima ali era diferente da sua cidade, era um calor seco, que não chegava a incomodá-lo.

Rafael passara a ir para a parte de trás da biblioteca todos os dias, desde que conversara com Bruna ali. Dizia a si mesmo que o motivo era o local ser isolado e vazio, mas se surpreendeu quando ficou triste por não ter visto a garota passar mais por lá. Tentava não pensar nisso, apenas queria vê-la porque gostou de conversar com Bruna. Nada mais do que isto.

Ele e Igor foram ao Bar do Tavares na terça à noite, depois que Rafael viu uma postagem de Larissa, mas o lugar estava um pouco cheio de famílias passando o tempo juntos, e ele não conseguiu conversar com as meninas. Só havia uma mesa vaga longe da delas, e eles apenas se cumprimentaram com acenos. Igor ficou vários minutos enchendo a paciência de Rafael, por causa de Bruna, e ele decidiu ir embora assim que terminou de comer.

— Dormindo? — perguntou uma voz, ao longe, e ele soube quem era antes mesmo de abrir os olhos.

— Tentando, mas você não deixa — brincou ele, se sentando e vendo Bruna no caminho pavimentado que circulava a biblioteca. — Vai ficar aí parada ou vem fazer fotossíntese comigo?

— Obrigada pelo convite, mas hoje estou atrasada, preciso ir para casa.

— O pobre coitado do Baz tem que ir novamente ao médico? — perguntou ele, se levantando, pegando sua mochila e acompanhando Bruna.

— Veterinário — corrigiu ela. Eles começaram a andar em direção à saída da universidade. — E não, hoje ele não vai sair de casa.

— Pobre rapaz.

— Pobre rapaz? Ele deve ser um dos gatos mais mimados do mundo.

— Não duvido. — Rafael olhou Bruna com o canto do olho. — E, afinal, de onde saiu esse nome? Baz?

— De um livro que eu li — respondeu ela, e Rafael percebeu Bruna ficar sem graça.

— Hum, o que tem nesse livro para você ficar envergonhada?

— Nada. É um romance de fantasia, bem legal. Se chama *Sempre em Frente*.

— E Baz é o mocinho por quem todas suspiram? — provocou Rafael.

— Ah, não, Baz é meio que o vilão.

Rafael deu uma gargalhada alta, e Bruna o acompanhou.

— Você deu o nome de um vilão para o seu gato?

— Ele é um vilão muito fofo — explicou Bruna. — E, em minha defesa, eu queria chamá-lo de Simon Snow, o nome do mocinho, mas meus pais queriam algo menor e mais prático, e eu queria algo relacionado ao livro, então ficou Baz.

— Entendi. — Ele balançou a cabeça, concordando. — Então, você gosta de livros de fantasia?

— Hum, acho que sim. Ainda não li tantos livros de fantasia o suficiente para dizer se gosto ou não. Para ser sincera, se o livro tiver uma história envolvente e uma boa escrita, não me importo tanto com a temática.

— Então você é uma leitora eclética?

— Pode-se dizer que sim.

— Legal.

Rafael ficou em silêncio, sem assumir que também lia de tudo, que o que mais o atraía em um livro era o modo como o autor desenvolvia a história. Jamais admitiria que eles tinham algo em comum, porque seu objetivo era provar o contrário.

— E você? Gosta de ler? — perguntou Bruna.

Ele quase teve vontade de falar que não, que achava livro algo tedioso e que preferia jogar *Candy Crush* no celular a ler, só para não reconhecer que encontrara um ponto em comum entre os dois. Mas não era mentindo que ia mostrar a Guilherme que seu aplicativo cometera um erro. E o fato de os dois gostarem de ler não provava nada. Várias pessoas no mundo gostam de ler.

— Sim, leio um pouco de tudo — disse, e se arrependeu na mesma hora, porque confirmou a ela que eles eram parecidos. — Na verdade, se gosto de um autor, quero ler tudo dele — complementou, tentando não ser muito específico em sua resposta.

— Eu também! — disse ela, empolgada. — Nossa, se eu gosto de um livro, preciso ler tudo o que aquele autor escreveu, preciso entrar na mente dele ou dela e conhecer todos os livros que publicou.

Rafael resolveu ficar calado e apenas concordou com a cabeça. De modo algum ia dar mais certeza para o aplicativo de Guilherme. Ele decidiu mudar a conversa.

— Quer tomar um sorvete?

— Agora? — Ela estranhou.

— Sim, agora.

— Estou indo para casa almoçar.
— E daí?
— E daí que o almoço vem primeiro, depois vem a sobremesa — brincou ela.
— Ah, então você vive conforme a sociedade determina?

Ela apertou os lábios, como se analisasse o que ele disse, e Rafael achou aquela cena adorável. Logo, ele balançou a cabeça, afastando qualquer pensamento.

— Nunca vi por este lado. Mas vivemos em uma sociedade, não é mesmo?
— Você não vai se encrencar se tomar um sorvete antes do almoço. E não existe hora certa para tomar sorvete, a vida é muito curta para sempre deixar a sobremesa para depois.
— Ah, então você é desses? — perguntou ela.
— Desses o quê?
— Que vive cada minuto como se fosse o último?
— Sim, claro que sim! — disse Rafael, um pouco empolgado. Finalmente estava encontrando algo que não tinha em comum com Bruna.
— Gasta todo o dinheiro que tem e enche a cara todas as noites?
— Claro que não! Isso não é viver intensamente, é viver irresponsavelmente.
— Verdade — comentou ela. Eles pararam na praça central da cidade. — Eu vou para aquele lado. — Ela apontou a rua oposta ao Fazenda. — E você?
— Vou almoçar aqui. — Ele indicou o restaurante.
— E o sorvete?
— Fica para depois.
— Viu? — Bruna piscou o olho e riu, mas logo em seguida Rafael notou que ela ficou um pouco sem graça. — Eu... eu quero te fazer um convite, mas não sei se vai soar estranho.

— Vai me convidar para almoçar de novo na sua casa? — perguntou Rafael, se arrependendo por ter sido um pouco atrevido.

— Não. Sim. Mais ou menos. — Ela respirou fundo, e Rafael quase sentiu as bochechas dela ardendo de vergonha. — Eu comentei com meus pais que te convidei, e você não quis ir sem eles saberem. Aí meu pai se empolgou porque ele tem um forno a lenha construído no quintal de casa, e adora uma desculpa para usar, e quer saber se você aceita ir lá em casa, sábado, de tarde, comer pizza. Seus amigos também, claro, não é um convite só para você, óbvio, né? — Ela foi falando tudo rápido, e um pouco atrapalhada, e Rafael se segurou para não rir. Não queria que pensasse que estava debochando dela.

— Pizza no forno a lenha? Nunca que vou recusar um convite desses.

— Que bom! — respondeu Bruna, ainda de forma rápida, e Rafael quase sentiu o ar saindo dos pulmões dela.

— Já que meus amigos estão convidados também, vou chamar o Gui. E o Igor, não sei se conhece.

— Acho que não.

— Ele estava comigo, terça, no Tavares.

— Ah, sim. Eu ia te convidar lá, mas quando olhei de novo para a mesa, vocês já tinham ido embora. E não te encontrei ontem — explicou Bruna.

Rafael notou o *"de novo"* na frase, e ficou pensando se ela falou sem querer ou se foi de propósito.

— O avô dele faleceu semana passada, aí só saímos para espairecer, mas voltamos logo para casa.

— Que barra...

— Ele está bem. — Rafael deu de ombros. Não tinha certeza se Igor estava realmente bem, mas como o amigo não queria falar sobre o assunto, ele não insistiria. — Grava seu número aqui — pediu, entregando seu celular para Bruna, que pegou o aparelho, digitou rapidamente e o devolveu. Rafael enviou uma mensagem para ela. — Depois me envia o seu endereço. Vou falar com os meninos e te aviso, mas é quase certo de que vamos todos.

— Ok — respondeu ela. — Agora preciso ir mesmo.

— Tudo bem.

Ele sorriu e deu um beijo na bochecha dela de forma automática, e só percebeu o gesto quando terminou. Ficou sem graça e se afastou rapidamente, acenando para ela, mas sem olhar para trás porque não queria saber se Bruna já havia ido para casa ou se estava ali, parada, olhando ele indo para o Fazenda.

Não foi difícil encontrar Igor e Guilherme, eles ocupavam uma mesa na varanda do Fazenda, como sempre. Aquele já havia virado o *"local"* deles, onde um podia encontrar o outro na hora do almoço. Enquanto caminhava até os amigos, Rafael se perguntou se o gramado atrás da Biblioteca da universidade era o *"local"* dele e Bruna.

— Eu te procurei no Departamento, antes de vir para cá, mas não te encontrei — disse Igor, quando Rafael colocou a mochila em uma cadeira vazia.

— Tenho o último horário livre hoje — respondeu ele. — Deixa eu me servir.

Rafael foi até o buffet e se serviu rapidamente. As pessoas começavam a chegar para o almoço, e ele ficou feliz em encontrar o restaurante ainda vazio. Voltou para a mesa, animado.

— Aconteceu algo? — perguntou Igor.

— Não, por quê? — quis saber Rafael.
— Você veio andando igual um bobo para cá — explicou Igor. — Encontrou a Bruna?
— Não. Sim — disse Rafael, e Igor começou a rir. — Não é nada disso.
— Não entendi — disse Guilherme.
— Ele decidiu dar uma chance a Bruna — explicou Igor.
— Eu não decidi dar chance a ninguém. Só vou provar que o aplicativo do Gui está errado.
— Meu aplicativo não está errado! — disse Guilherme, ligeiramente ofendido. — Ele pode ter pequenas variantes, mas o resultado é praticamente certo.
— Praticamente não é o mesmo que cem por cento — disse Rafael.
— Não existe cem por cento — explicou Guilherme. — Mesmo um casal que seja perfeito, como vocês gostam de falar, com uma afinidade alta, como é o seu caso e da Bruna, não tem como a compatibilidade ser cem por cento. Ninguém é totalmente compatível com o outro, há sempre algo, por menor que seja, que os diferencia, mas isso não significa que vocês não sejam, hum... certos.
— Isso aí que ele falou — concordou Igor.
— Parem de me encher. Eu vou provar que algo saiu errado e vocês vão ver.
— Meu aplicativo não erra. Vocês são um casal com uma conexão alta. Ou um dos dois respondeu algumas perguntas erradas, mas não é o aplicativo — explicou Guilherme, de forma categórica.
— Sim, isso! — disse Rafael. — Eu quero rever as minhas respostas, tenho certeza de que posso mudar alguma coisa.
— Você não vai fazer isso! — Guilherme pareceu horrorizado. — Você se comprometeu com a pesquisa e agora não pode alterar o resultado.

— Isso aí. Não dá pra ficar mudando as respostas só porque não gostou do que viu — disse Igor.

— Vocês dois se uniram contra mim — praguejou Rafael.

— E, por causa disso, não vou levar vocês para comer pizza na casa da Bruna.

— Opa, pizza? Já estamos assim, íntimos? — provocou Igor.

— Deixa de ser chato. Ela convidou nós três para irmos até a casa dela sábado. O pai vai fazer pizza no forno a lenha.

— Hum, então se ela convidou todo mundo, você não opina em nada. Estarei lá. E você também, não é, Gui? — perguntou Igor.

— Eu? É... A Larissa estará lá?

— Ih, olha só, Rafa, o cara está apaixonado mesmo.

— Não seja tolo, Igor. Só quero saber se ela vai.

— Acredito que sim — disse Rafael. — Mas se é para ficarem me enchendo a paciência, eu não vou.

— Pode deixar, vou me comportar direitinho. Estarei com a boca cheia de pizza, não vou ter tempo de te aporrinhar — brincou Igor.

— E, pelo amor de Deus, Gui, não fale nada com a Bruna, ou com ninguém lá, sobre o resultado do aplicativo. Muito menos de casamento e filhos — pediu Rafael.

— Mas eu não falo de casamento.

— Não, imagina. Eu que falo — disse Rafael.

— Isso vai ser divertido — brincou Igor

— Não vai, porque o Guilherme não vai falar nada disso, não é mesmo, Gui? Se você falar algo, eu conto para a Larissa que você é apaixonado por ela — provocou Rafael.

— Não é verdade! — Guilherme ficou indignado.

— E que o seu aplicativo deu noventa e cinco por cento de chances entre vocês dois — continuou Rafael.

— Isso também não é verdade — disse Guilherme.

— Mas ela vai acreditar — ameaçou Rafael.

— Você não faria isso — disse Guilherme, enquanto Igor ria da conversa dos amigos.

— Fale qualquer coisa sobre a combinação entre a Bruna e eu que você vai ver. — Rafael foi firme. — E, de lá, a gente vai para a festa no Trem Bão, e não aceito uma resposta negativa sua, Gui.

Guilherme ia falar algo, mas decidiu ficar calado. Igor não conseguia parar de rir dos dois, e Rafael ficou se perguntando se deveria ter recusado o convite de Bruna para ir à casa dela.

O barulho de alguma coisa se quebrando, vindo da cozinha, fez Rafael sair de seu quarto para checar o que acontecera. Normalmente, ele não se abalava com os sons vindos de sua casa, algo que aprendeu ao morar com Pedro: qualquer coisa podia significar nada. E também o contrário.

Mas era sexta de noite, chovia um pouco forte, a casa estava silenciosa e ele pensou ser Guilherme, voltando do estágio que fazia algumas tardes na universidade.

Ao chegar na cozinha, viu Pedro abaixado próximo à geladeira limpando algo vermelho e viscoso. Por uma fração de segundos, a palavra *sangue* passou por sua cabeça, até ele perceber que o colega de república tinha deixado o vidro de molho de tomate cair e quebrar.

— Quer ajuda? — ofereceu Rafael.

— Não preciso da sua ajuda — gritou Pedro. — E não mexe nos meus iogurtes — disse ele, apontando para algumas garrafinhas de plástico em cima da pia.

— Cara, relaxa, não quero seus iogurtes. Só vim oferecer ajuda, mas já que não quer... — disse Rafael, saindo da cozinha.

Ele voltou para o quarto e trancou a porta. Enviou uma mensagem a Guilherme, pedindo que trouxesse um sanduíche quando voltasse para casa. Em seguida, mandou outra para Igor, perguntando se queria ir para lá ver um filme com ele e Guilherme.

Voltou a se deitar na cama, para continuar lendo o livro que comprara há pouco na livraria da cidade: *Fangirl*. Ele foi procurar *Sempre em Frente*, mas estava em falta, e a vendedora ofereceu *Fangirl*, explicando que este era o primeiro livro da série. Ao chegar em casa e pesquisar melhor, descobriu que não era uma sequência, mas que, em *Fangirl*, a protagonista escreve *fan fiction* sobre os livros fictícios de Simon Snow e que, depois do sucesso do livro, a autora decidiu realmente criar a história de Simon e Baz, surgindo *Sempre em Frente*.

Ele não planejava ler um romance juvenil, mas se envolveu tanto com a história e a escrita de Rainbow Rowell, que havia lido quase metade do livro naquela tarde. Já planejava comprar on-line os livros da autora que não encontrasse na livraria de Rio das Pitangas. Bruna jamais saberia disso. Por Deus, Igor nem podia sonhar que ele estava no quarto devorando um livro indicado por ela.

Seu celular apitou e ele pegou, pensando ser Igor ou Guilherme, mas se surpreendeu ao ver o nome de Bruna. Ela já enviara o endereço no dia anterior, mas eles não trocaram mais mensagens.

Bruna
Confirmado amanhã, mesmo se chover
Tem uma parte coberta no quintal
Meu pai está empolgado em preparar várias pizzas
Venham com fome

Ele se pegou sorrindo, ao ler a mensagem, e se censurou por isso, mesmo não havendo ninguém ali para ver. Deixou o livro na mesinha de cabeceira, ajeitou melhor o travesseiro embaixo da cabeça e começou a digitar sem pensar.

Rafael
Pode deixar

Bruna
☺

Rafael
Vai sair hoje?

Bruna
Não, muita chuva
Pipoca + filme
E você?

Rafael
Livro + sanduíche

Bruna
☺
Que livro?

Ah, droga, pensou Rafael. E agora, o que ele ia responder? Nunca que ia falar a verdade. Olhou sua estante de livros, mas as chances de ter algum que ela gostava eram muitas, se eles realmente tivessem sido feitos um para o outro.

Tentou pensar em algum que ela pudesse não curtir tanto, mas não conseguiu se recordar se havia lido algum livro que não o agradara. E se lembrou de Pedro, na cozinha. Ele tinha no quarto vários livros que Rafael gostava, mas tudo relacionado a crimes, *seriais killers*, mortes sangrentas. Bruna era uma menina meiga, não parecia curtir este tipo de enredo. Decidiu arriscar.

Rafael
Dexter
Qual filme?

Bruna
Livro muito bom, leia todos da série! ☺
O Poderoso Chefão 1 e 2

— Ah, que ótimo — disse Rafael, tentando não rir. Os dois estavam em sintonia, ele amava os filmes de *O Poderoso Chefão*.

Decidiu encerrar a conversa antes que descobrisse que Bruna achava *E O Vento Levou...* uma obra-prima. Podia apostar que Fernando Sabino era o autor nacional favorito dela.

Rafael
Só 1 e 2? E o 3?

Bruna
Filme em família
precisamos dormir depois do 2 ou amanhã não tem pizza

Rafael
Bom filme
Até amanhã

Bruna
Boa leitura
Até ☺

Capítulo 9

A casa onde Bruna morava ficava em uma rua próxima à praça central de Rio das Pitangas. Após a chuva forte, que caíra na noite anterior, a cidade amanheceu com o dia nublado e fresco, e Rafael e Guilherme foram caminhando até lá. Demoraram um pouco porque Guilherme fez questão de passar antes no mercado para comprar um vinho para os pais de Bruna.

— Não se chega na casa dos outros de mãos vazias — disse ele, e Rafael decidiu comprar um vaso de begônias, entre as milhares de flores que uma simpática senhora vendia na praça.

Igor encontrou com eles no mercado e comprou uma caixa de bombom, e Guilherme aprovou os presentes antes de eles seguirem caminho.

— Você está nervoso? — perguntou Guilherme, quando Rafael tocou a campainha.

— Por que estaria?

— Tecnicamente, as chances de que você vai conhecer hoje seus futuros sogros são altas.

— Obrigado, Gui, agora estou nervoso. E, por favor, pare de falar nisso, não quero que a Bruna descubra sobre o resultado do aplicativo. Lembre-se de que, se surgir o assunto, a Larissa vai achar que você é a alma gêmea dela.

— Eu disse que seria divertido — comentou Igor.

Bruna atendeu a porta antes que Guilherme falasse qualquer coisa. Ela usava um vestido branco florido e Rafael sentiu o coração palpitar um pouco, mas falou para si mesmo que era por causa da caminhada até ali.

— Olá — disse ela.

— Oi — respondeu Rafael, entregando as flores para ela.

— Obrigada — agradeceu Bruna, um pouco confusa.

— São para sua mãe, desculpa. — Rafael pegou as flores de volta, um pouco atrapalhado, e Bruna sorriu.

— Ela ama begônias, como você adivinhou? — perguntou Bruna, abrindo espaço para eles entrarem.

— Peguei a primeira que vi — desconversou Rafael.

— Primeira? — disse Guilherme. — Ele ficou um tempão lá, até ter a certeza de que estava trazendo algo que a sua mãe pudesse achar bonito. Como ele não a conhece, pensou no que você poderia gostar.

— Obrigado, Gui — disse Rafael, de forma irônica, fazendo Bruna e Igor rirem.

— Venham, está todo mundo lá no quintal.

Havia alguns amigos de Bruna e de seus pais por lá, ocupando várias mesas dispostas embaixo do caramanchão.

Após as apresentações, Rafael e Guilherme ficaram em pé, conversando com Milton, Eliana e Bruna, próximos ao forno. Igor foi para a mesa em que Larissa, Maju e André estavam.

— Isto é incrível! — disse Guilherme, para Milton, que mexia no forno a lenha

— Obrigado, eu mesmo construí — explicou Milton, orgulhoso da sua obra.

— Sério?

— Sim. Existem alguns já pré-moldados, mas achei que seria mais interessante e desafiador se eu mesmo fizesse o meu — explicou Milton.

— Mas é claro que sim! É fascinante — comentou Guilherme, ainda olhando o forno, que era no modelo de um pequeno iglu, feito com argamassa e tijolos refratários. Guilherme examinava os detalhes, deslumbrado com o trabalho de Milton. O forno fora muito bem construído.

— As pessoas pensam que é algo simples, só juntar vários tijolos e pronto, mas não é bem assim. No final da estruturação, precisa ter cuidado para os tijolos de cima não ficarem com frestas ou muito espaço entre as camadas. E você precisa analisar as variáveis do local onde ele será colocado. Um amigo meu comprou um desses já prontos, e instalou de frente para onde o vento costuma bater no quintal dele, e foi um caos. Se você coloca de frente para onde o vento costuma vir, a fumaça volta para o ambiente. — Milton se virou para Eliana.

— Você se lembra, amor? Do forno do Pimenta?

— Parecia um defumador — comentou Eliana, rindo.

— Sim, sim, brincávamos que era o fumacê da dengue. Ele não gostou muito da piada — disse Milton, rindo de alguma lembrança.

— É isso mesmo, você precisa sempre analisar as variáveis, eu digo isso para o Rafael sobre tudo, mas ele não me escuta — disse Guilherme.

— Provocação agora não, Gui — pediu Rafael, rindo.

— Não estou provocando — comentou Guilherme, sem entender. Ele voltou a olhar o trabalho de Milton, e os dois foram para próximo do forno. Milton ia mostrando os detalhes, e eles começaram uma longa conversa sobre a construção do forno e do caramanchão, que Milton fez no quintal.

— Acho que eles se deram bem — disse Eliana.

— Ah, o Gui adora essas coisas. Se o seu marido der corda, ele vai ficar a tarde toda fazendo mil perguntas — explicou Rafael.

— Então ele vai ficar a tarde toda fazendo mil perguntas — disse Eliana.

— Meu pai é engenheiro e fica todo orgulhoso quando alguém se interessa pelas suas invenções — comentou Bruna.

— Eu não vou me importar se o Gui quiser construir um forno assim lá em casa — brincou Rafael.

— Se der corda, o Milton se oferece para ajudar — disse Eliana.

— Se a casa não fosse alugada, eu ia sugerir algo assim — disse Rafael, ainda olhando Guilherme e Milton analisando o forno.

— Onde você mora? — perguntou Eliana, tirando Rafael de seus pensamentos.

— Na rua sem saída, atrás do Clube Pitangueiras.

— É perto. — disse Eliana. — Você é do Rio de Janeiro, né? A Bruna falou — comentou ela, fazendo Bruna soltar um *"mãe!"*.

Rafael ficou aliviado, percebendo que não era o único que estava passando vergonha com os comentários dos outros. Ele se perguntou se Bruna gostava dele. Ainda não tinha pensado nisso, podia ser que ela sentisse algo, se eles realmente fossem compatíveis, mas Rafael dizia a si mesmo que ainda era cedo para sentimentos, porque os dois mal se conheciam.

— Sim, sou do Rio — confirmou ele.

— Ah, seus pais devem ter ficado muito orgulhosos quando você entrou na faculdade. Eles não se sentiram tristes por você vir morar em outra cidade? — perguntou Eliana.

— Ok, mãe, chega de interrogatório. Você não quer ir ali ajudar o papai a fazer as pizzas? Porque, se deixar por conta dos dois, não vamos comer hoje — disse Bruna, encerrando as perguntas da mãe, e mostrando o pai conversando com Guilherme e se esquecendo de montar as pizzas.

— Ok, ok, eu sei quando não me querem por perto — brincou Eliana. Ela se aproximou do marido, falou algo e eles riram e Milton voltou a ocupar-se com as pizzas. Eliana ficou conversando com Guilherme.

— Vem, vamos sentar. — Bruna indicou a mesa em que os amigos estavam. Rafael se sentou ao lado de Igor e Bruna ocupou uma cadeira ao lado dele — Desculpa, minha mãe é muito curiosa — pediu Bruna, um pouco sem graça.

— Não tem problema — disse Rafael, mas estaria mentindo se dissesse que não ficou um pouco aliviado por Bruna ter encerrado as perguntas da mãe. Ele não queria confessar para Eliana que os pais não se importavam se ele estava em outra cidade. Ele podia ir para o outro lado do planeta que eles não se importariam. — Seus pais parecem ser legais.

— Eles são — disse Bruna. Os dois olharam Eliana, que levava Guilherme para o outro lado do quintal para mostrar a horta que mantinham ali, enquanto Milton colocava uma pizza do forno e tirava outra.

— Vocês parecem se dar bem.

— Muito. — Bruna se perdeu nos pensamentos e Rafael não falou nada. Ao seu lado, Igor conversava animadamente com Larissa, que ria de algo que ele falou, e Rafael se perguntou o que Guilherme acharia daquilo. — E você? Se dá bem com seus pais?

— Mais ou menos — disse ele, sem continuar o assunto. Bruna não insistiu e ele ficou feliz por isso. Rafael decidiu mudar a conversa. — E o Baz? Onde está? Quero conhecer o famoso vilão.

— Por aí. Provavelmente no meu quarto, dormindo na cama ou em alguma almofada — disse Bruna, e Rafael ficou grato por ela não o ter convidado para ir dentro da casa, procurar o gato. Isso só ia dar mais assunto para Igor e Guilherme. — E não chame meu gato de vilão, ele é um fofo.

— Ele não vem aqui fora?

— Não muito, acredita? Nós o adotamos do abrigo de animais que tem aqui na cidade. Não sabemos o passado dele, mas deve ter sido muito traumático, porque raramente vem aqui fora. Às vezes, só dá uma volta no quintal e entra logo em casa. Meu pai tinha pensado em colocar alguma coisa nos muros, para que ele não saísse por aí, mas nem precisou.

— Pelo menos vocês não ficam preocupados com ele andando solto pela cidade.

— Nem me fale. Se ele não voltasse nunca mais, eu morreria de tristeza. Ele é a minha vida — disse Bruna. — Você gosta de gatos?

— Acho que sim. — Rafael deu de ombros. — Nunca tive animal de estimação, mas gostaria de ter, um dia.

— Eles são ótimos. E acabam virando um membro da família.

— Imagino que sim — disse ele, só para falar alguma coisa.

— Ele costuma passear pela cozinha no final da tarde, querendo comida, e aí te levo lá para você conhecer o meu vilão fofo.

— Pensei que não podia chamá-lo de vilão.

— Eu posso, você não — disse Bruna, sorrindo e piscando o olho.

— Vou gostar de conhecê-lo — comentou Rafael, pensando no quanto o rosto dela se iluminava ao sorrir.

Eles ficaram em silêncio um tempo, e Milton trouxe algumas pizzas para a mesa. Rafael agradeceu que a comida fosse uma distração.

A tarde passou de forma alegre e leve. Todos provaram vários sabores diferentes de pizza, conversaram amenidades e riam de algo que alguém falava. Foram feitas várias perguntas para Guilherme sobre o aplicativo, o que levou a longas discussões sobre existir ou não pessoas predestinadas umas às outras.

Rafael observou Bruna o tempo todo, e ficou encantado com a interação dela com os pais. Eles eram o oposto da família dele, e Rafael começou a ter certeza de que o aplicativo estava errado, porque encontrara algo que eles não tinham em comum.

Esperava em breve descobrir mais assuntos que os diferenciavam e distanciavam um do outro.

Nas noites de sábado, a maior parte dos estudantes de Rio das Pitangas costumava frequentar o Trem Bão, um bar com música ao vivo e várias mesas ao ar livre. Cada fim de semana, uma banda diferente tocava ali e havia festa para todos os gostos: forró, rock, pop e por aí vai.

Depois da pizza na casa de Bruna, ela e os amigos foram para o Trem Bão com Igor e Rafael, que precisou praticamente levar Guilherme carregado. Ele queria continuar a conversa sobre engenharia com Milton, mas não conseguiu achar desculpas para não ir ao bar.

Naquele sábado, uma banda de rock nacional tocava alegremente alguns sucessos dos anos 80, e a pista era ocupada por jovens dançando e cantando. Igor parou para conversar com alguns conhecidos, enquanto Maju e André conseguiram uma mesa no final do salão, e Rafael e Bruna se juntaram a eles.

— Você quer dançar? — perguntou Larissa para Guilherme, antes que ele pudesse se sentar.

— Jamais!

— Uau, é tão ruim assim dançar comigo? — Larissa tentou não parecer ofendida.

— Não, claro que não — disse Guilherme. — Desculpa, eu não sei dançar.

— Todo mundo sabe dançar.

— Eu não.

— Quer apostar que você sabe dançar? — perguntou

Larissa, puxando Guilherme para a pista sem dar chance alguma de ele responder.

— Ah, eu tenho que ver isso — comentou Rafael, olhando a cena. Ele precisava levantar o rosto por cima da cabeça de Bruna, para enxergar o amigo.

— A Lari não aceita não como resposta.

— Percebi. — Ele olhou Bruna e notou que, na tentativa de ver melhor Guilherme dançando, ou tentando dançar, ficou com o rosto muito próximo ao dela. Rafael se afastou um pouco e deu um gole no chope, que o garçom acabara de trazer. — Por favor, não me puxe para a pista de dança.

— Pode deixar. Eu vou lá depois, sozinha — respondeu ela.

— Pode ir, se quiser — comentou Rafael, e se surpreendeu por não querer que ela fosse.

— Por enquanto, não. Vou esperar uma música que eu ame muito, e aí eu vou.

Um silêncio constrangedor e incômodo pairou sobre a mesa. Bruna deu um gole no chope dela, enquanto Rafael rodava o copo dele entre as duas mãos. Ambos pensavam em um assunto para falar, e quebrar o clima estranho.

— Espero que tenha gostado da tarde lá em casa — disse Bruna.

— Sim, foi bem legal. Adorei seus pais.

— Eles são o máximo. — Ela ficou calada por alguns instantes. Maju e André conversavam baixinho, sem prestar atenção neles. — E seus pais? Como são?

Rafael ia responder quando André os chamou.

— Estamos pensando em pedir algo para comer, vocês aceitam?

Rafael olhou Bruna, que deu de ombros.

— Eu estou satisfeita — disse ela.

— Também. — Rafael olhou André. — Cara, comi pizza para o resto da vida.

— Que isso! Só até amanhã, né?
— Verdade. — Rafael concordou. — Mas acho que uma sobremesa iria bem. — Ele encarou Bruna. — O que acha? Um sorvete ou algo assim?
— Não sei se aguento.
— Claro que aguenta! Sempre há espaço na barriga para sorvete — disse Rafael, olhando o cardápio e analisando as opções de sobremesa. — Podemos dividir o brownie com sorvete, o daqui é grande, dá para duas pessoas. Que tal? — perguntou ele, e logo se arrependeu. Dividir sobremesa era algo de casal, não? Ele balançou a cabeça, espantando as paranoias criadas pelo aplicativo de Guilherme em sua mente. *Amigos também podiam dividir sobremesa*, disse a si mesmo.
— Ok, mas eu devo comer só um pouquinho. Se você aguentar quase tudo, pode pedir.
— Então um brownie com sorvete — disse Rafael, para André, que já chamava o garçom.
— Você ama sorvete, hein, senhor *"aproveitar a vida"* — brincou Bruna.
— Sorvete é a melhor invenção do mundo.
— Tenho que concordar — comentou ela, ficando quieta por alguns segundos.
Rafael olhou ao longe. Larissa ria na pista de dança com Guilherme. O amigo era um pouco desengonçado para dançar, mas parecia estar se divertindo. Em algum momento, Igor se juntou a eles. Na mesa, Maju e André continuavam conversando sem prestar atenção a ninguém.
— Vamos, me fale sobre você — pediu ele, antes que Bruna perguntasse novamente sobre seus pais.
— Falar o quê?
— Não sei. Qualquer coisa. Conte algum segredo, algo da infância, sei lá — disse ele, de forma descontraída, enquanto colocava um dos braços ao redor do encosto da cadeira de Bruna.

— Hum... Não vou contar nenhum segredo, ou então não será mais segredo — sussurrou ela, e os dois riram.
— Ok, então o que você quer da vida? Sei lá, como você se vê daqui a dez anos? — Rafael não sabia exatamente o que falar e achou que a pergunta soou estranha, como se estivesse fazendo uma entrevista de emprego com ela.
— Hum, essa é fácil. Quero terminar a graduação, fazer um mestrado, talvez um doutorado, e dar aulas na universidade.
— Quer ser professora aqui na UFRP?
— Sim — respondeu Bruna, e seus olhos brilharam. — Cresci vendo meus pais dando aula, corrigindo provas, sendo amados pelos alunos. Quero isso para mim. Quero fazer a diferença na vida de alguém, de algum estudante.
— Legal. E o que mais?
— Aí, uns dois anos depois de terminar o mestrado, eu me caso, e uns dois anos depois tenho um filho e depois outro, com o intervalo de um ano.
Rafael gargalhou.
— Você não pode estar falando sério!
— Por que não?
— Porque não é assim que as coisas funcionam. Você não pode simplesmente determinar a idade que vai se casar e ter filhos. Esquece que a vida acontece nesse intervalo?
— Eu sei disso. Mas se eu não planejar tudo, algo pode dar errado.
— Algo sempre dá errado. Por isso, você tem de aproveitar cada dia como se fosse o último.
— Isso não me impede de ter meu planejamento.
— Você não pode simplesmente determinar isso. Não existem essas coisas de *"vou casar com tal idade e viver feliz para sempre"* — disse ele, mais uma vez em dúvida se ela era realmente a sua garota ideal. Rafael não planejava a vida, apenas

ia vivendo. Claro que planejou a faculdade e a mudança para Rio das Pitangas, mas não pensava muito sobre o que fazer quando terminasse a universidade. Certamente iria procurar um emprego, mas não tinha nada específico em mente.

— Eu não disse que vou viver feliz para sempre, nem que vai ser fácil ou sair como planejei. Mas gosto de ter um plano definido. Eu sei que ninguém vive feliz para sempre, a vida acontece, desentendimentos em casa acontecem. Mas você pode ter uma vida tranquila e feliz, se encontrar a pessoa certa. É o que planejo.

— Com a ajuda do aplicativo do Gui?

— Não sei. Ainda não decidi se quero saber o resultado, quando ele divulgar o aplicativo. Acho que quero que aconteça da maneira tradicional, com o destino interferindo. Se existir um cara certo para mim, eu vou encontrá-lo em algum momento do meu caminho. E, até lá, sigo com meu plano de vida. — Bruna sorriu. — A Lari gosta de me perturbar porque tenho tudo esquematizado, mas me sinto mais confortável fazendo um planejamento do meu futuro.

O garçom voltou até a mesa trazendo o brownie com sorvete para eles, e uma porção de batata fritas para Maju e André. Quando Maju pegou uma batata, Bruna sorriu, como se lembrasse de algo.

— O que foi? — perguntou Rafael, baixinho.

— Nada — respondeu Bruna.

— Ah, não foi nada não, me fala.

Ela o encarou, como se tivesse um segredo para contar.

— Estávamos falando de sorvete e, agora que chegou a batata e o brownie, eu me lembrei de uma coisa que fazia quando era criança.

— Ah, já prevejo algo travesso — disse Rafael, rindo.

— Não é nada de mais. Só que, quando era criança, amava tomar sorvete com batata frita. Meus pais sempre pediam para mim, quando saíamos. Eu enfiava a batata no sorvete e ia comendo.

— Parece delicioso — comentou ele, piscando para Bruna. — Quer que eu roube uma batata deles? — sussurrou Rafael, fazendo-a rir.

— Não, obrigada — sussurrou ela, de volta.

— Ok, então — disse ele, pegando um pouco do brownie.

— Mas e agora? Não come mais?

— Tem tempos.

— E por quê?

— Sei lá. — Bruna deu de ombros. — Cresci, os gostos mudaram. Eu mudei.

— Menina, aproveite a vida. Tome sorvete com batata. Vamos trocar o brownie por uma travessa cheia de batata com bolas de sorvete por cima.

Bruna começou a rir, descontroladamente, chamando a atenção de Maju e André, que logo depois voltaram a ignorá-la.

— Não é assim que se come. Você pede uma taça de sorvete e vai enfiando as batatas nele, como se fosse um molho, e aí come a batata — explicou Bruna, secando uma lágrima, que escorreu de seu olho de tanto rir. — Mas eu não aguento batata, sério. Comi muita pizza.

— Ok, outro dia, então.

Ela ficou quieta, comendo brownie, e Rafael pensou na conversa deles antes da sobremesa chegar. Ela parecia ser um livro aberto a ele, e a cada segundo que a conhecia mais, percebia o quanto tinham em comum. Mas o fato de ela ter um futuro extremamente planejado, o deixou esperançoso. Era óbvio que, de alguma forma, o aplicativo de Guilherme errou.

— E você? Tem também um planejamento de vida?

— Ah, não, eu vou apenas vivendo — disse ele.

— Você não organiza nada da sua vida? — Ela pareceu surpresa.

— Acho que não. — Rafael deu de ombros. — Não tenho os mesmos planos que você — disse ele, mais para si mesmo, como uma forma de se convencer de que os dois eram diferentes.

— Mas você planejou a faculdade e a vinda para cá.

— Isso não conta. Fui aprovado aqui e vim.

— Isso é um modo de planejar.

— Não penso desta forma.

— Você terminou a escola e aí decidiu fazer faculdade. Escolheu Marketing, escolheu tentar a UFRP e, de alguma forma, organizou a mudança para cá. Você não acordou um dia, entrou no carro e simplesmente veio.

Rafael ficou calado, comendo o brownie e depois fez uma careta.

— É uma forma de ver. Mas não fico planejando que vou casar e ter filhos.

— Ok, você não precisa planejar. Isso pode acontecer, ou não.

— Não vai acontecer. Jamais vou me casar, nem ter filhos. — Rafael falou de forma firme.

— Isso não deixa de ser um planejamento.

— Como eu disse, não penso dessa forma — disse Rafael, um pouco ríspido.

— Ok — comentou Bruna, só para falar alguma coisa.

Um clima estranho pairou entre eles. Os dois estavam calados, olhando Maju e André rindo e comendo batata. Rafael se arrependeu de ter falado de forma grosseira, e não sabia o que dizer para amenizar a situação. Ele se lembrou de uma vez que escutou alguém dizer que, se você quer consertar algo errado que falou, sempre diga a verdade.

— Desculpa, não quis parecer grosso.

— Tudo bem. Eu preciso me lembrar de que nem todo mundo vive como eu.

— Não, não foi sua culpa. Não é você e seu planejamento. É simplesmente a minha vida mesmo. Você pensa diferente porque tem uma família alegre, amorosa e receptiva. Eu não vim de um lar assim.

— Quer falar sobre isso?

Rafael não respondeu de imediato. Ficou decidindo se abria o jogo ou não, Bruna parecia alguém para quem ele podia contar qualquer coisa. Droga, se ela realmente fosse o ser humano mais compatível com ele que existia na Terra, era a pessoa ideal para entender o que ele passou, e ainda passava. E queria muito conversar com alguém, colocar para fora.

Na época do colégio, chegou a falar para os pais sobre ir a um terapeuta e o mundo caiu. O pai esbravejou que filho dele não iria a psicólogo algum. Não adiantou argumentar que isso era uma visão retrógrada e preconceituosa, que fazer terapia seria bom não só para ele, mas para todos ali. O pai só ficou com mais raiva e encerrou o assunto.

Quando chegou em Rio das Pitangas, Rafael pensou em procurar uma psicóloga, mas o assunto já estava tão enterrado no fundo do peito, e ainda tinha as distrações com as aulas, as provas e as festas, que ele decidiu que não queria voltar a remoer tudo aquilo.

Bruna continuou calada, deixando espaço para ele falar, se quisesse.

— Meus pais são mais... diferentes — disse ele, um pouco triste.

— Desculpa se fui indiscreta — pediu Bruna, sem graça.

— Não tem problema, não é segredo. Eles apenas são mais frios. — Rafael ficou mais um tempo calado. Olhou novamente os amigos, se divertindo na pista de dança, e encarou

Bruna. — Mas não quero falar disso hoje. A noite está agradável, não quero estragar com conversas profundas. Além das que já estamos tendo. — Ele tentou sorrir para amenizar a situação, mas não teve certeza se pareceu ainda mais triste.

— Acho que fui mesmo intrometida, né?
— Não. É complicado.
— Você não precisa me contar.
— Eu sei. Outro dia te conto.

Eles terminaram de comer o brownie, conversando sobre amenidades da faculdade.

— Eu... — Bruna parou de falar. A banda começou a tocar *Pro Dia Nascer Feliz*, do Barão Vermelho. — Eu preciso dançar, eu amo essa música. Você vem? — perguntou ela.

— Vai indo — respondeu Rafael.

Ela se levantou e foi dançando para a pista, para se encontrar com Larissa, Igor e Guilherme. Rafael ficou sentado, observando Bruna. Ela pulava feliz, cantando junto com a banda.

Capítulo 10

Na pista de dança do Trem Bão, todos dançavam alegremente. Guilherme parecia se divertir, mesmo ainda não tendo pegado o jeito de como dançar rock nacional.

— Você conhece o Diogo? — perguntou Larissa, um pouco depois que foram para a pista de dança.

— Diogo? Que estuda Informática? — quis saber Guilherme.

— Ele mesmo.

— Só de vista.

— Ah. — Ela se perguntou se devia abrir o jogo para Guilherme. Não era apaixonada por Diogo, mas o achava atraente, com um ar misterioso. — Você sabe algo sobre ele?

— Especificamente o quê?

— Sei lá. De onde é, se tem namorada, orientação sexual?

— Não muita coisa. Ele é da Bahia e é casado. Acho que tem uma filha.

— Ah — respondeu Larissa, um pouco frustrada, mas feliz em colocar um ponto final na sua paixonite por Diogo. Então Bruna estava certa, ele tinha alguém na cidade dele.

Larissa ficou feliz por Guilherme não perguntar o motivo de seu interesse em Diogo. Ela gostava do jeito do novo amigo, sendo prático com tudo e sem entender algumas coisas básicas da vida. Ele era engraçado e fofo ao mesmo tempo. E claro que percebeu que a olhava como se ela estivesse em um pedestal.

Depois de algumas músicas, Igor se juntou aos dois. Ele

e Larissa trocavam alguns olhares e, de vez em quando, conversavam sobre alguma coisa. Guilherme não notou nada e ficou ali, dançando com eles. Larissa não queria magoá-lo, e o tempo todo tentava deixar claro que gostava dele só como amigo. Ela ficou feliz por Guilherme não tentar nada com ela, simplesmente estava satisfeito só em dançar ao seu lado. E isso o tornava ainda mais fofo.

Quando Bruna chegou e começou a incentivar Guilherme a cantar alto e a pular, Larissa pôde voltar os olhos para Igor sem se sentir mal em deixar Guilherme de lado. Igor era divertido e bom de papo, ela gostou da conversa que tiveram durante a tarde na casa da amiga. Antes daquele dia, só o havia visto poucas vezes e sempre de longe. Ela percebeu que ele a olhava com interesse e tentou retribuir.

Na hora em que Rafael se juntou a eles, Igor olhou os amigos conversando e se aproximou de Larissa, colocando a mão em sua cintura. Ela sentiu o coração pular dentro do peito.

— Você é muito legal e eu quero muito te beijar aqui e agora, Lari. Mas não posso fazer isso, não quero magoar o Gui — disse ele, baixinho em seu ouvido, dando um beijo na bochecha dela e saindo.

Larissa ficou em pé, parada na pista, vendo Igor deixar o bar. Ela olhou em volta, se sentindo perdida pela primeira vez em muito tempo. Ao seu lado, Bruna e Rafael riam e dançavam. Guilherme havia ido até a mesa, beber algo, e Larissa foi atrás.

— Gui, você sabe que eu gosto de você só como amigo, né? — perguntou ela, com jeitinho.

— Hã? — disse ele, virando um copo de água de uma vez.

— Nós. Eu e você. Nós não temos futuro.

— Claro que não. Meu aplicativo deu uma compatibilidade de apenas vinte e sete por cento entre a gente.

— O quê? Você já sabe os resultados? — Ela se sentou, um pouco confusa.

— Não exatamente. Eu chequei alguns para saber se estava funcionando direito. Como sei que não temos muita coisa em comum, vi a compatibilidade — disse ele, se sentando ao lado dela, e omitindo o fato de que Rafael praticamente o obrigara a ver os números dele com Larissa.

— Entendi. — Ela olhou em volta, quando Maju e André se levantaram e falaram que iam embora. Larissa apenas balançou a cabeça, sem prestar muita atenção aos amigos, e se virou para Guilherme. — E quem é compatível comigo?

— Eu não sei.

— Você não viu?

— Claro que não! Os resultados são confidenciais. Apenas cada pessoa poderá ver com quem ela é compatível.

— Mas se você quiser ver de alguma pessoa, por exemplo, eu, tem como checar com quem eu sou?

— Sim, mas eu não vou fazer isso.

— Nem se eu te pedir?

— Você quer realmente saber? Porque uma coisa que percebi é que as pessoas não querem saber.

— Claro que querem. Eu quero. Não aguento mais sofrer por amor. Tem como ver o meu resultado?

— Bom, tem, mas não recomendo que você saiba nesse estado em que você está.

— Como assim?

— Você está claramente alterada por alguma coisa que aconteceu ou algo que bebeu.

— Eu não bebi nada alcoólico hoje — esclareceu Larissa. Guilherme olhou para a pista de dança e depois para ela.

— Devido a acontecimentos não muito planejados nos últimos dias, eu realmente recomendo que você pense bem antes de me pedir para ver os seus resultados.

— Ok, não entendi nada, mas quero saber, de verdade. O que acha de irmos até a sua casa ver?

— Ir para minha casa agora?

— Sim.

— Mas está tarde. E rodar os dados para gerar um resultado específico de uma pessoa pode levar um tempo.

— Tudo bem — respondeu Larissa, mas ela sentia que não estava tudo bem. Se sentia triste por ter sido dispensada por Igor, por saber que Diogo era casado. Estava exausta de tudo o que acontecia na sua vida, sua mãe distante, as redes sociais consumindo seu tempo. Não admitia para ninguém, mas estava chegando em um ponto onde nada mais parecia fazer sentido. — Por que você não tem rede social?

— É uma perda de tempo. Há coisas mais produtivas para se fazer — respondeu ele, sem se importar com a mudança de assunto.

— Acredito que sim. Às vezes, é um pouco cansativo ficar atualizando tudo todos os dias.

— Então por que não para de fazer isso?

— Porque levei tempo para construir o que consegui. Não vou acabar assim, de uma hora para outra.

— E daí? Você tem que fazer o que te faz bem.

— Ah, Gui, eu adoro a sua praticidade, queria ser assim — comentou ela. — Por que não somos compatíveis? Ia ser tão mais fácil.

— Porque não temos quase nada em comum.

— Eu sei. — Larissa riu. Guilherme era um dos caras mais legais que ela já conhecera, realmente estava triste por não serem feitos um para o outro. — Se eu disser que quero ir dormir na sua casa, o que você vai fazer?

— Vou ceder o meu quarto para você.

— E você?

— Dormirei no sofá, obviamente.

A resposta dele pegou Larissa de surpresa. Ela queria amá-lo. Impulsivamente, Larissa se aproximou de Guilherme e o beijou de leve nos lábios. Ela ficou com os olhos fechados um tempo e depois os abriu, para ver Guilherme encarando-a, atônito.

— Desculpa, eu não devia ter feito isso — Larissa ficou sem graça e se sentiu mal, como se estivesse se aproveitando dos sentimentos dele.

— Eu, eu...

— Desculpa, Gui, eu não pensei.

— Não tem problema. Foi bom.

Ela riu e ele a acompanhou. Ela segurou as mãos dele e o encarou.

— Você é o máximo, sabia? Qualquer outro cara ia tentar dormir comigo na cama.

— Minha cama não é confortável o suficiente para ser dividida entre duas pessoas, então você estará melhor sozinha ali.

Larissa deu uma gargalhada e apertou as mãos dele.

— Ah, Gui, um dia você vai encontrar a sua alma gêmea. Mas hoje você tem que se contentar em conversar comigo, e eu acho que quero dormir na sua casa.

— Mas qual o motivo de você querer dormir lá? Não há conforto e, além do mais, meu companheiro de república não é alguém confiável para deixar perto de uma mulher.

— O Rafael? — Larissa se espantou e olhou para a pista de dança, onde Bruna e Rafael se divertiam.

— Não. O Pedro, o *serial killer*.

— *Serial killer*? Você mora com um *serial killer*?

— É como o Rafa o chama. Ele é meio estranho.

Larissa riu ainda mais.

— Ah, Gui, você é o máximo mesmo — disse ela. — Eu não quero ir para a minha casa.

— Mas e seus pais?
— Eles não vão se importar.
— Você parece o Rafa falando dos pais dele.
— Bem, talvez eu seja compatível com o Rafa.
— Claro que não! O Rafa é compatível com a... — Guilherme parou de falar e olhou a pista de dança, e Larissa percebeu na mesma hora.
— O Rafa e a Bruna são compatíveis? Ai, Meu Deus, eu preciso falar com ela.
— Não! — Guilherme gritou e segurou o braço de Larissa. — Se você contar, o Rafa vai me matar.
— Ele sabe? Se ele sabe, ela também pode saber.
— Não, por favor, estou implorando. Eu não costumo implorar. Por favor, não conte a ela.
— Por que não? Por que só ele pode saber?
— Não era para ele saber, mas eu não sei mentir e o Rafa descobriu. Assim como você descobriu hoje. Acho que ele tem razão, eu preciso parar de falar as coisas.

Larissa percebeu que Guilherme estava chateado por ter contado o segredo do amigo.

— Tudo bem. Eu só quero entender porque ela não pode saber, sendo que ele já sabe.
— Ele não acredita nisso.
— Então por que ele está lá, todo alegrinho, dançando com ela?
— Porque o Rafa colocou na cabeça que meu aplicativo está errado e quer provar isso. Mas o meu aplicativo não erra. Ele está se aproximando dela para mostrar que não tem nada em comum com a Bruna, mas é claro que eles são perfeitos um para o outro.
— E o que vai acontecer?
— Eles vão se apaixonar, obviamente.

Larissa olhou a amiga na pista, dançando com Rafael. Guilherme estava certo, era só olhar os dois que se via a magia em volta deles.

— Acho que minha cabeça vai explodir.

— É extremamente improvável que isto aconteça.

— Ai, Gui, só você mesmo. — Larissa riu. Ela se levantou. — Eu não acredito que vou dizer isso, mas vem, quero conhecer o *serial killer*.

— Você não devia ir para a casa de um estranho — disse ele, seguindo Larissa para fora do Trem Bão.

— Eu sei. Mas você não é um estranho e confio em você. Hoje, estou péssima para ir para casa, preciso espairecer.

A noite passou voando e Bruna só percebeu que as amigas sumiram quando a banda começou a se despedir. Estava tão envolvida com Rafael, que não notou mais nada à sua volta.

— Não vi que já está tarde — comentou ela, procurando por Larissa. Sabia que Maju já estaria em casa àquela hora. — Cadê a Lari?

Rafael olhou em volta, também procurando os amigos.

— Todo mundo sumiu — disse ele.

Bruna pegou o celular e viu uma mensagem de Larissa.

Lari
Fui, amiga
aproveita muito a noite
Beijos

— A Lari já foi embora. — Ela olhou em volta. — Eu preciso ir também.

— Eu te acompanho até a sua casa — disse Rafael.
— Mas você mora do outro lado do caminho.
— Não vou te deixar ir embora, sozinha, uma hora dessas.

Bruna olhou em volta, mais uma vez, mordendo o lábio inferior.

— Ok.

Eles saíram do Trem Bão antes do encerramento do show da banda. O bar não ficava longe da casa de Bruna, e eles foram andando um ao lado do outro. Novamente, aquele silêncio constrangedor e incômodo voltou a ficar entre eles, e ambos fizeram o caminho calados. Era engraçado que, após conversarem tanto o dia todo, e a noite também, agora estavam sem assunto.

Pararam em frente à casa de Bruna, e ela se perguntou como agir. Rafael olhava por cima da cabeça dela, talvez para a porta ou algum ponto além dela.

— Você quer entrar? — perguntou Bruna, e ele a olhou, confuso. — Para beber uma água, ou conhecer o Baz... — completou, sem graça por ter convidado Rafael para entrar em sua casa àquela hora.

— Não. — Ele sorriu e pegou as chaves da mão dela, abriu o portão e entregou o chaveiro de volta, em seguida. — Está tarde, fica para outro dia. — Rafael ficou olhando Bruna entrar. — A gente se vê atrás da biblioteca — disse, quando ela fechou o portão entre eles. — Ok, desculpa, você entendeu — completou Rafael, sem graça, balançando a mão para o nada.

Ela sorriu, feliz por não ser a última na conversa a falar uma besteira.

— A gente se vê no nosso ponto de encontro — disse Bruna, e entrou em casa.

Capítulo 11

Quando abriu os olhos e viu Larissa à sua frente, Guilherme pensou que ainda estava sonhando. Ele piscou várias vezes, até a visão se acostumar com a claridade da sala e o foco voltar ao normal.

Larissa estava sentada em uma das poltronas que havia no cômodo, tomando um iogurte de garrafinha e encarando Guilherme. Ela parecia um anjo caído do céu.

— Bom dia, flor do dia — disse ela, sorrindo.

— Bom dia. — Guilherme se mexeu e suas costas doeram um pouco, por causa do sofá desconfortável. Ele gemeu.

— Ah, Gui, me desculpa. Eu sabia que não devia ter te deixado dormir aqui.

— Estou perfeitamente bem — disse ele, se sentando. — O sofá é confortável.

— Eu sei que você está mentindo só para que eu não me sinta ainda pior.

— Não estou.

— Está sim. — Ela se levantou e foi até a cozinha, jogar a garrafinha de iogurte no lixo. — Achei tão legal a sala e a cozinha de vocês serem interligadas.

— É prático.

— Sim. — Ela voltou para a sala.

— Tem iogurte no seu queixo — disse ele.

— Ai, só eu mesma para me sujar toda. Deixa eu lavar meu rosto, devo estar péssima.

— Você não está péssima. Apenas com cara de quem acordou, mas não chega a ser péssima.

— Obrigada pela sinceridade — disse ela, indo até o banheiro e fechando a porta.

Guilherme esfregou o olho e pegou o celular, para checar as horas. Ele se assustou ao ver que já era quase meio-dia. Não se espantou por ter dormido muito, era algo totalmente explicado pelo fato de que não estava acostumado a ir a festas e voltar tarde. Mas se surpreendeu por não se sentir culpado, nem isso aborrecê-lo. Havia se divertido na noite anterior.

Viu no visor um alerta de mensagem de Rafael e, enquanto abria para ler, Pedro chegou na sala, vindo do quarto. Ele passou reto por Guilherme, sem nem ao menos cumprimentá-lo, e foi para a cozinha. Em poucos segundos, voltou com o rosto transformado.

— Mas que droga, já falei várias vezes que não é para pegar meu iogurte — gritou Pedro, segurando a garrafinha que Larissa havia jogado no lixo.

— Eu não tomei seu iogurte — disse Guilherme, confuso.

— Se não foi você, foi aquele outro imbecil que mora aqui.

Guilherme ia falar algo, quando os dois escutaram o barulho da porta do banheiro sendo aberta.

Larissa entrou no banheiro e se olhou no espelho. Realmente ela não estava muito bem, mas não como Guilherme falou. Seu problema era interno. Nas últimas semanas, vinha se sentindo assim, principalmente depois que ficou desanimada com as redes sociais.

Começara como uma brincadeira. Sempre gostou de postar fotos e vídeos mostrando a cidade, suas amigas, sua vida. Aos poucos, foi ganhando seguidores e a empolgação em manter tudo atualizado diariamente aumentou. Mas com a fama, chegaram também as pessoas destilando raiva, e Larissa não estava preparada para aquilo. Da noite para o dia, vários desconhecidos, que não sabiam absolutamente nada da sua vida, começaram a dar palpites e a enviar mensagens com agressões verbais. Ela não entendia o motivo que levava um indivíduo, que morava há quilômetros de distância, a entrar na internet e enviar uma mensagem cheia de ódio para alguém que nunca vira antes.

Eles a chamavam de fútil, riquinha mimada, esnobe e por aí vai. Larissa sabia que não era a pessoa mais perfeita do mundo, mas tinha certeza de que não era nada daquilo. Não era uma riquinha mimada, seus pais não tinham dinheiro sobrando para ela esbanjar e gastar como quiser. Mas compreendia que divulgava uma realidade diferente da que levava, que começara a mostrar apenas a parte boa da sua vida, como as festas em Rio das Pitangas e as caminhadas pelo campus arborizado, com prédios antigos com fachadas trabalhadas. Ela percebeu que era o que os seguidores queriam. As fotos que não tinham nada a ver com diversão e festas eram as menos curtidas e, cada vez mais, foram diminuindo do seu *feed*.

A princípio, relutou em deixar que as redes sociais fossem regidas pela opinião dos outros, não queria focar apenas em sua vida social, queria postar o que bem entendesse. Só que as curtidas nas fotos faziam muito bem a Larissa, ficava feliz quando via que as pessoas estavam gostando do que publicava. Ela se sentia bem, amada, como se estivesse recebendo uma atenção que não tinha em casa.

Apesar disto, não se considerava uma pessoa fútil. Lia muito e gostava de pesquisar na internet sobre diversos assuntos. Se alguém falava de algo que não entendia bem, ela ia para o Google e tentava aprender um pouco sobre o tema, para tirar suas próprias conclusões a respeito daquilo.

Mas as pessoas achavam que sabiam tudo sobre ela, pelo simples fato de verem uma parte da sua vida. E se achavam no direito de irem até suas redes sociais falar o que pensavam sobre isso, sem se preocupar se a magoariam ou não. Eles não se importavam com ela, a única coisa que queriam era agredi-la gratuitamente.

Larissa estava perdida em si mesma, ainda se encarando no espelho, quando escutou uma gritaria na sala. Ela pensou se saía do banheiro ou esperava mais um pouco, mas achou que era Rafael quem brigava com Guilherme, e quis ir lá defendê-lo. Enquanto abria a porta, escutou uma voz reclamando com Guilherme sobre o iogurte.

— Eu não tomei seu iogurte — disse Guilherme.

— Se não foi você, foi aquele outro imbecil que mora aqui — gritou um rapaz, que ela não conhecia. Ele era alto e tinha cabelo loiro, comprido até o ombro.

— Fui eu, me desculpe — respondeu Larissa, assustada.

Ela se aproximou dos dois e notou o rapaz a encarando, um pouco atônito. Ele olhou Guilherme e depois voltou a encará-la.

— Eu... Bem... — gaguejou ele, um pouco atordoado.

Ela estava acostumada com aquela reação. Larissa não se sentia a mulher mais linda do mundo, mas sabia que atraía a atenção dos garotos da universidade.

— Desculpa, eu acordei com fome. O Gui ainda estava dormindo, então abri a geladeira e vi o iogurte. Devia ter esperado ele acordar para pedir.

— Não tem problema. — O rapaz ainda alternava o olhar dele entre ela e Guilherme.

— Eu vou repor, não se preocupe — disse Larissa,

um pouco sem graça por ter causado uma confusão na república deles.

— Não precisa. Não vai fazer falta. — O rapaz mexia na garrafinha de iogurte que estava em suas mãos, como se não soubesse o que fazer. — Eu... — gaguejou ele, novamente, e saiu da sala.

Larissa ficou observando-o ir para o corredor e entrar em um quarto, fechando a porta.

— O que foi isso? — perguntou ela, se sentando ao lado de Guilherme, que ainda estava no sofá.

— O *serial killer*.

— Como vocês vivem com um cara desses?

— Já me acostumei. O Pedro não é uma pessoal sociável, mas eu também não sou — explicou Guilherme, dando de ombros.

— Quanto drama por causa de um iogurte. Tem mais um monte na geladeira, eu vou comprar outro para repor.

— Não se importe com isso.

— Está maluco? Depois dessa cena toda é claro que amanhã mesmo vou trazer um iogurte aqui. Aliás, um não, vou trazer uns vinte. Vou comprar um caminhão de iogurte e despejar tudo no quarto dele — disse Larissa, ainda assustada.

— Isto vai ser muito engraçado — comentou Guilherme, e ela ficou na dúvida se ele realmente acreditou nela.

— É sério, amanhã de tarde eu volto aqui com uma sacola cheia de iogurtes.

— Não se preocupe, de verdade. Ele é assim mesmo, mas não faz nada. Só reclama.

Larissa decidiu não falar mais sobre aquilo com Guilherme. Depois de passar a noite na casa dele, estava se sentindo um pouco melhor e não queria estragar seu dia por causa de um desconhecido. Isso vinha acontecendo constantemente e ela decidiu que, naquele domingo, um estranho não iria afetar sua vida.

— Obrigada por ontem, por me deixar dormir aqui. E por ser tão legal comigo.

— Eu não fiz nada de mais.

— Fez sim. Isso significou muito para mim — disse ela. Sabia que havia tomado uma atitude imprudente, mas sentia que podia confiar em Guilherme. Ele era diferente dos garotos que conhecia, e queria ser amiga dele de verdade. — Qualquer outro cara ia pensar mal de mim por querer dormir aqui.

— Você é sempre bem-vinda aqui. Mas minha cama não é confortável.

Ela riu. Ele tinha razão, a cama não era confortável. O colchão de Guilherme era muito duro, e as costas dela estavam doendo um pouco.

— Como você consegue dormir nela?

— Faz bem para a minha coluna. Mas se você vai passar a dormir aqui, posso comprar uma espuma e pôr em cima, para ficar mais macio.

— Ah, Gui, não se preocupe com isso. — Ela sorriu. — Você é a pessoa mais incrível que eu já conheci, sabia? Queria muito que a gente desse certo.

— Impossível, só temos vinte e sete por cento de compatibilidade.

— Eu sei, mas a vida seria bem mais fácil se você fosse o cara certo para mim.

— Não sei como argumentar sobre esta frase.

— Não precisa. E não precisa comprar uma espuma para sua cama, e nem ver quem é compatível comigo. Decidi que não quero saber. Por enquanto.

— Esta é uma decisão para se tomar com a cabeça fria. E talvez seja melhor suspender o lançamento do aplicativo.

— Por quê? — Larissa se espantou. Desde que conhecera Guilherme, ele praticamente só falava sobre o programa.

— Sinto que pode gerar muita confusão.

— Mas é algo legal. Sei que tem gente que pode ter problemas ao descobrir quem é a alma gêmea, mas eu acho que pode ajudar muitas pessoas.

— Mas você não quer saber a resposta. E o Rafa não gostou de saber, e me impediu de contar para a Bruna. E você não pode contar para ela.

— Não vou contar, por enquanto. Ainda preciso pensar qual a decisão certa a tomar sobre isso, afinal ela é a minha melhor amiga. Mas acho que você está certo sobre os dois, e também quero ver o seu amigo se apaixonando pela Bruna. Porque também tenho certeza de que isso vai acontecer.

— É claro que vai acontecer, mas ele não me escuta.

Larissa sorriu. Guilherme era realmente especial.

— Desculpa mais uma vez por ter te beijado ontem — pediu ela.

— Eu gostei — disse Guilherme, um pouco sem graça.

— Eu sei, mas eu me aproveitei de você e isto não é certo.

— Estou bem, não se preocupe — disse ele, olhando para baixo e alisando um pedaço do lençol.

Larissa pensou um pouco nas palavras dele, e decidiu que era melhor jogar limpo. Guilherme estava sendo uma das pessoas mais legais com ela ultimamente, não podia estragar aquele começo de amizade.

— Desculpa ser um pouco direta, mas... você gosta de mim?

Ele a encarou atônito.

— Não!

— Não?

— Não do jeito que você pensa. Você é bonita, inteligente e divertida. É claro que eu gostei de te beijar ontem, mas não vou sofrer por você — explicou ele. — Eu sei que não temos futuro, então não fico pensando nessas coisas. O Rafa diz que eu penso de forma prática.

— Talvez o mundo fosse melhor se todos pensassem assim — comentou ela. — Eu não quero te magoar.

— Você não me magoou, e nem vai.

— Amigos?

— Amigos.

Ela o abraçou e se lembrou de Igor.

— Gui, preciso te contar uma coisa. — Ela o soltou e ele a encarou. — Ontem, o Igor disse que queria me beijar, mas não ia fazer isso por sua causa. Eu acho que ele pensa que você é apaixonado por mim.

— Mas que besteira! — disse ele, como se estivesse ofendido, e Larissa não se importou. Já o conhecia o suficiente para saber como o amigo reagia. — Ele devia ter te beijado, se estava com vontade.

— Acho que ele está com a impressão errada sobre o nosso relacionamento.

— Nós não temos um relacionamento.

— Temos sim. Somos amigos.

— Mas eu sou amigo dele e do Rafa também.

— É diferente. — Ela deu de ombros. — Talvez você deva conversar com ele.

— Você queria beijá-lo?

— Sim — respondeu Larissa, sentindo o rosto corar. — Viu? Por isso as pessoas precisam de um aplicativo para indicar possíveis sucessos de relacionamentos. Não desista dele, não agora que chegou tão longe.

— Vocês fazem muita confusão sobre essas coisas.

— Vocês? — Larissa riu.

— Vocês todos, se interessam por alguém, mas não conseguem assumir ou falar com a pessoa e arriscar.
— As pessoas têm medo da rejeição.
— A rejeição faz parte da vida. Aprendemos com ela.
— Não é bem assim. É complicado.
— E você acha que meu aplicativo pode descomplicar?
— Sim. Não desista dele.
— Não vou desistir. E posso ver a sua compatibilidade, se quiser.
— Pode ver, só não me conte. E, se tiver alguém, veja se essa pessoa tem alguma outra compatibilidade na cidade — pediu Larissa.

Domingo era o dia em que o Fazenda ficava mais cheio. Várias famílias almoçavam no lugar, e conseguir uma mesa na varanda se tornava uma tarefa mais difícil do que durante a semana.

Foi por esse motivo que Rafael enviou uma mensagem aos amigos. Ele tinha saído para correr e decidiu tomar banho no vestiário do ginásio da universidade, para ganhar tempo. Assim, não precisava passar em casa antes do almoço.

Ao entrar no Fazenda, ficou feliz em ver Igor e Guilherme já sentados na varanda. Ele se serviu e foi até eles.

— Que bom que receberam minha mensagem — comentou Rafael, se sentando.

— Nem precisava, a gente sempre pega mesa na varanda, quando consegue — disse Igor.

— Eu sei, mas quis avisar que ia me atrasar.

— Podia ter me chamado que eu ia correr também — disse Igor.

— Você nunca aceita correr quando te chamo — explicou Rafael.

— Hoje eu ia. — Ele deu de ombros.

— O que aconteceu ontem? — perguntou Rafael. — Você foi embora cedo.

— Estava cansado — desconversou Igor.

— E com você? — perguntou Rafael, olhando Guilherme.

— Nada — respondeu Guilherme.

— Nada? Eu cheguei em casa e te encontrei dormindo no sofá.

— Ah, sim. A Larissa dormiu na minha cama.

— Opa, calma aí! A Larissa dormiu na sua casa? Explica isso direito — pediu Igor. Ele e Rafael se entreolharam, confusos.

— Não há nada para explicar. Ela não queria ir para casa, pediu para dormir no meu quarto e eu cedi minha cama.

— Gui, isso não é explicar direito, é deixar tudo ainda mais confuso — comentou Rafael. — Por que ela pediu para dormir lá em casa? Vocês ficaram?

— Não aconteceu nada. Ela só estava um pouco triste, disse que não tinha cabeça para ir para casa, e perguntou o que eu faria se ela pedisse para dormir no meu quarto.

— E você respondeu o quê? — quis saber Igor.

— Eu respondi que cederia minha cama a ela e dormiria no sofá, óbvio.

— Meu Deus, Gui, você não existe — disse Rafael, sorrindo.

— É claro que eu existo, que coisa mais ridícula, estou bem aqui.

— Eu quis dizer que você é um perfeito cavalheiro, e este é um dos motivos para eu ser seu amigo. Você é um cara especial — disse Rafael.

— Eu sou absolutamente normal.

— E por que ela estava triste? — perguntou Igor.

— Acho que porque você disse que queria beijá-la, mas não ia fazer isto por minha causa — respondeu Guilherme, como se falasse sobre o tempo em Rio das Pitangas, e continuou almoçando.

— Ok, calma. Vocês dois podem me explicar o que aconteceu naquela pista de dança? — pediu Rafael.

— Ela te falou isso? — insistiu Igor, para Guilherme, ignorando Rafael. — Gui, desculpa. Não pensei que ela ia te contar. E desculpa também por querer beijá-la. Eu tentei evitar, mas ela é muito gente boa.

— É claro que é, e o cara que ficar ao lado dela será muito feliz — disse Guilherme.

— E este cara não é você? — perguntou Igor.

— Não, nós temos apenas vinte e sete por cento de compatibilidade.

— Mas você gosta dela! — disse Igor.

— Eu gosto dela, mas não como você pensa. E o meu aplicativo indica que não daremos certo, então não há motivos para continuar gostando dela.

— Dane-se o seu aplicativo, Gui. Se você gosta dela, lute por ela — disse Rafael, e Igor concordou.

— Não é bem assim que funciona um relacionamento. Se você casa com alguém totalmente oposto, vai ser um conflito para a vida toda — disse Guilherme.

— Gui, ninguém está falando em casamento, vamos com calma. Só acho que, se você gosta da garota, tente pelo menos ficar com ela, ou ter um namoro, mesmo que por pouco tempo — explicou Rafael.

— Não vale o desgaste — respondeu Guilherme.

— Pare de falar como se fosse algo sem importância. Você gosta da menina, não pensa em ter nada com ela? — perguntou Rafael.

— Não. Eu sou prático, como você mesmo já falou para mim, várias vezes. Se ela não é compatível comigo, não há futuro para nós. — Guilherme olhou Igor. — Você devia ter beijado ela ontem. Ela queria te beijar.

— Queria? — perguntou Igor, feliz. Ele balançou a cabeça, tentando espantar a felicidade. — Eu não ia fazer isso com você.

— Vocês são compatíveis, o aplicativo deu oitenta e quatro por cento de combinação. Há mais futuro para vocês dois do que para mim. E ela me deu um beijo, então eu já fiquei feliz com isso.

— Eu sou compatível com ela? — Igor se surpreendeu.

— Espera aí! Ela te beijou?

— Gui, vai com calma — pediu Rafael. — Você está despejando um monte de informação em cima do Igor de uma vez só.

— O ser humano tem a tendência de complicar os relacionamentos — explicou Guilherme. — Este é um dos motivos pelo qual criei o aplicativo: facilitar a vida de todos e evitar mal entendido.

— Mas você não pode sair falando o resultado sem consultar a pessoa antes. Você nem sabe se o Igor queria descobrir sobre a Larissa. Como as meninas falam, você está quebrando a magia para ele — disse Rafael.

— Talvez o Gui tenha razão, talvez seja melhor eu saber — comentou Igor, ainda surpreso com as informações de Guilherme.

— Você está falando sério? — perguntou Rafael.

— Se não fosse pelo aplicativo dele, você teria se aproximado da Bruna?

Rafael ficou calado, pensando nas palavras de Igor. Ele sempre soube quem Bruna era, por causa de Larissa. Era impossível morar em Rio das Pitangas e não conhecer a famosa *digital influencer* e suas amigas. Mas nunca tinha pensado em

Bruna como alguém para se envolver. Na verdade, Rafael nunca pensara em garota alguma como alguém para se envolver.

E Igor estava certo. Se Guilherme não tivesse contado que Bruna era compatível com ele, Rafael jamais teria se aproximado dela.

— Eu ainda não estou certo de que somos o casal perfeito — desconversou Rafael, se lembrando da conversa que tivera com Bruna no Trem Bão.

— São. Meu aplicativo não erra — explicou Guilherme. Ele se levantou e encarou Rafael. — Estou indo até a casa dela agora, você quer ir também?

— Você vai até a casa da Bruna? Fazer o quê? — perguntou Rafael, confuso.

— Conversar com o pai dela. Ele falou sobre alguns projetos que me interessaram profundamente — disse Guilherme.

— Não, não vou lá.

— Tudo bem, estou saindo — disse Guilherme, e, desta vez, olhou Igor. — Não demore para falar com a Larissa. Há outro cara aqui na cidade compatível com ela. Não tanto quanto você, mas há — completou e saiu do restaurante.

Rafael e Igor ficaram em silêncio por um longo tempo, cada um pensando em sua respectiva garota.

— Ok, o que acabou de acontecer? — perguntou Igor.

— Bem-vindo à minha vida nas últimas semanas. Você acabou de descobrir quem é compatível com você — respondeu Rafael.

— E ele fala assim, sem se importar se eu quero saber?

— Se serve de consolo, você descobriu de um modo mais ameno do que eu. E, além do mais, você já está interessado nela, de qualquer forma.

— Interessado em dar uns beijos, não em namorar ou casar.

— Bom, pelo menos ele não falou em casamento com você — disse Rafael, rindo.

— Você acha graça, né?

— Cara, eu estou ficando maluco nos últimos dias, com o Gui na minha orelha falando de casamento, filhos e compatibilidade. Pelo menos, agora, tenho com quem dividir isso.

— Ele olhou Igor, ainda em choque. — Essa surpresa inicial vai passar, acredite. E, talvez, você fique feliz daqui a pouco.

— Você ficou feliz?

— Não, ainda estou disposto a provar que o aplicativo dele errou. Mas eu não tinha interesse em dar uns beijos na Bruna antes de saber.

— E agora? Tem interesse em dar uns beijos nela?

Rafael pensou na pergunta do amigo, se lembrando da noite anterior, quando foi deixar Bruna em casa. Ele quis beijá-la, mas não arriscou. Não sabia ainda o que sentia sobre aquela situação toda, e não quis colocar tudo a perder.

— Não sei. Talvez, em alguns momentos, eu me sinta envolvido por ela, quando conversamos. Mas não quero namorar a garota ou algo assim — disse Rafael, mais para ele mesmo do que para Igor.

— Eu não posso fazer isso com o Gui. Ele gosta um pouco da Larissa.

— Aparentemente, ele não se importa. — Rafael deu de ombros. — O Gui pensa diferente da gente. Na cabeça dele, tudo é ciência. Como ele mesmo diz, é alguém mais prático. Se você gosta dela, vai fundo.

— Eu não sei...

— Eu entendo, você ainda está no choque inicial de saber que ela é a pessoa certa para você. Mas quando tudo se acalmar aí dentro da sua cabeça, decida se é o que você quer e, se for, vá atrás dela. Antes que o outro cara compatível chegue primeiro.

Capítulo 12

O significado de um dia bom equivalia ao dia em que não via Pedro, pelo menos era o que Rafael costumava dizer. Guilherme nunca pensara sobre isso, para ele a presença de Pedro na casa era indiferente. Mas precisou concordar com o amigo quando entrou na cozinha de manhã e viu Pedro ali, tomando iogurte.

Eles não se encontraram desde o incidente com Larissa, no dia anterior, e Guilherme decidiu manter o silêncio constante entre eles, quando abriu a geladeira para pegar pão de forma e queijo.

Enquanto Guilherme preparava um sanduíche, Pedro pigarreou.

— Aquela menina que estava aqui, ontem, é sua namorada? — perguntou ele.

— Claro que não. Somos amigos — respondeu Guilherme.

— E ela é solteira?

— Sim.

— Então eu posso tentar conquistar ela?

— Vocês não são compatíveis — disse Guilherme, e na mesma hora se arrependeu. Pedro não sabia que o aplicativo fora criado por ele, e Guilherme vinha aprendendo a cada dia que devia manter os resultados confidenciais, pelo menos até as pessoas decidirem se queriam saber deles ou não.

— Como assim? — Pedro estreitou os olhos. — Você é um imbecil, sabia? Quem disse que eu não sou compatível com ela?

— Não acredito que vocês tenham algo em comum — desconversou Guilherme.

Ele ficou se perguntando onde estava Rafael, que não aparecia para ajudá-lo. Devia ter acordado o amigo antes de ir tomar café da manhã.

— É mesmo, "*senhor-sabe-tudo*"? Quer apostar quanto que eu consigo conquistá-la antes de você?

— Eu não quero conquistar a Larissa.

— Não, é? Vamos lá, vamos apostar. Eu conquisto a garota antes de você pensar em dizer "*eu te amo*".

— Eu não vou dizer "*eu te amo*", porque não amo a Larissa. E não vou fazer nenhuma aposta, não existe algo mais ridículo que isso.

— Problema seu. Eu vou lá conquistá-la — disse Pedro, piscando o olho e saindo em direção ao seu quarto. Ele esbarrou de propósito, e com força, em Rafael, que chegava na sala.

— O que foi isso? — perguntou Rafael, esfregando a área do braço onde Pedro esbarrou.

— Ele quis apostar comigo quem conquista a Larissa primeiro — respondeu Guilherme, em pé, em frente à bancada. — Estou fazendo queijo-quente, quer um também?

— Calma aí, Gui! Você não pode despejar as coisas e mudar de assunto drasticamente. Como assim apostar quem vai conquistar a Larissa? — perguntou Rafael, se sentando em frente à bancada que separava a sala da cozinha, e pegando um prato. Ele começou a montar um sanduíche também.

— Ela dormiu aqui, eu te falei. E ele a viu e agora quer apostar quem conquista a Larissa primeiro. Como se ele tivesse alguma compatibilidade com ela. Isso é ridículo. — Guilherme ia falando como se discursasse para uma plateia. Ele colocou o sanduíche em um grill. — Como se eu tivesse oito anos de idade e fosse apostar quem vai vencer uma corrida.

— Ele ficou a fim da Larissa? Meu Deus, o que está acontecendo nesta cidade?

— Não perguntei isso a ele, mas ele acha que é compatível com ela. Só que o aplicativo mostrou o contrário.

— Você viu os resultados do Pedro? — Rafael parou a montagem do sanduíche e encarou o amigo, perplexo.

— Dele não, dela — disse Guilherme, balançando a mão.

— Ela me pediu. Mas ela não quer saber.

— Por isso você sabe que ela é compatível com o Igor.

— Rafael voltou a se concentrar no sanduíche. — E quem é o outro cara compatível com ela?

— O Murilo. Não sei quem é, mas rodei os dados dele e vi outras meninas compatíveis. Ele tem várias opções aqui na cidade.

— E o Igor? Viu os resultados dele? Mais alguém compatível?

— Por enquanto, só ela.

— Ok, mas voltando ao Pedro. O que você respondeu sobre a aposta?

— Eu disse que não quero conquistar a Larissa. Nós não somos compatíveis. E ele também não, mas ele não quis me ouvir.

— Você contou a ele sobre o aplicativo? — Rafael precisou se esforçar para não falar alto. — Meu Deus, Gui, qual foi a reação dele?

— É claro que não contei. Eu me lembrei a tempo de que ele não sabe. Só disse que não ia apostar nada.

— Bem, não vou negar que vou achar engraçado o Pedro quebrando a cara, quando vir a Larissa com o Igor.

— Eles se acertaram?

— Não. Mas talvez você tenha aberto o caminho para ele.

— Não sei do que você está falando. — Guilherme balançou a cabeça e estendeu a mão. — Vamos, passe o seu prato que eu coloco o sanduíche aqui, para esquentar.

O silêncio da tarde foi interrompido pela campainha. Bruna estudava no quarto e olhou Baz, deitado em sua cama. O gato ressoava alto, alheio a tudo à sua volta, e ela pensou se deveria fazer igual a ele e ignorar quem estava na porta de casa, mas a campainha tocou de novo e ela decidiu ir até lá.

— Você só quer saber de dormir, né? — disse ela para o gato, que nem se moveu com o comentário.

Bruna desceu as escadas, abriu a porta de casa e viu Guilherme no portão. Ele segurava uma caixa e acenou, desajeitadamente.

— Olá, seu pai está? — perguntou Guilherme, enquanto Bruna abria o portão.

— Não, mas deve chegar em breve.

Guilherme entrou na sala atrás dela, olhando para os lados, sem saber o que fazer. Ele fora lá no dia anterior e ficara a tarde toda no quintal, fazendo algum projeto com Milton.

— Nós marcamos de nos encontrarmos às quatro. Faltam três minutos — comentou ele.

— Não se preocupe, papai é pontual. O que é isso? — perguntou ela, olhando a caixa.

— Seu pai e eu estamos tentando criar um circuito inteligente para a sua casa — respondeu Guilherme, como se Bruna soubesse do que se tratava. — Posso colocar a caixa no quintal?

— Claro, vem, eu abro a porta de trás para você. — Eles seguiram pela sala e atravessaram a cozinha. Bruna abriu a porta que dava para o quintal e apontou uma mesa. — Pode colocar a caixa ali.

— Obrigado. — ele apoiou a caixa em cima da mesa e começou a tirar fios dali de dentro. Em seguida, pegou um tablet e ligou.

— O que seria esse circuito inteligente?

— Vamos tentar deixar a sua casa ao comando de voz ou do computador, mas precisamos interligar os sistemas de toda a parte elétrica e também... — Guilherme foi falando e Bruna se perdeu na explicação quando ele começou a citar termos técnicos.

— Papai chegou — disse Bruna, ao ouvir a porta da sala se abrir.

Milton entrou em casa e ficou feliz ao encontrar Guilherme. Bruna deixou os dois conversando no quintal e voltou para o quarto. Baz ainda dormia na cama.

— Acho que papai encontrou a alma gêmea dele — brincou ela, para o gato, que continuou ignorando-a.

Bruna voltou a estudar, mas em pouco tempo um barulho vindo do quintal a atrapalhou. Ela olhou pela janela e viu Milton e Guilherme lá embaixo, trabalhando no que quer que fosse. Eles a viram e acenaram, alegremente. Ela retribuiu o aceno e voltou a se sentar em frente à apostila aberta na mesa, mas sabia que não ia conseguir continuar o estudo.

Pegou o celular e se deitou na cama, com Baz resmungando e se virando para o lado. Enviou uma mensagem para Larissa, elas não conversaram direito após a noite de sábado.

Bruna
Quer fazer algo?

Lari
Estou no mercado 😐
Passo aí de noite

Bruna
Pode ser

Lari
19h 😊

    Ela ficou rolando a barra de contatos até chegar ao nome de Rafael. Ficou tentada a enviar uma mensagem, mas ao mesmo tempo estava sem graça. O que ia mandar? Desde sábado que não conversaram mais, ela não o encontrou na universidade.
    Ainda decidia o que fazer quando o celular apitou, indicando que chegara uma nova mensagem. Bruna se surpreendeu quando viu que era de Rafael, parecia que ele tinha lido sua mente.

Rafa
Sorvete?

    Ela riu da mensagem. Era a cara dele. Mordeu o lábio e olhou Baz em cima da cama.
    — O que eu respondo, Baz? — perguntou, mas o gato não lhe deu resposta alguma.

Bruna
Sempre

Rafa
Iceberg em 10 minutos

    Ela se levantou rápido da cama, acordando o gato.
    — O que eu visto, Baz? E por que estou tão preocupada com isto?

Bruna abriu o armário e pensou que não tinha nada adequado para ir a uma sorveteria com Rafael. Então chegou à conclusão de que ele era só um amigo, e não precisava se arrumar toda para tomar sorvete com ele.

Pegou um vestido verde e colocou na frente do corpo, se olhando no espelho. Desistiu dele e pegou outro, azul. Ele era de alças, um pouco largo, mas nem tanto, e a saia levemente rodada. Ela vestiu e se olhou novamente no espelho. Estava com um ar descontraído, e decidiu que o vestido era bom o suficiente para aquela ocasião.

— Sorte a sua que não precisa se preocupar com o que vai vestir, Baz — disse, saindo do quarto, enquanto o gato voltava a dormir.

Do mercado, Larissa foi direto para a casa de Guilherme. Ela abriu o portãozinho que havia na entrada, atravessou o pequeno jardim mal cuidado e tocou a campainha, se surpreendendo quando Pedro atendeu. Ele pareceu atordoado ao vê-la ali. Usava uma bermuda e uma camiseta surrada, os cabelos bagunçados e a franja cobrindo parcialmente os olhos.

— Ah, que bom que você está em casa. Trouxe isto para você. — Ela entregou a ele uma sacola cheia de garrafinhas de iogurte.

— Não precisava — disse ele, olhando dentro da sacola.

— Claro que precisava. Depois daquele escândalo que você fez — disse Larissa, e ia saindo quando Pedro segurou o braço dela.

— É sério — comentou ele, devolvendo a sacola para Larissa. — Realmente não precisa. Foi só uma garrafinha.

— E por que aquele escândalo todo?
— São os caras — disse ele, dando de ombros. — Se eu não colocar limite, aqueles imbecis comem tudo.
— Não chame meus amigos de imbecis.
— Desculpa. Mas você não mora com eles, não sabe como é.
— E, pelo que percebi, nem você.
— Como é que é? — perguntou Pedro, ainda atordoado.
— Pelo que notei, vocês não têm uma convivência, certo? — disse Larissa, e ele concordou, acenando com a cabeça.
— E, se não há convivência, como você vai saber se eles são imbecis ou não?
— Eu não quero saber.
— É uma escolha sua. Mas eu não vou levar isto para casa — disse ela, empurrando a sacola para Pedro e saindo.
— Espera! — pediu ele, indo em direção a ela. — Quer entrar?

Larissa olhou Pedro e a porta da casa aberta.
— Os meninos estão em casa?
— Não, eles saíram.

Ela olhou Pedro novamente. De modo algum entraria ali sozinha com ele. Não acreditava que fosse um *serial killer*, como Guilherme o chamava, mas era assim que as mocinhas morriam nos filmes, não era?

E Pedro era um desconhecido. Ela não o conhecia. Tudo bem que dormira ali, no sábado, e mal conhecia Guilherme, mas eles eram completamente diferentes, e ela sabia que Guilherme era um dos caras mais doce e inocente que existia.

— Obrigada, eu preciso ir embora — disse ela, dando um passo discreto para trás, na direção do portão.

— Você gosta do Guilherme? — perguntou Pedro, quando ela ficou de costas e pôs a mão no portãozinho para abrir.

— Hã? — Larissa se virou para ele.

— Eu perguntei se você gosta do Guilherme.
— Não, ele é apenas meu amigo.
— E ele tem alguma chance com você?
Larissa começou a rir.
— Não, como ele diz, não somos compatíveis. Acho que o aplicativo dele deu apenas vinte e poucos por cento entre a gente.
— Aplicativo? — perguntou Pedro, confuso.
— É, o aplicativo que ele está criando. Para encontrar a pessoa ideal para você — explicou ela.
Pedro ficou algum tempo a encarando, desorientado, até sua expressão mudar de surpresa para raiva.
— Aquela pesquisa é dele?
— Ah, meu Deus, você não sabia... — disse Larissa.
— Que droga — respondeu Pedro, entrando em casa e deixando ela ali, sozinha.
Larissa correu para a rua e foi para casa, antes que Pedro voltasse.
Ou, pior, a levasse para dentro.

Capítulo 13

A sorveteria Iceberg ficava na praça central de Rio das Pitangas, do lado oposto ao restaurante Fazenda. Ela fazia sucesso na cidade pela variedade de sabores que vendia, e Bruna amava o lugar.

Chegando ao local, ela encontrou Rafael em pé, em frente ao balcão, olhando os sorvetes.

— Ainda se decidindo? — perguntou ela. Ele a olhou e sorriu.

— Sempre compro o de pistache.

— Hum. É uma delícia. Mas eu ainda prefiro o de baunilha com amêndoas.

Rafael chamou uma das atendentes e pediu os sorvetes. Não deixou Bruna pagar, por mais que ela insistisse.

— Eu te convidei.

— Posso pagar meu próprio sorvete.

— Eu sei — disse ele, pagando e encerrando o assunto. — Vem.

Ele a pegou pela mão como se fosse algo normal, entrelaçando os dedos, e a levou para a praça. Bruna não prestou atenção ao caminho que fizeram, só se concentrava nas mãos deles unidas e na sensação boa que isto provocava nela.

Pararam em um dos bancos que havia na praça central, um local arborizado, com várias mesas e bancos dispostos ao longo dela, para as pessoas conversarem, e um chafariz grande no meio.

Rafael escolheu um assento embaixo de uma árvore e entregou o sorvete dele para Bruna, quando ela se sentou.

— Espera aqui — disse ele, saindo sem dar tempo de ela falar qualquer coisa.

Bruna viu quando Rafael foi em direção às barraquinhas de comida que haviam ali. Desde que a revitalização da praça aconteceu, alguns anos atrás, o prefeito construiu barraquinhas fixas, que vendiam praticamente de tudo: pipoca, chocolate, artesanato, pão de queijo. E batata frita.

Ela sentiu o coração acelerar quando Rafael comprou um saquinho de batatas fritas, feitas na hora. Amava aquela batata e toda semana comprava o maior tamanho para devorar.

Ele voltou para perto dela e encaixou o saquinho de batata entre os dois, em uma fresta do banco, para que não caísse.

— Agora vamos ver se essa mistura é boa — disse ele, pegando uma batata e enfiando no sorvete. Ele experimentou e fechou os olhos, saboreando a iguaria. — Não é a melhor coisa do mundo, mas não é ruim.

Bruna começou a rir. Ela ainda estava surpresa com a atitude dele.

— Fica melhor com o de baunilha — disse ela, e Rafael enfiou uma batata no sorvete que ela segurava.

— Fica mesmo — disse ele, depois de provar. — Muito bom esse sorvete que você pediu.

— Nunca experimentou? — perguntou ela, pegando uma batata e mergulhando no sorvete.

— Eu te falei, sempre compro o de pistache.

— Então você não experimenta outros sabores?

— Já experimentei, mas o de pistache é melhor, então praticamente só tomo ele toda vez que vou lá.

— E eu que pensei que você vivia intensamente. — Bruna balançou a cabeça, rindo.

— Experimenta agora com o de pistache — disse ele, trocando os potes de sorvete.

Bruna provou e gostou, embora ainda achasse mais gostoso com o de baunilha. Ela reparou que ele não trocou os potes de volta e continuou comendo.

— Eu te falei que o de baunilha era melhor.

— Desculpa — disse ele, sem graça, trocando os potes.

— Pode comer. — Ela ofereceu mais do sorvete, e ele aceitou. — Se tivesse me falado que ia comprar batata, eu tinha avisado para ficarmos só no de baunilha.

— Ainda assim, eu compraria o de pistache. — Ele deu de ombros. — Prova ele sozinho — disse Rafael, levando a colher dele na direção da boca de Bruna e recolhendo a mão imediatamente, percebendo o que estava fazendo. — Melhor você pegar um pouco com a sua colher.

Ela ficou sem graça e notou que ele também estava.

— Obrigada, já comi dele. Ainda prefiro o meu — disse, mostrando o pote de sorvete e tentando amenizar o clima. Ultimamente, o ar ficava desconfortável entre eles com frequência.

— E aí? Continua tão bom quanto era quando criança? — perguntou Rafael, em uma tentativa de quebrar o silêncio constrangedor.

— Não. — Eles riram. — Mas ainda é bom.

— É horrível, preciso confessar — disse ele, e eles riram ainda mais. — Porém, nada me impede de comer separado.

— Não — concordou Bruna. Eles ficaram observando as pessoas na praça. Alguns amigos se cumprimentaram rapidamente ao cruzarem o caminho. Próximo a eles, um homem brincava com o filho no parquinho. Eles estavam felizes, e Bruna percebeu que Rafael não tirava os olhos da cena. A criança riu e correu para os braços do pai, e Rafael respirou fundo. — Você está bem? — perguntou ela, e ele apenas balançou a cabeça, sem prestar muita atenção. — A Lari vai lá em casa hoje e estou pensando em irmos ao Bebe Aqui.

— Legal, divirtam-se — respondeu Rafael, de forma ríspida, percebendo em seguida o modo como falou. — Desculpa, acho que você estava me convidando.

— Sim, mas depois desse fora... — disse ela, um pouco constrangida.

— Não quis que soasse como um fora... — Ele terminou o sorvete e ficou encarando o pote vazio. — Hoje não dá, amanhã tenho prova. Estava estudando até agora, mas minha cabeça já não assimilava mais nada. Precisei de um combustível — explicou, mostrando o pote de sorvete. — Ainda tenho muita coisa para estudar.

— Sem problemas — comentou ela.

— A banda de sábado vai tocar novamente no Trem Bão, na sexta. O que acha? Podemos nos encontrar lá. Eu, você, a Lari, o Igor, Gui, seu casal de amigos...

— Pode ser.

Ele voltou a ficar calado e Bruna sentiu que Rafael estava um pouco estranho. Ela se perguntou se devia ir embora ou tentar descobrir o que mudou.

— Está tudo bem mesmo?

— Sim, sim. — Ele a olhou e sorriu. — Desculpa, às vezes eu fico assim, viajando, e parece que estou distante.

— Não tem problema, eu entendo — disse ela, sem entender. Em um momento ele era o Rafael que ela conheceu, alegre e divertido, e, no instante seguinte, estava distraído e calado.

Bruna notou que ele continuava olhando o pai brincar com o filho, e ficou acompanhando os dois irem até a barraquinha de pipoca.

— Eu fui meio grosso, né? Quando te dei um fora — perguntou ele, depois de um tempo.

— Não.

Ele a olhou, e ela percebeu que Rafael estava com os olhos um pouco úmidos.

— Desculpa. Minha cabeça estava longe.

— Quer falar sobre isso?

— Não hoje. — Ele deu um sorriso triste. — Continuo falando isso, né?

— Não tem problema.

— Podemos nos encontrar amanhã, no nosso ponto de encontro, antes do almoço?

— Sim.

— Ok. — Ele sorriu, ainda um sorriso triste. — Preciso voltar a estudar.

— Eu também preciso ir para casa. Também estava estudando, quando você me chamou.

— Desculpa, não quis atrapalhar.

— Não atrapalhou. O Gui e meu pai estavam fazendo uma barulheira no quintal, precisei sair, para espairecer.

— A gente se vê amanhã, então?

— Combinado — disse ela, e cada um seguiu o seu caminho.

Ao voltar para casa, após o encontro com Rafael, Bruna não conseguiu mais estudar. O barulho que o pai e Guilherme faziam no quintal não foi o motivo que a atrapalhou, embora ela tivesse usado esta desculpa. Simplesmente não conseguiu mais focar nas apostilas e em seu fichário, sua mente estava confusa com a mudança de humor de Rafael.

Algo acontecera na praça, e ela estava quebrando a cabeça para descobrir o que fora, sem sucesso. Passou o resto da tarde deitada na cama, revisando o encontro em sua mente, mas não chegou à conclusão alguma. E foi assim que Larissa a encontrou, quando abriu a porta do quarto.

— Atrapalho? — perguntou Larissa, entrando e fechando a porta.

— Não. — Bruna se sentou na cama e puxou Baz, abraçando-o. O gato miou. — Meu Deus, esse gato só quer saber de dormir! Quando o adotei, pensei que ia ficar brincando comigo pela casa.

— Você podia ter treinado o Baz para andar pelas nossas costas, fazendo massagem — comentou Larissa, se sentando na cama de Bruna e pegando o gato do colo da amiga. — Né, Baz? Você quer fazer massagem nas costas da Tia Lari? Você quer, né? Quer sim, eu sei que quer. — Baz miou para Larissa. — Viu? Ele disse que quer.

— Haha — brincou Bruna. Ela ficou olhando Larissa dar vários beijos em Baz, enquanto o gato tentava fugir. — Acho que o que ele quer é encontrar uma almofada e dormir mais um pouco, para acordar de noite e ficar andando pelo quarto, atrapalhando meu sono.

— É isso mesmo, Baz, se revolte. Sua mãe não te ensinou a fazer massagem nos humanos, então reclame com ela.

— Eu acho que ele realmente não se interessaria em aprender isso.

Larissa soltou Baz, que correu até a porta e miou, olhando Bruna. Ela se levantou e deixou o gato sair do quarto.

— Aposto que ele vai para a cama dos seus pais, dormir mais um pouco — comentou Larissa, se deitando na cama de Bruna.

— Com certeza — respondeu Bruna, se sentando na beirada na cama, depois de fechar a porta do quarto. — Pensei em irmos até o Bebe Aqui comer algo, o que acha?

— Acho que estou com preguiça — disse Larissa, fechando os olhos, colocando uma almofada embaixo da cabeça e abraçando outra. — Sua cama é tão boa!

— Então ficamos em casa. Podemos fazer pipoca, ver um filme.

— Pode ser.

— Vai querer dormir aqui?

— Pode ser.

Bruna deu um tapinha de leve na perna de Larissa.

— Vê se não dorme agora. E, por falar em dormir, pensei que você ia voltar para cá, no sábado, depois do Trem Bão.

— Eu ia, mas desisti.

— O que aconteceu, Lari? Não te vi mais no sábado, e você não veio aqui ontem. Hoje, na universidade, a gente mal conversou.

— Desculpa se fiquei distante esses dias, precisei pensar um pouco — respondeu Larissa, abrindo os olhos.

— O que foi?

— Estou cansada, só isso. — Larissa se sentou na cama e colocou uma almofada no colo. Ela ficou alisando o tecido. — Eu dormi sábado na casa do Gui — sussurrou.

— Uau! Vocês ficaram? Ele veio aqui hoje, sabia?

— Não ficamos, não é isso. Ele é um cara legal. — Larissa sorriu, se lembrando do jeito de Guilherme. — O que ele veio fazer aqui?

— Ele e meu pai estão tornando a nossa casa inteligente.

— O que isso significa?

— Não sei ao certo, algo relacionado a deixar algumas coisas comandadas por voz ou computador.

— Então vai ser só eu falar: *"quero pipoca"* e um balde cheio aparece no meu colo?

— Quem dera. — Bruna visualizou a ideia da amiga na

cabeça, e decidiu que não seria nada mal se um dia as casas fossem assim. — Acho que vai ser só para acender e apagar luz, algo deste tipo. Sei lá. — Ela deu de ombros. — Eu estava tentando estudar um pouco, para a prova de Gestão de Comunicação de sexta, mas eles fizeram uma barulheira no quintal.

— Podemos estudar amanhã, antes de irmos para o Tavares.

— Sim, já pensei nisso. Pedi para meu pai não fazer barulho amanhã, eu preciso estudar.

— Aposto que ele disse que a biblioteca é silenciosa. — Larissa riu ao pensar no jeito de Milton.

— Sim, acredita? Em vez do meu pai me deixar estudar aqui, me manda para a biblioteca para ficar à vontade e destruir a casa.

— É a cara do seu pai — comentou Larissa. — E o Gui? Parece bem?

— Sim. — Bruna olhou a amiga. — Agora para de ficar fugindo do assunto e me conta. Por que você dormiu lá? O que aconteceu?

— Várias coisas. Ou nenhuma. — Larissa deu de ombros e continuou alisando a almofada. — Eu estava dançando com os meninos no sábado, e aí o Igor me disse que queria muito me beijar.

— Uau.

— Sim. — Larissa sorriu, se lembrando de Igor. — Ele é tão fofo! Eu queria muito beijá-lo também.

— Mas vocês ficaram? Eu não vi. Espera aí, você ficou com o Igor e dormiu na casa do Gui? O que aconteceu? — perguntou Bruna, sem entender o que a amiga estava falando.

— Calma, me deixa explicar. — Larissa encarou a amiga. — Ele disse que não ia me beijar por causa do Gui.

— Ai... Eu sabia que o Gui gosta de você.

— Mais ou menos. Eu acho que ele se sente atraído, talvez porque não saia tanto e não conheça muitas garotas. — Larissa deu de ombros. — Mas parece que ele não se importa do Igor ficar comigo.

— Ele sabe do Igor?

— Eu contei a ele. E eu dei um beijo rápido no Gui, no Trem Bão, mas ele disse que nós não temos futuro, porque só temos vinte e sei lá quantos por cento de compatibilidade, segundo o aplicativo dele.

— Como assim? Lari, me conta tudo direito porque não estou entendendo nada.

E Larissa contou. Falou de Igor e de sua atração por ele, do jeito atencioso que Guilherme a trata, dos motivos que a levaram a querer dormir na casa dele, do ataque de Pedro, da conversa com Guilherme e de seu encontro com Pedro, mais cedo. Ela apenas omitiu a parte em que descobriu que Bruna é a pessoa ideal para Rafael.

— E é basicamente isso — disse Larissa.

— Uau mil vezes. — Bruna ficou calada, pensando em tudo o que a amiga contou. — E agora? O que você vai fazer? Vai falar com o Igor?

— Não. — Larissa negou com a cabeça. — Não quero interferir na amizade deles. Se ele quiser, vem falar comigo.

— Melhor mesmo. — Bruna ficou pensativa. — Então o Gui já está vendo as informações do aplicativo?

— Sim. Eu pedi para ele ver as minhas compatibilidades, como o Gui fala, mas ele explicou que leva um tempinho para rodar os dados de uma pessoa específica. Fui até a casa dele decidida a saber, mas ontem, quando acordei, resolvi que não queria mais descobrir se há alguém para mim na cidade. Acho que entrei na sua de que não quero quebrar a magia — comentou Larissa.

— Você está certa.

— Você iria querer saber? Se eu pedir para ele ver os seus dados, você quer saber a resposta?

Agora foi a vez de Bruna ficar pensativa. Recordou a adolescência, do quanto sofreu ao ser ignorada por Cadu, quando ía às festas e ele estava lá, com os amigos, e mal a notava. Ou quando ele começou a namorar. Ela se lembrou do coração partido, e das noites chorando no travesseiro porque ele nunca iria ficar com ela.

E se pegou pensando em Rafael. Ele era um amor com ela, mas seria o cara certo? E, se soubesse que ele não era, o que ia fazer? Se afastar? Podiam ser só amigos, mas sabia que estava se apaixonando por ele. E, então, será que era melhor descobrir logo se eram compatíveis porque, se a resposta fosse negativa, ela já desistia antes de sofrer?

— Não. — Ela balançou a cabeça. — Acho que sofrer por amor é algo que faz parte da vida.

— Não sei se quero isso — brincou Larissa.

— Eu sei, é ruim demais. Mas não quero saber, pelo menos, por enquanto. Acho que ainda sou nova para pensar nisso, quero curtir um pouco o momento — disse ela, e se pegou pensando em Rafael novamente. Ela soava como ele. — Quero aproveitar cada segundo desses dias que estou passando com o Rafa.

— Hum... — disse Larissa, de forma maliciosa.

— Não é isso, boba. É que está sendo tão legal conhecer ele. Imagina se descubro que não é o cara certo? Vai quebrar a magia de estar ao lado dele.

— Mas... e se ele for? — perguntou Larissa, com calma.

— Se ele for, também não quero saber. Quero saborear

cada minuto que estamos passando juntos, sem essa tensão de ser ou não o cara ideal para mim. Porque pode ser o Rafa, e aí vai ficar muita pressão rondando a gente. E ele pode ser apenas alguém que apareceu na minha vida para me fazer feliz, durante um tempo.

— Alguém para te ajudar a esquecer o Cadu.

— Sim, eu preciso disso, né? — Bruna sorriu para Larissa.

— Se ele for esse cara, que vai me fazer feliz por um tempo, eu quero aproveitar isso também.

— Penso da mesma forma, também não quero saber. E expliquei isso ao Gui, mas pedi para ele ver meus dados, caso eu mude de ideia.

— Por falar em mudar de ideia, e sobre as redes sociais? Você disse que foi um dos motivos pelo qual dormiu na casa do Gui.

— Eu estava cansada. Ainda estou. Mas ainda não quero acabar com tudo.

— Isso tem que ser algo que te faça feliz.

— Eu sei. Fico feliz quando alguém curte uma foto minha, ou comenta algo legal. Mas quando vem uma pessoa me atacar, aí desanima.

— Você não precisa dessas coisas, Lari. Você é muito amada, sabe disso, não sabe? — Bruna pegou a mão da amiga e apertou.

— Sei. — Larissa sorriu.

— Se é algo que não está mais te fazendo bem, deixa de lado por uns dias, para ver como você vai se sentir. E aí, depois, você decide o que fazer.

— Pode ser. Às vezes, vejo algo e a primeira coisa que

penso é: "*meus seguidores vão amar isso*" e quero correr e publicar logo. Mas tem dias em que me pergunto qual o sentido de ficar atualizando uma simples rede social. Sei lá, tanta coisa acontecendo ao redor do mundo que uma rede social vira algo tão insignificante.

— Verdade. Mas tem que ser algo legal para você, então tente atualizar apenas quando quiser. E ignore as pessoas desocupadas que só querem te atacar.

— Vou tentar fazer isso. Agora vamos fazer pipoca que esta conversa profunda me deixou com fome. Preciso de distrações, no momento.

Capítulo 14

A aula de Pesquisa de Marketing, às terças e quintas de manhã, acontecia em uma das salas que davam vista para o Departamento de Direito da Universidade Federal de Rio das Pitangas. Quando o semestre começou, Bruna e Larissa sempre se sentavam em frente à janela e tentavam adivinhar em qual sala suas paixões da adolescência, Cadu e Beto, estariam.

Conforme o semestre foi passando, Larissa parou de falar em Beto. Ela estava tão ocupada com as redes sociais e seus problemas internos, que decidira colocar um ponto final na paixonite não correspondida. Sempre que pensava nele, se recriminava e na mesma hora o trocava por Diogo, ou algum outro cara fofo que via pelo campus. Sonhar com outra pessoa a ajudou a colar um pouco os caquinhos do coração partido.

Mas com Bruna foi diferente, e Larissa sabia que a amiga ainda gostava de Cadu. Queria ajudar de alguma forma, mas Bruna era evasiva quando falava dele, sempre tentando desconversar, e Larissa decidiu não insistir mais.

Por isso, quando Bruna passou a comentar mais sobre Rafael, Larissa ficou feliz. Era a primeira vez em muitos anos que a amiga se empolgava um pouco com outro garoto. E ao descobrir que Rafael e Bruna eram compatíveis, Larissa ficou extasiada. Ela concordava com Guilherme: os dois tinham tudo para se apaixonar. Nos últimos dias, eles estavam próximos, se conhecendo melhor, e Larissa tinha a certeza de que Rafael se apaixonaria pela amiga. Bruna era uma garota doce e, caso algum cara passasse muito tempo com ela, ficaria enfeitiçado.

E agora que sabia sobre a combinação do aplicativo, Larissa tinha mais certeza de que a aproximação dos dois daria certo. Ela ainda se pegou agradecendo pela amiga não querer saber o resultado, assim não sentia que a estava traindo, escondendo um segredo grande desses. Até porque ela não era muito boa com segredos.

As duas caminhavam em direção à saída do prédio de Marketing. Alguns alunos passavam e as cumprimentavam rapidamente.

— Eu não vou te acompanhar hoje — disse Bruna, tirando Larissa de seus pensamentos.

— O quê?

— Vou me encontrar com o Rafa na biblioteca — explicou Bruna, parando do lado de fora do Departamento de Marketing. Ela apontou o prédio que estava na frente delas, e Larissa notou que a amiga estava sem graça.

— Hum, que amor.

— Não é nada disso que você está pensando. Acho que ele está com algum problema e quer conversar, só isso.

— Sei, só isso. — Larissa parou de falar para cumprimentar duas colegas de turma, que perguntaram algo sobre a prova de sexta de Gestão de Comunicação. Quando elas se afastaram, voltou a olhar para Bruna. — Vai lá. Passo de tarde na sua casa para estudarmos.

— Combinado.

Elas se despediram, e Larissa observou Bruna indo para a parte de trás da biblioteca, ao invés de entrar nela. Larissa estranhou, mas não falou nada e voltou a andar em direção à saída da universidade. Escutou alguém chamando seu nome e, ao se virar, viu Pedro vindo rápido, em sua direção.

— Oi — disse ele, de modo tímido.

Larissa levou poucos segundos para reconhecê-lo. Ao

contrário dos outros encontros que teve com o rapaz, hoje ele usava o cabelo loiro ajeitado com gel e a franja estava toda jogada para trás.

— Ah, oi, Pedro — disse Larissa, voltando a andar.

— Oi — repetiu ele, andando ao lado dela. — Acho que nossos encontros não foram muito bons, né?

— Você acha? — indagou ela, de forma irônica.

— Foi mal. Bom, eu queria te conhecer melhor, sabe, e talvez a gente pudesse almoçar hoje, ou jantar, ou sei lá, fazer algo, né? Para você ver que não sou esse monstro que provavelmente os caras falam que eu sou, né? E, talvez, você me ache legal, e a gente pode ser amigo, né? — disse ele, um pouco sem jeito.

Larissa parou de andar e o encarou. Era evidente o nervosismo dele, e ela quase o achou fofo. Quase.

— Nós até podíamos tentar ser amigos, mas eu sou amiga do Gui, antes de tudo, e eu adoro ele. ADORO. E, se você acha que ele é um imbecil, não tem como ser meu amigo.

Eles voltaram a andar e se aproximaram do Departamento de Informática, e Larissa se perguntou se Guilherme estaria por ali. Ela viu Caveira saindo do prédio e acenou.

— Você pode ser minha amiga e do imbecil, uma coisa não exclui a outra — comentou Pedro, dando de ombros, e fazendo Larissa voltar a prestar atenção nele.

— Acho que você não sabe muito bem como funciona uma amizade. — Ela deu um sorriso seco para Pedro. — Por que não faz o seguinte: tenta ser amigo dos meninos antes e, depois, a gente conversa. Você vai ver que quem está sendo imbecil, é você — disse ela, deixando-o sozinho e indo se encontrar com Caveira.

— Um fã? — perguntou Caveira, quando ela o cumprimentou com um beijo na bochecha.

— Ainda estou tentando descobrir — respondeu Larissa, olhando Pedro parado, encarando eles. — Vem, vamos — disse, puxando o braço de Caveira e voltando a andar. — Você me salvou.

— Ah, disponha, estou aqui só para te servir.

— Deixa de ser bobo, Caveira. — Ela deu um tapa de leve no braço dele e sorriu. — Você conhece o Guilherme, do Departamento de Informática?

— Qual deles? Tem uns quatro Guilhermes lá, sendo dois na minha turma.

— Ele cursa Engenharia de Software, acho que está um ano à sua frente.

— Hum, sei quem é. Por quê?

— Aquele cara ali mora com ele.

— O seu fã?

— Ele não é meu fã. Acho que não. Sei lá.

— Beleza. Mas o que tem o Guilherme?

— Nada, só estou puxando assunto. Deixa de ser chato.

— Por você, eu deixo — brincou ele. — Posso parar de ser chato, parar de sair, parar de fazer qualquer coisa.

— Até parece. Você é o cara mais mulherengo da cidade. Só perde, talvez, para o Beto — disse Larissa, achando graça. Ela já se acostumara com o jeito de Caveira, sempre brincalhão e enchendo a sua paciência.

— Beto, seu amor, né?

— Meu ex-amor.

— Hum, que bom saber disso. — Eles saíram da universidade e pararam na praça central. — Será que tenho alguma chance?

— Ah, Caveira, se você não fosse tão mulherengo, podia até ser um cara legal para se apaixonar — brincou Larissa.

— O Caveira é mulherengo, o Murilo não.

— E quem é Murilo? — perguntou Larissa, um pouco confusa.

— É meu nome, oras.

— Ah, sim, até me esqueço. — Ela o olhou e pensou que poderia sim se apaixonar por ele, se não tivesse passado anos gostando de um dos melhores amigos que ele tem na cidade.

— Você vai ser sempre alguém que quero manter na minha vida, mas o seu círculo de amizades não. E jamais faria você escolher entre eu e eles, você sabe disso.

— Eu sei. — Ele sorriu e deu um beijo na bochecha dela.

— Pelo menos, tive minha chance com você um dia — disse, saindo.

E Larissa não explicou que só ficara com ele para fazer ciúmes no Beto.

Ao terminar a aula de Marketing Estratégico, Igor só pensava em ir para o Fazenda almoçar. Ele e Rafael saíram da sala e, enquanto desciam as escadas do segundo andar, o amigo lhe avisou que não ia para o restaurante.

— Vou encontrar a Bruna — respondeu Rafael, como se fosse algo normal, quando Igor perguntou aonde ele ia.

— Ainda tentando provar que o aplicativo do Gui está errado? — provocou Igor.

— Está errado — corrigiu Rafael.

— Como você quiser.

Igor sabia o que ia acontecer se Rafael continuasse se encontrando com Bruna, mas o amigo achava que podia controlar o coração.

Eles se despediram ao chegar do lado de fora do prédio de Marketing, e Rafael foi em direção à biblioteca. Igor seguiu seu caminho, se perguntando se, caso não existisse o aplicativo de Guilherme, Rafael iria algum dia conversar com Bruna. E pensou nele próprio e em Larissa.

É claro que sabia quem ela era, a famosa aluna de Marketing que tinha vários seguidores nas redes sociais. Ele sempre a achara bonita e gostava dos vídeos engraçados que ela postava. Nunca se aproximara e conversara com ela porque Larissa vivia cercada de gente.

E agora estava ele ali, andando pelo campus da UFRP e pensando nela, a garota com quem era compatível. Quis xingar Guilherme por ter lhe contado. Até então, sua vida se resumia às aulas, provas e festas. Não havia mulher alguma em Rio das Pitangas que ocupava seus pensamentos. E se lembrou da avó, sua grande amiga, e se perguntou o que ela acharia daquilo. Provavelmente, ia adorar a história e mandá-lo viver um grande amor.

Ao chegar à praça central, Igor percebeu que ainda estava cedo para ir ao Fazenda, e decidiu esperar em um dos bancos que havia por ali. Enviou uma mensagem a Guilherme avisando que já estava em frente ao restaurante, e o amigo respondeu que estaria lá dentro de quinze minutos.

Igor ficou mexendo no celular, checando suas redes sociais, e entrou no perfil de Larissa. Deu uma olhada nas fotos e vídeos, desta vez com outros olhos. Ele se pegou sorrindo ao ver a foto que ela postara na noite anterior com o gato de Bruna e a legenda *"meu grande amor"*. Na foto, Larissa abraçava o angorá preto, que claramente tentava escapar, tornando a cena engraçada. Ele curtiu e fechou o celular.

— Ah, Gui, o que você fez comigo? — disse, baixinho, para si mesmo.

Ele continuou sentado, segurando o celular e pensando em abrir novamente a rede social, quando viu Larissa ao longe, chegando na praça acompanhada de um rapaz. Os dois conversavam e riam, e pararam um pouco afastados de onde ele estava. Quase que imediatamente, Igor se levantou, mas voltou a se sentar. Quem era aquele cara? Não se lembrava se já o havia visto na universidade. E então, quando o rapaz deu um beijo na bochecha de Larissa, que sorria, Igor sentiu um desconforto dentro do peito e uma dúvida surgiu em sua cabeça: será que aquele era o outro cara com quem Larissa era compatível? E, se fosse, o que ele poderia fazer?

Igor tentou imaginar se era assim que Rafael se sentia ao ver Bruna e, quando Larissa deixou a praça, sozinha, se levantou e foi atrás dela. Ele a chamou e ela se virou e sorriu.

— Oi — disse Igor, sem graça. Não havia planejado conversar com ela, foi uma decisão de impulso, provocada por um leve ciúme ao vê-la com outro cara.

— Oi — respondeu Larissa.

Eles ficaram se olhando e Igor ficou ainda mais sem graça. Desde que a deixara na pista de dança, no Trem Bão, que não havia mais se encontrado com ela

— Foi mal por sábado — disse ele, se arrependendo na mesma hora.

— Tudo bem — respondeu Larissa. Eles ficaram se olhando, calados, e Igor tentava pensar em algo para falar.

— Eu preciso ir para casa — comentou ela, sem sair do lugar.

— Ok, eu também preciso almoçar. — Ele a encarava e aquela vontade de beijá-la, que surgiu sábado, voltou a aparecer. Mas ele não ia agarrá-la ali, no meio da praça, com várias pessoas passando. — Quer fazer algo hoje?

Larissa sorriu, uma mistura de diversão com malícia.

— Terça é dia de sair com as minhas amigas — respondeu ela.

— Ah — comentou ele, um pouco triste.

— Sempre vamos ao Tavares às terças. É um lugar público, né? — explicou ela, piscando. — Agora preciso mesmo ir — disse, saindo.

Igor ficou parado, olhando Larissa ir embora. Só depois que ela entrou na rua em frente, e virou a esquina, que ele percebeu que a garota o havia convidado para aparecer de noite no Tavares.

Com um sorriso bobo no rosto, ele foi para o Fazenda se encontrar com Guilherme.

Rafael já esperava por Bruna atrás da biblioteca. Ele estava deitado embaixo da árvore, onde ela sempre o via. Desta vez, ele não acenou. Quando se aproximou, Bruna viu que ele estava com os olhos fechados.

— Oi — disse ela, dando um chute de leve na sola do tênis dele.

— Oi — respondeu Rafael, ainda de olhos fechados. — Puxa uma cadeira aí — brincou ele.

Bruna colocou a bolsa e o fichário na grama e se deitou ao lado dele. Ela olhou para cima, para a copa da árvore. Frestas de sol passavam entre as folhas, que balançavam de leve com o vento. Ela conseguia sentir a grama embaixo do corpo e o clima estava fresco, agradável.

— Eu quero explicar sobre ontem, porque fiquei distante — disse ele, depois de um tempo. — Você reparou no cara brincando com o filho no parquinho?

— Sim.

— Aquela cena mexeu comigo. Sempre quando vejo um pai brincando com os filhos, isso me deixa para baixo, porque faz com que me lembre da minha infância. Meu pai era assim, nós éramos muito apegados, unidos. Minha mãe também, mas eu e meu pai éramos mais. E foi ele quem fez tudo mudar, então, quando vejo um pai com o filho, me sinto pior. Não sei se você está conseguindo entender.

— Sim, acho que sim.

— Ver uma família feliz é algo que me faz bem. Mas também mal. Sei que é contraditório. Eu quero que as pessoas sejam felizes e venham de famílias felizes. Porque eu não vim de uma. Quero dizer, me lembro da minha infância e era diferente, sabe. Éramos mais um pouco similar a uma família feliz. Ou eu que tinha essa ideia errada. — Ele se calou e manteve os olhos fechados. Bruna ficou analisando seus traços fortes, recheados de tristeza. Depois de um tempo, ele voltou a falar.

— Não há muita comunicação lá em casa, cada um vive sua vida. Meus pais não se importam muito comigo.

— Aposto que não é verdade — disse ela, tentando amenizar o clima.

— É sim, mas tudo bem.

— O que mudou? — perguntou ela. Rafael virou o rosto e a encarou pela primeira vez, franzindo a testa. — Você disse que se lembra da infância e que era uma época feliz.

— Eu. Eu mudei tudo. — Rafael deu um sorriso seco. — É irônico, não? Uma besteira que falei e acabou com tudo.

— Quer conversar sobre isso? — perguntou ela.

Ele voltou o rosto para cima e fechou os olhos. Apoiou a cabeça no braço e, ao se ajeitar, encostou o outro braço no dela, e Bruna se perguntou se havia sido sem querer ou não. As mãos dos dois estavam muito próximas e ela conseguia sentir o calor que vinha da pele dele.

— Você já leu Percy Jackson?
Bruna piscou algumas vezes, como que para entender a mudança no rumo da conversa.
— Sim.

Claro que sim, pensou ele. É óbvio que ela leu os livros que ele amava. Provavelmente, ele também já lera os livros que ela amava. Ficou se perguntando se, caso comparassem a lista de leitura, haveria algum título diferente. Quase podia apostar que não chegaria a dez livros.

— Eu li quando tinha uns onze anos. Fiquei maluco com a história. Meu sonho era ser filho de um deus grego para ir morar no Acampamento Meio-Sangue. E eu era meio bobo e convencido, então dizia que minha mãe era a deusa Afrodite, porque é evidente que eu seria filho da deusa da beleza. — Rafael parou de falar e ficou perdido nas lembranças do passado. — Um dia, durante um almoço em família, perguntei ao meu pai se ele não tinha engravidado uma deusa grega. Meu pai engasgou, pensando que me referia a uma mulher qualquer, e na hora minha mãe percebeu algo errado. Eu não, e continuei brincando, perguntando se ele tinha certeza de que eu não tinha sido gerado por uma deusa, e que meu destino era ir para o Acampamento Meio-Sangue, aprender a lutar contra monstros. Quando meu pai entendeu que eu brincava, já era tarde demais.

— Ah, Rafa... — disse Bruna, colocando a mão dela por cima da dele, apertando de leve.

— Meu pai se levantou e deixou a sala no meio do almoço, e minha mãe sacou tudo na hora: meu pai tinha uma amante. Só que eu não entendi, claro, era muito novo. Por anos, meu sonho era ter uma daquelas camisetas laranja, que todo adolescente fã de Percy Jackson tem. Quase todos os meus amigos tinham uma, e eu implorei para minha mãe comprar para mim.

— Eu tenho uma dessas camisas — sussurrou Bruna. Rafael a encarou, aqueles olhos brilhando em um misto de culpa e felicidade. Ele sorriu e ela retribuiu o sorriso, um pouco sem graça.

— Óbvio que você tem. — E ele se lembrou de quando viu uma garota com uma camisa daquelas no Departamento de Marketing. Na época, ainda não sabia quem era Bruna, não a conhecia, nem Larissa. — Acho que te vi uma vez, usando aqui na universidade, mas foi de longe. Meu Deus, o quanto te invejei naquele dia! — Ele entrelaçou os dedos dele nos dela de forma natural, seu polegar acariciando a pele dela. — Passei semanas implorando por uma para minha mãe, até que um dia ela falou que eu jamais vestiria a camisa da destruição. Na época, continuei não assimilando o que aquilo significava, mas parei de insistir. Quando estava com treze, quatorze anos que fui entender tudo. E aí meio que me revoltei com a situação, sabe.

— Mas a culpa não foi sua.

— Hoje, eu sei disso, mas vai explicar algo assim para um garoto de treze anos? Levei um tempo para perceber e aceitar que a culpa não era minha, e sim do meu pai. Ele quem destruiu tudo.

— Deve ter sido uma barra crescer com tanta culpa.

— Foi. — Ele sentiu a mão de Bruna apertar a dele de leve. — Mas tudo bem. Eu sobrevivi. — Ele se virou para ela e sorriu, e Bruna retribuiu. O rosto dela estava iluminado pelo sol e transmitia uma paz a ele. Rafael pensou que poderia beijá-la ali, mas desistiu e se levantou. — Quer vir comigo? — perguntou a Bruna, estendendo a mão.

— Aonde?
— Dar uma volta, sei lá.
— Meus pais estão me esperando para almoçar — disse ela, se sentando na grama.
— Avise que hoje você não vai.
Bruna mordeu o lábio, abriu a bolsa e digitou algo no celular. Depois, pegou a mão dele e se levantou. Caminharam até o carro de Rafael com as mãos entrelaçadas.

Capítulo 15

Ao chegar em casa, após o almoço, a última coisa que Guilherme esperava ver era Pedro em seu quarto. A tela do computador mostrava a página de entrada pedindo a senha, e vários papéis estavam espalhados em cima da cama e da mesa de estudos.

Pedro estava sentado no chão, com algumas pastas abertas, olhando alguns documentos. Ele encarou Guilherme, furioso.

— Onde está?

— Onde está o quê? — perguntou Guilherme, ainda em choque com a cena. — O que você está fazendo no meu quarto, mexendo nas minhas coisas?

— O aplicativo! Onde ele está? — gritou Pedro, ignorando as perguntas de Guilherme. — Onde está o aplicativo que você fez?

— Na nuvem — comentou Guilherme, confuso. Ele estava em pé, na porta do quarto, enquanto Pedro olhava ao redor.

— Que nuvem? — Pedro ainda gritava, atordoado.

— É um programa de computador, eu não tenho o aplicativo na minha mão — explicou Guilherme. — Ele está hospedado na nuvem em uma espécie de data center, gerenciado por uma empresa que faz esse serviço. Ele foi colocado em um *sandbox* para...

— Cale a boca, seu imbecil! Eu quero ver ele, quero ver a minha resposta — gritou Pedro, ainda mais alto, voltando a mexer nas folhas que estavam no chão.

— A sua resposta? — perguntou Guilherme. Ele entrou

no quarto e começou a arrumar a bagunça. — Pare de mexer nas minhas coisas.

Guilherme tirou alguns papéis das mãos de Pedro, que se levantou, ainda furioso.

— Você disse que a Larissa não é compatível comigo. Eu quero ver isso.

Pedro andou até a porta, dando espaço para Guilherme, que começou a organizar os papéis espalhados.

— Era só pedir, não precisava fazer essa bagunça toda — disse Guilherme, se sentando em frente ao computador e digitando a senha. — Você quer ver as suas compatibilidades, é isso?

— Sim, acho que sim — comentou Pedro, já um pouco mais calmo, se aproximando de Guilherme e parando atrás da cadeira dele. — Por que ela não é compatível comigo? — perguntou, olhando a tela do computador por cima do ombro de Guilherme.

— Porque vocês não têm muita coisa em comum — disse Guilherme, como se fosse algo óbvio.

— Eu quero ver os dados dela.

— Isso eu não posso fazer, os dados das pessoas são confidenciais. Só posso te mostrar com quem você é compatível — explicou Guilherme, digitando rapidamente. Uma tela preta abriu e ele inseriu alguns dados.

— Mas eu quero ser compatível com ela — disse Pedro, olhando várias palavras subindo pela tela em uma velocidade difícil de acompanhar.

— Não tenho como fazer isso acontecer. — Guilherme se afastou do computador, esbarrando a cadeira em Pedro, que ainda estava atrás dele. — Pronto, seus dados estão rodando. Agora, é só esperar.

— Esperar até quando?

— Não sei. Depende de quantas pessoas são compatíveis com você e preencheram o questionário. Podem ser poucos minutos. Ou mais. — Guilherme deu de ombros e se levantou, voltando a arrumar o quarto. — Realmente não precisava disso, era só pedir.

— Desculpa. — Pedro ainda encarava o computador. — Quer comer algo?

— Já almocei.

— Eu comprei pudim. Quer um pouco?

Guilherme o encarou, surpreso.

— Hum... Não.

— Ok. — Pedro olhou ao redor. — Quando terminar aí, você me chama?

— Sim, eu te chamo — respondeu Guilherme, guardando as folhas que estavam no chão dentro de uma pasta, enquanto Pedro saía do quarto. — Definitivamente, não precisava desta bagunça.

Ele finalizou a organização dos papéis, levando um tempo para deixar o quarto arrumado. Quando terminou de juntar tudo o que Pedro havia espalhado, checou o computador.

Guilherme saiu do quarto e encontrou Pedro comendo pudim, sentado em frente à bancada que separava a sala da cozinha.

— Terminou? — perguntou Pedro, com a boca cheia.

— Sim. Você é compatível com a Mayara.

— Que Mayara?

— Mayara Nunes.

— E quem é ela?

— Como eu vou saber? — respondeu Guilherme, abrindo a geladeira e servindo um copo de água. — O aplicativo só indica o nome da pessoa.

— Mayara Nunes — repetiu Pedro. — Não conheço nenhuma Mayara. — Ele olhou Guilherme.

— Ela está aqui em Rio das Pitangas, acredito que a conhecerá em breve.

— Como você sabe que somos compatíveis?

— Deu sessenta e nove por cento de combinação.

— Só isso?

— Pode haver outra pessoa mais compatível com você, só que não preencheu o questionário. Ou mora em outra cidade. Talvez, quando eu lançar o aplicativo e ele começar a ficar conhecido, pessoas de outras cidades e estados irão preencher e...

— E qual o valor você considera aceitável? – interrompeu Pedro.

— Acima de sessenta e cinco por cento já é uma boa combinação.

— Então não sou tão compatível assim com essa menina. — Pedro colocou o prato sujo dentro da pia. — E a Larissa? Quantos por cento que deu com ela?

— Você? Quarenta e dois.

— Que droga. — Ele olhou Guilherme. — Existe uma porcentagem perfeita?

— Seria cem por cento, mas não existe alguém cem por cento compatível com outra pessoa. Sempre há algo que os diferencia, nem que seja um mínimo detalhe de gosto ou comportamento, mas nada que afete o relacionamento — explicou Guilherme, encarando o companheiro de república e tentando ser o mais didático possível.

— E você já conseguiu essa porcentagem?

— No momento, a mais alta que consegui foi do Rafa.

— Quanto deu a dele? — perguntou Pedro, curioso.

— Noventa e oito vírgula oitenta e oito por cento — respondeu Guilherme, só então percebendo que falara demais. Ele realmente não era bom em guardar segredos.

— Caramba. E quem é a garota?

— Isto é confidencial — disse Guilherme, se perguntando se Rafael ficaria com raiva por ter contado a Pedro sobre a sua compatibilidade.

— É com a Larissa que ele é compatível?

— Não.

— Existe alguém aqui na cidade altamente compatível com ela?

— Sim.

— Quem?

Guilherme se lembrou de Igor e Murilo, as pessoas que mais combinavam com Larissa em Rio das Pitangas, mas sabia que não podia contar isto a Pedro. Já havia falado muito mais do que deveria.

— Já te expliquei, os dados dela são confidenciais.

Pedro o encarou, com raiva, e Guilherme voltou a ver o cara antissocial que morava com eles.

— Não quero ser compatível com essa Mayara — disse, saindo da cozinha.

— Acho que não é você quem escolhe — respondeu Guilherme, para o vazio da sala.

Na saída de Rio das Pitangas havia um bosque arborizado, o Bosque das Pitangas. As famílias da cidade e redondezas frequentavam o lugar aos finais de semana, para atividades ao ar livre.

Quando Rafael estacionou o carro, Bruna só conseguiu avistar um grupo de jovens sentados afastados na grama, próximo ao lago que havia ali. Rafael desceu e abriu o porta-malas, tirando várias sacolas de dentro. Antes de chegarem ao bosque, ele parou na praça central e entrou na padaria, que havia lá, e na Iceberg. Não deixou Bruna sair do carro, nem saber o que ele comprara, muito menos para onde estavam indo.

Foi estranho para Bruna enviar uma mensagem aos pais, avisando que não chegaria para o almoço. Nunca fizera isso antes, sempre teve sua rotina e suas programações organizadas. Não se lembrava da última vez que agira por impulso.

E agora estava ali, com um cara que conhecera há poucas semanas, mas que já fazia seu coração balançar. Ficou se lembrando da primeira vez que o viu no Departamento de Marketing, o carioca bonitinho que não olhava para ninguém. Ela o achava metido, mas agora sabia que ele escondia muita dor.

— Vem — disse Rafael, segurando as sacolas em uma das mãos e estendendo a outra para Bruna. Uma manta xadrez estava jogada por cima de um dos ombros.

Eles entrelaçaram novamente os dedos e caminharam para baixo de uma árvore. Rafael colocou a manta sobre a grama, e começou a tirar as coisas que estavam dentro das sacolas. Havia latinhas de refrigerantes e embalagens com pãezinhos, biscoitos amanteigados e pastinhas, que ele comprara na padaria.

— Um piquenique? — perguntou Bruna, se sentando.

— Sim. E a sobremesa vem antes.

Ele entregou uma colher e um pote da Iceberg a Bruna, e se sentou em frente a ela.

— Você comprou meio litro de sorvete? — perguntou Bruna, colocando o pote em cima da manta, no meio dos dois. Abriu a embalagem e viu que ele escolhera o sabor que ela amava: baunilha com amêndoas.

— Não é muito. — Ele deu de ombros, o rosto iluminado de empolgação.

Rafael começou a tomar o sorvete, e Bruna o acompanhou. Ela reparou no vento batendo nos cabelos castanhos dele. Algumas pequenas mechas que caíam em sua testa voavam levemente, e ela teve vontade de passar a mão ali, bagunçando tudo.

Bruna colocou uma colher na boca e fechou os olhos, saboreando a sobremesa.

— Quando eu era criança, sonhava em tomar sorvete todos os dias. Dizia aos meus pais que, quando crescesse, ia comprar um pote gigante para comer tudo de uma vez.

— E já fez isso? — perguntou Rafael.

— Não. — Ela balançou a cabeça, negando. — Estou fazendo agora — comentou, apontando o pote com a colher.

— Este não é um pote gigante.

— Mas serve. — Ela sorriu, se lembrando do pai brincando, falando que ela teria dor de barriga se tomasse um pote gigante de uma vez só. — Eu falava com meus pais que, quando fosse adulta, ia passar todos os meus dias tomando sorvete dentro de uma piscina de bolinhas.

Rafael começou a rir alto.

— E ia viver assim?

— Quando se é criança, você não pensa em trabalhar. — Ela deu de ombros. — Não pensa que precisa ganhar dinheiro para pagar o sorvete e a piscina de bolinhas. E não imagina que, ao crescer, não terá tempo para essas coisas.

— Claro que tem, é só encontrar uma brecha. Piscina de bolinhas e sorvete são duas coisas boas em qualquer idade.

— Não saberia dizer. Depois que cresci, não pude mais entrar em nenhuma. Em todo lugar que vou e tem, é só para crianças.

— Ah, a vida adulta, sempre atrapalhando os planos.

— Não foi o que eu quis dizer. Gosto da vida adulta, embora ela tenha as suas obrigações. Mas faz parte do processo de crescimento, não é mesmo?

— Sim, mas ela não te impede de realizar os sonhos de quando você era criança.

— Eu sei. Mas alguns sonhos ficam na infância, porque estamos sempre tão ocupados, que não há brecha.

— Sempre há. Precisamos fazer a brecha acontecer. Ou então, a vida passa e a brecha nunca vem.

— Verdade. — Ela tomou mais um pouco de sorvete, se lembrando da infância. — Acredita que quando saía com meus pais, eu dizia para pagarem as coisas com o cartão de crédito, assim eles não gastariam o dinheiro deles?

Rafael riu novamente.

— Sério?

— Eu achava que o cartão era algo infinito, era só ir passando nas máquinas e tudo bem. Não sabia que tinha que pagar uma conta depois. — Ela riu da lembrança.

— Quem dera fosse assim.

— Verdade. Meus pais me explicavam isso, mas era difícil assimilar quando era bem pequena. Depois que passei a entender que precisava pagar tudo o que gastava ali, o cartão de crédito não teve mais a mesma graça.

— Imagino que não.

Eles ficaram em silêncio, terminando o sorvete. Rafael pegou um dos pãezinhos, cortando-o e passando pastinha nele. Entregou para Bruna.

— Vai ficar me servindo? — brincou ela.

— Hoje, você é minha convidada. — Ele deu de ombros e pegou um biscoito.

— Como você está? — perguntou Bruna, delicadamente. Ainda era difícil decifrar Rafael.

— Bem. — Ele a encarou. — Não se preocupe, já me

acostumei com essas coisas. Não deixo o que aconteceu na minha família me abalar por muito tempo.
— É por isso que você gosta de viver intensamente?
Ele deu um sorriso triste, misturado com lembranças.
— Eu te disse que me revoltei, quando entendi o que aconteceu naquele dia no almoço, né? — Ele a encarou e Bruna concordou com a cabeça. — Fiquei alguns anos dando trabalho para os meus pais. Mais para minha mãe, porque meu pai já não ligava para mim. Aí, um dia, cheguei tarde em casa e encontrei minha mãe na sala. Ela estava me esperando e disse que eu não podia mais viver assim. Que ela não se importava com o que meu pai fazia, que também estava vivendo a vida dela, e estava bem com aquela situação. Entendi o que queria dizer. Cada um tinha seus casos e o casamento seguia em frente, como uma fachada de família feliz, mas que eu não podia estragar a minha vida por causa deles.

Ele parou de falar e preparou um pão com pastinha. Comeu em silêncio, olhando o lago.

— Você não precisa me contar tudo isso — disse Bruna, se sentindo mal por fazer Rafael reviver o passado um pouco doloroso.

— Não tem problema. É uma forma de você me entender. As pessoas pensam que sou um cara idiota porque tento aproveitar o máximo da vida. Mas prometi a mim mesmo que nada me impediria de ser feliz. E minha mãe me fez prometer a ela que eu nunca iria destruir uma família. Que, se eu casasse, faria de tudo para que desse certo. Mas não quero isso para mim, não quero essa pressão e nem a obrigação de fazer outra pessoa feliz.

— Você decidiu só se fazer feliz.

— Algo assim. — Ele a encarou. — Eu sou um babaca, né?

— Não, você era apenas novo para aguentar tamanha responsabilidade.

— Eu sei. Só que, quando se tem uma família, a responsabilidade só aumenta. E não quero isso na minha vida.
— Mas não depende apenas de você fazer alguém feliz. Depende da outra pessoa também e de todo o contexto envolvido. Se você encontrar alguém legal, a situação não será um fardo.
— Eu não acredito nessas coisas.
— Então, você acha que nunca vai encontrar o amor da sua vida?

Ele a encarou e Bruna sentiu um arrepio pelo corpo.
— Você realmente acredita nisso?
— Não sei. — Ela deu de ombros. — Gosto de pensar que um dia terei alguém para dividir meus problemas e minhas alegrias, igual os meus pais. Eles se encontraram e são felizes, se completam, se ajudam. Alguém legal vai aparecer e completar a minha vida, e vai seguir junto comigo, me ajudando pelo caminho, inclusive nas dificuldades.
— Um amigo pode fazer isso.
— Sim, pode. — Ela sorriu, se lembrando das amigas, que estavam sempre ao seu lado. — Mas meus amigos terão as suas vidas. Eu quero alguém para entrar na minha vida e dividir tudo comigo. Estar ali, ao meu lado.
— Na alegria e na tristeza?
— Claro. — Agora foi a vez de ela olhar ao longe, se lembrando da adolescência, do amor platônico por Cadu e do tanto que quis que ele fosse o cara certo. — Acho legal imaginar que existe alguém assim.
— Ou você pode ser feliz sozinha — disse ele.
— Sim, posso, não há nada de errado em querer ser feliz sozinho, não estou te julgando. E não sei se estou me fazendo entender, não quero dizer que as pessoas precisam de alguém para serem felizes, não é isso. Só acho legal ter alguém ao meu lado, para poder vibrar comigo a cada conquista, ou me con-

solar nos dias em que eu estiver triste. Posso ser autossuficiente e, ao mesmo tempo, ter alguém para estar ali, me ajudando a ser melhor a cada dia.

Eles voltaram a ficar em silêncio, cada um com seus pensamentos, e Bruna tentou imaginar o que se passava na cabeça dele. Rafael era um cara legal e parecia gostar de estar ao lado dela, mas havia essa resistência em deixar que ela se aproximasse mais. Bruna não tinha certeza de que queria tentar quebrar a barreira que ele impôs a si mesmo. Será que valeria a pena tanto trabalho? Não, se ele não fosse o cara com quem ela deveria passar o resto da vida.

Mas nada a impedia de aproveitar os momentos junto dele. Era naquelas horas que não pensava mais em Cadu, e isto lhe fazia bem. Poderia vir a sofrer por Rafael, mas já conhecia a visão dele sobre a vida, então podia se blindar quanto a isso, não podia? Ela conseguiria evitar se apaixonar por ele, era algo possível, não? Mas, e se já estivesse apaixonada, o que faria? Bem, já sabia como era sofrer por amor, apenas trocaria Cadu por Rafael.

— O que está se passando aí dentro? — perguntou Rafael, apontando para a cabeça de Bruna e colocando as embalagens vazias das comidas dentro das sacolas.

— Nada. Só pensando na vida — desconversou Bruna. Eles permaneceram mais um pouco sentados, olhando o lago. O grupo de jovens havia ido embora em algum momento que ela não percebeu. Depois de um tempo, os dois se deitaram na manta, com Rafael fechando os olhos e Bruna alternando seu olhar entre ele e a copa das árvores. — E você, o que sonhava quando era mais novo? Além da camisa laranja do Acampamento?

Ele riu.

— Sonhava em conhecer o mundo.

— Isso é muito vago.

Rafael ficou pensativo.

— Sonhava em tomar sorvete todos os dias, também. Não um pote gigante, como você, mas meu pai era meio rígido com doces, e raramente me deixava tomar sorvete. Então, hoje em dia, sempre que eu quero, eu tomo.

— Só isso?

— Almoçar pizza, sanduíche, essas besteiras que criança gosta. Isso você passa a fazer quando mora sozinho e fica com preguiça de cozinhar.

— E a camisa laranja? Nunca comprou?

— Não. — Ele balançou a cabeça. — Não queria magoar a minha mãe.

— Podia ter comprado quando veio para cá.

— Podia, mas deixei de lado. Não é mais importante — disse ele, e Bruna não soube se estava sendo sincero ou não.

Eles voltaram a ficar quietos e Bruna percebeu que se acostumara com isso. Agora, não era mais um silêncio constrangedor, dava mais uma sensação de paz, cumplicidade. E ela notou que começou a gostar desta quietude quando estava com ele, de ficar perdida em seus pensamentos e lembranças, e ele fazendo o mesmo.

Bruna não viu a hora passar até o celular apitar. Era Larissa, perguntando onde ela estava.

— Preciso ir embora. A Lari está me esperando para estudarmos — disse Bruna, se sentando.

— Espero que tenha gostado do almoço — disse Rafael, se levantando.

— Foi diferente. — Ela sorriu e ele retribuiu, dobrando a manta e jogando em seu ombro. O sol atravessou as folhas da árvore e bateu de leve no rosto de Rafael, com o vento ainda balançando as mechas na testa, e Bruna sentiu o coração disparar.

— Vamos? — perguntou ele, quebrando o encanto do momento.

— Vamos — respondeu Bruna, indo em direção ao carro dele e de volta à realidade.

Capítulo 16

Ao entrar em casa, Rafael ficou feliz com o silêncio. Era algo que gostava em morar ali: na maior parte do dia, havia silêncio pelos cômodos. Pedro mal saía do quarto, assim como Guilherme. Cada um cuidava da sua vida, sem incomodar o outro.

Quando foi para Rio das Pitangas, o maior medo de Rafael era não se adaptar à cidade e às pessoas com quem dividisse uma casa. Sim, Pedro era estranho, mas o fato de ele ficar no quarto e mal sair, ajudava a dar paz ao ambiente. Era muito melhor do que morar com alguém que colocava o som alto às vésperas de uma prova importante, ou molhava o banheiro todo ao tomar banho, ou deixava a pia cheia de louça suja. Eles não se davam bem, mas cada um respeitava o espaço do outro, mesmo que Pedro adorasse dar ataques nas poucas vezes que se encontravam.

E tinha Guilherme, que também ficava mais no quarto do que nos cômodos comuns da casa, e era uma pessoa ótima para se conviver. Nos primeiros meses de Rafael ali, eles conversavam pouco, mas quase todos os dias se esbarravam no Fazenda, até Rafael sugerir que almoçassem juntos. Guilherme não se opôs e a amizade começou. Logo depois, ele e Igor se tornaram amigos por fazerem várias matérias juntos, e Igor passou a acompanhar os dois no restaurante.

— Você acha que eu devo encerrar o aplicativo? — perguntou Guilherme, colocando a cabeça para dentro do quarto de Rafael, enquanto este tirava o tênis, jogando-o em um canto.

— Hã?

— Meu aplicativo — explicou Guilherme, entrando no quarto e se sentando na cadeira em frente à mesa de estudos.

— Ele tem gerado muita confusão e, talvez, seja melhor não lançar agora. Ou nunca.

— É sério isso? — perguntou Rafael, espantado. Ele se deitou na cama, afofando o travesseiro embaixo da cabeça.

— Todo mundo parece não ficar feliz ao saber o resultado.

— Bem, se todo mundo se resume a mim e ao Igor, talvez o Igor não ache tão ruim assim, mas não sei se isto te deixa triste ou feliz, por causa da Larissa.

— E por que eu ficaria triste pela Larissa? E não, estou falando do Pedro também.

— O Pedro? — Rafael franziu a testa.

— Eu o encontrei no meu quarto e ele não ficou feliz em saber da Mayara — disse Guilherme, e Rafael ficou esperando que ele continuasse, mas o amigo permaneceu calado.

— Meu Deus, Gui, que mania de jogar as coisas pela metade e me deixar curioso. O que o Pedro estava fazendo no seu quarto? E quem é Mayara?

— É a pessoa com quem ele é compatível. E acabei de perceber que eu não devia te contar isto. Viu? Meu aplicativo só gera confusão. Vocês ficam querendo saber com quem são compatíveis e eu não sei disfarçar, e aí ficam com raiva quando eu conto.

— Eu não te pedi para me contar nada, nem o Igor, você contou porque não sabe esconder as coisas — explicou Rafael, se sentando na cama e colocando o travesseiro na cabeceira, se encostando nele. — Calma aí, o Pedro te pediu?

— Eu cheguei em casa, depois do almoço, e o encontrei mexendo no meu quarto. Precisava ver, havia papéis espalhados para todos os lados. Realmente não precisava daquela bagunça — reclamou Guilherme, ainda indignado.

— Ele mexeu nas suas coisas? — Rafael se levantou na mesma hora. — Que cara de pau, nós não podemos tocar na porta dele que já arruma um escândalo, e ele entra no seu quarto e revira tudo?

Ele saiu do quarto, revoltado, com Guilherme atrás. Bateu forte na porta de Pedro e ninguém abriu.

— O que você vai fazer? — perguntou Guilherme.

— Vou ensinar a esse cara que ele não pode fazer isso.

— Calma — pediu Guilherme, sem sucesso. — Ele não está em casa. Saiu faz alguns minutos.

Rafael ainda estava com raiva e mexeu na maçaneta da porta do quarto de Pedro, que se abriu. Os dois ficaram parados do lado de fora, olhando para dentro. Rafael deu um passo, entrando, e olhou em volta. Não sabia exatamente o que fazer, esperava confrontar Pedro, mas agora que ele não estava ali, não soube como agir.

— Você quer que eu bagunce tudo como vingança? Porque faço isso com prazer — perguntou Rafael, ainda olhando em volta.

Estava tudo impecavelmente no lugar. Os livros policiais e as séries e filmes de terror ou *serial killer* ocupavam as estantes. A cama estava perfeitamente arrumada, sem uma rusga no lençol. Na mesa de estudos, havia duas canetas alinhadas a um caderno, o computador e uma luminária.

— Você sabia que um *serial killer* normalmente é alguém muito organizado? — comentou Guilherme, e Rafael sentiu um calafrio ao olhar tudo mais uma vez.

— Ok, vamos sair daqui — disse ele, empurrando o amigo de volta ao seu quarto. A raiva havia diminuído um pouco.

— O que aconteceu?

— Ele procurava o aplicativo no meu quarto. Expliquei que não tinha ele em mãos. Deveria ser uma coisa óbvia, é claro que o aplicativo está na nuvem! Então, o Pedro me pediu para rodar o programa, e não gostou de saber que a Mayara é a pessoa compatível com ele, e não a Larissa.

— E quem é Mayara?

— Como eu vou saber? — disse Guilherme. — Falei com ele que não precisava ter feito aquela bagunça, era só pedir.

— E como ele descobriu que é você quem está criando o aplicativo?

— Não sei.

— Você não perguntou? — Rafael se espantou. Ele se sentou na cama.

— Não.

— Como você não perguntou isso? — Rafael balançou a cabeça.

— Eu não sou curioso como você, informações desnecessárias não me acrescentam nada.

— Então você está na dúvida sobre o aplicativo porque ele também não gostou do resultado?

— A ideia era criar algo para facilitar a vida das pessoas, mas se é para todo mundo ficar com raiva e não gostar do resultado, o melhor a fazer é parar o projeto.

— Não, não pare — disse Rafael. — Eu e o Pedro não somos os melhores exemplos para você. Tenho certeza de que várias pessoas vão gostar do resultado.

— Assim espero — disse Guilherme, saindo do quarto do amigo.

Rafael não se espantou, estava acostumado a Guilherme ir ali, falar o que precisava, e sair quando o assunto terminasse. Ele se deitou na cama e pegou o celular. Viu uma mensagem de Igor piscando no visor.

Igor
Tavares hoje?

Rafael
Ok
Passo às 19h para te pegar

Igor
Não, te encontro aí, quero falar com o Gui

Rafael
Beleza

    Rafael deixou o celular de lado e olhou a mesa de estudos. Tinha uma prova na quinta-feira, mas sua cabeça estava no almoço com Bruna. Ela era legal, gostava de sua companhia, mas de modo algum se apaixonaria por ela.
    Ainda estava disposto a provar que o aplicativo de Guilherme errara, e que eles não eram um par ideal. Enquanto isso não acontecia, pegou o livro *Fangirl* para terminar a leitura, antes de voltar aos estudos.

    Bruna entrou no quarto e encontrou Larissa sentada em sua cama, fazendo carinho em Baz. Ela havia amassado um lençol todo embaixo do gato, como se fosse uma almofada, e ele estava de barriga para cima, espichado.
    — Dona Bruna, onde a senhora estava até agora? — brincou Larissa, quando a amiga entrou no cômodo.
    — Desculpa, desculpa, desculpa — pediu Bruna, colo-

cando suas coisas em cima da mesa de estudos. — Perdi a noção da hora.

— E o que fez com que você perdesse a noção da hora? — perguntou Larissa, de forma maliciosa.

Bruna se sentou na cama, deixando Baz entre as duas. Ela começou a fazer carinho nele também, e o gato se espreguiçou.

— Fui almoçar com o Rafa — sussurrou Bruna.

— Ah! Eu sabia que tinha o Rafa no meio. Seus pais não souberam me dizer nada, só que você mandou uma mensagem e não apareceu para almoçar.

— Ele me levou para um piquenique no Bosque das Pitangas.

— Ai, que fofo — disse Larissa. — E aí? Conta tudo.

— Não tem muito o que contar. Ficamos lá, comendo e conversando.

— Só isso? Já ia te perguntar se o beijo dele é bom.

— Não nos beijamos — contou Bruna, suspirando.

— Meu Deus, que cara mais devagar — protestou Larissa, frustrada.

— Não é assim, Lari. Nós estamos nos conhecendo, somos amigos. Não sei se algum dia seremos mais do que isso.

— Como assim?

— Ele não quer nada sério, pelo menos foi o que disse.

— Que idiota, não sabe a garota especial que tem na frente dele — Larissa se levantou e começou a andar pelo quarto. Ela parecia revoltada e Bruna não entendeu a atitude da amiga.

— Não precisa exagerar. Ele é legal e eu gosto de conversar com ele. Foi basicamente o que fizemos. Ele tem uns problemas com a família e quis me explicar.

— E daí? Todo mundo tem problema com a família.

— Calma, Lari.

Larissa voltou a se sentar na cama.

— Desculpa. É que achei vocês tão fofos juntos, aquele dia no Trem Bão. Pensei que estavam se apaixonando.

— Não acho que ele possa se apaixonar. — Bruna deu de ombros. — Mas eu gosto de ficar ao lado dele, me faz esquecer os problemas.

— O Cadu, né?

— Sim, e não me importo do Rafa ser só isso: o cara que vai me fazer esquecer o Cadu.

— Mas você tem que querer mais do que isso! — disse Larissa, um pouco alto, e Baz miou. — Desculpa, meu amorzinho — pediu ela, para o gato, fazendo uma voz manhosa.

— Ainda sou nova, Lari, calma, não precisa se revoltar. Pelo menos, o Rafa está me fazendo ver que existe vida além do Cadu. Eu percebi que tem muita coisa interessante por aí para ficar perdendo tempo com um cara que nem me enxerga.

— Ok, desculpa. Talvez eu tenha me exaltado um pouco. — Larissa mordeu o lábio. — Então, você está feliz com essa situação?

— Acho que feliz não é exatamente a palavra certa, mas eu gosto de passar meu tempo com o Rafa. Se vai dar em alguma coisa, só o tempo dirá. Mas ele é diferente, me faz sentir... — Bruna ficou olhando Baz na cama. — Não sei explicar, mas ele faz com que eu me sinta mais viva, com que perceba as pequenas coisas da vida. Não sei se você entendeu o que eu falei.

— Acho que sim.

— Nos últimos dias, tenho visto as coisas diferentes. É bobeira, mas eu andava de forma tão automática pela universidade que não reparava mais em nada. Agora, caminho apreciando os prédios, os gramados, a natureza. Hoje, tomamos sorvete, do sabor que sempre compro, e me pareceu mais gostoso. Eu consegui saborear cada colherada, como se estivesse realmente aproveitando aquilo. — Bruna suspirou novamente, se lembrando do almoço com Rafael. — Acho que pareço uma boba romântica, né?

— Não. Você parece uma garota apaixonada — disse Larissa, e Bruna sorriu. — E, talvez, eu tenha meio que comentado-barra-convidado o Igor para ir ao Tavares hoje de noite. E não sei se ele iria com o Rafa.

— Sério? Como foi isso?

— Nós nos encontramos na praça e eu comentei que a gente vai lá hoje, e que o lugar é público. Não sei se ele entendeu a indireta.

— Você está a fim dele?

— Não sei. — Larissa puxou Baz, abraçando o gato, que esfregou a cabeça no queixo dela. — Ele é fofo, e lindo, e parece divertido.

Elas foram interrompidas por Eliana, que bateu na porta e entrou carregando um pote de vidro.

— Fiz biscoitos amanteigados e resolvi trazer, para ajudar nos estudos — disse Eliana. Ela colocou o pote com biscoitos em cima da mesa de estudos, e foi até Larissa, tirando Baz dos braços dela. — Eu e o Baz vamos lá embaixo corrigir algumas provas e deixar vocês estudarem em paz — disse ela, de forma brincalhona, enquanto saía do quarto.

— O Baz nunca atrapalha — resmungou Larissa, quando Eliana fechou a porta do quarto.

— Agora é sério, vamos estudar e depois a gente conversa sobre besteiras — disse Bruna.

— Hum, eu não acho que o Igor seja uma besteira. E nem o Rafa, né? — provocou Larissa, se levantando e pegando um biscoito.

Igor chegou mais cedo do que previra na casa de Rafael. Estava um pouco nervoso para conversar com Guilherme sobre Larissa. Nunca tinha se interessado pela mesma garota que um amigo, e não sabia como agir. Mesmo Rafael falando que Guilherme via as coisas de modo prático, achou que precisava conversar com ele antes de ir ao Tavares.

— E ai? Agora vamos ao Tavares todas às terças? — perguntou Rafael, ao abrir a porta de casa e ver o amigo.

— Nós fomos lá terça passada? — questionou Igor. Ele entrou e ficou na sala, parado.

— Sim. O que aconteceu para querer ir lá hoje? A gente praticamente só frequenta o Bebe Aqui.

— Eu encontrei a Larissa mais cedo, e ela falou que vai lá todas as terças com as amigas.

— Ah, entendi. — Rafael balançou a cabeça. — Então tem garota na jogada.

— É, bem, sim. — Igor respirou fundo. — E quero conversar antes com o Gui, não quero mal entendido.

— Cara, o Gui não se importa, de verdade.

— Mas ele gosta dela. Preciso explicar.

— Ele sabe que vocês são compatíveis. — Rafael deu de ombros. — Essa é a explicação que ele precisa. Mas vai lá e fala com ele, se isto te faz se sentir melhor. Fico esperando aqui na sala.

Igor foi até o quarto de Guilherme e bateu na porta. Quando o amigo abriu, ele entrou.

— Quero conversar com você sobre a Lari — disse Igor, um pouco nervoso. — Devia ter falado hoje cedo, no almoço, mas não consegui.

— O que foi?

— É, bem... Você sabe que eu fiquei um pouco interessado nela, e ela vai ao Tavares hoje e eu e o Rafa vamos lá, e não sei o que vai acontecer, e não quero que você fique chateado, mas você pode ir junto também e... — Igor parou de falar.

— Hoje é terça, parem de me fazer sair durante a semana. Já saí muito nos últimos dias.

— Ok. Desculpa, estou nervoso.

— Não há motivos para ficar nervoso. Você está interessado nela, ela em você, e vocês são compatíveis.

— Não é por isso. — Igor balançou a cabeça. — Bem, talvez agora seja também por isso. Mas é que eu não quero que você fique chateado se algo acontecer entre eu e ela.

— E por que eu ficaria chateado?

— Porque você também ficou interessado nela.

— Eu a acho fascinante. Mas não temos muito em comum e não acho que valha a pena o esforço, nem vou fazê-la perder tempo comigo, sendo que você é compatível.

— Isso é muito frio, Gui.

— A vida tem que ser prática. Eu tenho coisas para fazer, em vez de correr atrás de uma garota que não tem futuro comigo.

— Então, você não se importa? De verdade?

— Não, de verdade.

— Ok. — Igor se aproximou de Guilherme, abraçando-o. — Obrigado — disse, saindo do quarto.

— Você vai gostar do beijo dela — disse Guilherme, arrancando um sorriso de Igor.

Capítulo 17

Ao contrário da maioria das noites, naquela terça, havia poucas famílias no Bar do Tavares. A maior parte das mesas era ocupada por casais ou grupos de estudantes, que tentavam desestressar das aulas da universidade.

Fazia alguns minutos que Larissa encarava um pedaço de provolone à milanesa, espetado em um garfo na sua frente. Ela estava quieta, enquanto Bruna e Maju conversavam, animadamente.

— Se você não vai comer, me dá que eu como — brincou Maju, tirando Larissa de seus devaneios. Ela olhou o provolone no garfo e comeu.

— Tem uma travessa imensa aí na sua frente, não vem querer o meu pedaço.

— Por que você está tão avoada hoje? — perguntou Maju.

— A Lari está empolgada com um carinha aí — respondeu Bruna.

— É mesmo? Conta tudo — pediu Maju.

— Nem estava pensando nele. E quem está empolgada com um cara é a Bruna. Está apaixonada pelo Rafa.

— Não fui eu quem o convidou para vir aqui hoje — disse Bruna.

— Calma aí, Lari. Você convidou um cara para vir aqui hoje? Pensei que as terças eram só nossas, eu nunca trouxe o André.

— Eu não convidei, apenas comentei que vinha aqui. O bar é público, se ele aparecer, não posso fazer nada — explicou Larissa.

— Sei. Eu te conheço. — Maju pegou o celular e digitou algo. — Já estou enviando uma mensagem para o André, se o seu cara aparecer, eu me mando. Não vou ficar aqui sobrando — brincou Maju.

— Ei, eu estou aqui! — protestou Bruna.

— Sim, e é por isso que eu tenho a impressão de que realmente vou ficar sobrando, né? — disse Maju, piscando para Larissa.

— Se o Igor vier com o Rafa, não posso impedir os dois de entrarem. O bar é público, como falei. Mas eles devem trazer o Gui também, e você não vai ficar sobrando, Maju.

— Beleza, se eu sobrar, ou vou embora, ou chamo o André — comentou Maju. — Agora conta porque está tão aérea, se não é por causa do Igor.

— Eu estava analisando as minhas redes sociais... Vocês sabiam que as fotos que eu posto do Baz são as que mais recebem curtidas atualmente?

— E isso é ruim? — perguntou Maju.

— Claro que sim! Eu coloco uma foto minha e tem metade das curtidas que uma do Baz dormindo.

— Bem, as pessoas amam fotos e vídeos de animais — explicou Bruna.

— Isso dá preguiça. Às vezes, fico pensando em um cenário, ou me produzo toda, ou faço uma foto conceitual, ou de uma paisagem linda e quase ninguém curte ou comenta. Aí coloco uma foto do Baz bebendo água e tem uma chuva de curtidas, e todo mundo falando o quanto ele é fofo.

— Ele é fofo — disse Maju.

— Mas eu comecei a postar a minha vida e as pessoas gostavam, acompanhavam, só que agora parece que todo mundo só quer saber do Baz. Se é para ficar vendo foto dele, então é mais fácil a Bruna criar uma conta só para o gato.

— Deus me livre! Já não tenho paciência para ficar atualizando as minhas redes sociais, imagina ter também uma do Baz? Fala com a minha mãe que ela vai adorar a ideia — disse Bruna.

— Você não entendeu, não estou falando para criar uma. Só que, se as pessoas querem ver foto de gato, qual o propósito de continuar com as minhas redes sociais?

— Lari, você pode manter suas redes só para você. Posta o que quiser e danem-se os outros — comentou Maju.

— Concordo — disse Bruna. — Se você não está mais tão feliz e empolgada com isso, publique algo quando estiver a fim. E coloque o que quiser, sem se preocupar com quantas curtidas vai ganhar.

— Para vocês, que não ligam para isso, é fácil falar — reclamou Larissa. — Eu queria abstrair, não me importar tanto com isso.

— Então, não se importe. Danem-se as pessoas que não te conhecem. E dane-se quem te conhece. A vida é sua e você faz o que quiser — disse Maju.

— Quanto radicalismo — comentou Larissa.

— Não é radicalismo. Se não te faz mais feliz, tente mudar. Tem que ser algo saudável e que te faça bem.

— Eu falei mais ou menos isso ontem, mas com mais tato — explicou Bruna. — Lari, concordo com a Maju. Se não está te fazendo bem, deixe um pouco de lado. Tente não postar mais tanto, vai diminuindo até você ficar mais confortável e voltar a gostar de mexer com isso.

— Mas e se eu não voltar a gostar? — questionou Larissa.

— Aí você para de postar, ou não. Deixa para decidir isso quando for a hora — disse Maju.

— Pode ser — comentou Larissa, de forma vaga.

— Poste o que te faz feliz, Lari. Não se preocupe com os outros, se preocupe com você — disse Bruna.

— Foi o que eu falei: danem-se os outros — comentou Maju.

— Eu falei de forma mais delicada, Maju. Você, às vezes, é meio grossa — brincou Bruna.

— Ah, sou mesmo. Ou sou prática, sei lá — disse Maju.

— Você se daria muito bem com o Gui — brincou Larissa.

— Eu me dou muito bem com o André, e estamos entendidas — disse Maju, piscando o olho e pegando o celular, que fez um barulho de notificação. — Ei, o André acabou de me enviar uma mensagem sobre você, Lari. — Ela mostrou o aparelho para as amigas. — O que você estava fazendo na praça com o Caveira hoje?

— Ai, Lari, por favor, passado de volta não, né? — brincou Bruna.

— Ah, gente, se ele não fosse tão mulherengo, seria um cara legal de se namorar — comentou Larissa.

— Pelo amor de Deus! — disse Maju.

— Eu não vou namorá-lo. Imagina, ter que aguentar o Beto sempre por perto? Só estou falando que o Caveira é gente boa — explicou Larissa. Ela viu Igor e Rafael entrando no bar. Igor sorriu e ela os chamou com um aceno. — E outro cara gente boa está vindo aí.

Bruna se virou e sentiu o coração pular dentro do peito ao ver Rafael vindo em sua direção.

A primeira pessoa que Igor viu assim que entrou no Bar do Tavares foi Larissa. Ela parecia iluminar o ambiente, com os grandes olhos negros e os cabelos pretos compridos. Quando ela acenou, convidando-o para se juntar a ela e as amigas, Igor nem questionou se Rafael aceitaria ou não, foi de encontro às garotas e puxou uma cadeira, se sentando ao lado de Larissa.

— Atrapalhamos a conversa? — perguntou ele.

— Claro que não — respondeu Larissa, sem dar tempo de alguém se manifestar.

Rafael se sentou entre Bruna e Maju e, um pouco depois, André apareceu. A noite foi intercalada por conversas que iam desde a vida estudantil até os problemas que os departamentos enfrentavam, passando pelas provas que cada um teria naquela semana.

Um pouco antes das nove da noite, Maju e André foram embora, mas ninguém pareceu notar a ausência deles.

— Eu não acredito que existe alguém compatível com o Pedro — disse Igor, rindo quando Rafael contou o que acontecera mais cedo em sua casa.

— Eu não acredito é que ele teve a cara de pau de entrar no quarto do Gui e bagunçar tudo. Se fosse o contrário, ele ia ter um ataque lá em casa — comentou Rafael.

— Esse Pedro é tão estranho assim? — perguntou Bruna.

— Sim! — Todos responderam juntos, fazendo Bruna rir.

— Como será que é uma pessoa compatível com ele? — questionou Igor.

— Gente, às vezes, lá no fundo, ele não é tão estranho, vocês que acham — argumentou Bruna.

— Espera até você conhecer o cara — disse Rafael.

— Eu o encontrei hoje, na universidade — comentou Larissa, e todos quiseram saber o que acontecera. Ela contou brevemente, ocultando a parte em que Caveira apareceu e a salvou.

— Então o Gui já está vendo os resultados? — quis saber Bruna.

Igor encarou Rafael, que pareceu perder a respiração por alguns segundos.

— Ele olha, se você quiser. Mas eu não quero saber — disse Larissa, e Igor sentiu um conflito de sentimentos. Será que era certo ocultar a resposta dela, sendo que ele sabia que os dois eram compatíveis?

— Acho que também não quero — disse Bruna, olhando Rafael, que desviava o olhar dela.

— Ainda estou tentando imaginar a alma gêmea do Pedro — brincou Igor, tentando voltar ao assunto anterior.

— O nome da coitada é Mayara, mas não sei quem é. Vocês conhecem alguma garota com este nome? — perguntou Rafael, finalmente olhando as meninas.

— Não — disse Bruna, e Larissa também negou com a cabeça. — Mas se for importante, posso tentar descobrir.

— Melhor deixar quieto, um estranho só está bom — respondeu Rafael.

— Ela pode ser uma garota normal — comentou Larissa.

— Você realmente acredita nisso? — brincou Igor.

A conversa continuou até se transformar em dois diálogos separados: Igor e Larissa e Rafael e Bruna. Depois de um tempo, Igor e Larissa se levantaram.

— Estamos indo — disse Igor.

— Querem uma carona? — perguntou Rafael, se espantando e olhando para os lados, para checar se o bar já estava fechando.

— Não, vamos dar uma volta — disse Igor.

Eles deixaram o bar antes que Bruna ou Rafael pudessem falar algo, e caminharam pelas ruas tranquilas da cidade, até chegarem à praça central. Escolheram um banco afastado das poucas pessoas que estavam ali.

— Sobre o aplicativo do Gui... Você não quer saber mesmo? — perguntou Igor.

— Não. Até já quis, pedi a ele para ver, mas agora não

quero — respondeu Larissa. — Você quer saber?

Ele não respondeu, apenas olhava as pessoas ao longe, conversando ou indo para casa, ou para onde quer que elas fossem àquela hora.

— Eu pensei em te chamar para ir até minha casa, mas imagino que você não vá querer ir — desconversou Igor.

— Para a sua casa?

— Sim, mas não é o que está pensando. Ia te convidar para ver um filme, ou só conversar, mas os caras que moram comigo devem estar todos lá, e não sei se teríamos paz. — Igor deu de ombros. — Sem segundas intenções, juro. Mas imagino que isso você só faça com o Gui, né?

Larissa começou a rir.

— Ele te contou? Meu Deus, ele é muito fofo — comentou Larissa, ainda rindo. — Ele é o máximo! Sabia que ele meio que me deu um fora, falando que não somos compatíveis?

— Esse é o Gui, o cara mais prático que existe. Ele me disse que não ia correr atrás de uma garota com quem ele não tem futuro.

— Ele falou isso? — Larissa riu mais ainda. — É a cara do Gui.

— Sim. E ele contou também que você o beijou.

Larissa se engasgou no próprio riso, e lágrimas escorreram pelo seu rosto. Igor deu alguns tapinhas de leve nas costas dela, preocupado.

— Desculpa — disse Larissa, ainda rindo. — Você vai me matar, viu? Ai, o Gui é uma comédia. — Ela encarou Igor, e ele sentiu como se fosse derreter sob o olhar dela. — Sim, eu dei um beijo nele, no Trem Bão. Ele estava sendo tão fofo comigo, e eu tinha acabado de levar um fora de um carinha aí, que me largou na pista de dança, sabe?

Igor balançou a cabeça, levando alguns segundos para notar que ela falava dele.

— Ah. — Ele ficou sem graça. Larissa o encarava e Igor percebeu que não queria mais enrolar, já perdera a chance no sábado, não deixaria outra escapar. Ele estava a fim dela e sabia que era recíproco. Colocou a mão atrás do pescoço de Larissa, puxando o rosto para perto do seu. — O carinha idiota de sábado se arrependeu muito de ter largado a garota ali, na pista — disse ele, beijando Larissa.

Depois que Igor e Larissa saíram, Rafael e Bruna ficaram em silêncio. Ele perguntou se ela queria mais alguma coisa e, após uma resposta negativa, pediu a conta.

Deixaram o bar, ainda calados.

— Precisamos parar com isso — disse Bruna.

— Com o quê? — Rafael pareceu confuso.

— Toda hora fica um silêncio constrangedor entre a gente. Ele sorriu. Foram caminhando até o carro dele, que estava estacionado próximo ao Bar do Tavares.

— Não penso dessa forma. Acho que estamos apenas aproveitando a companhia um do outro — respondeu Rafael, e Bruna se surpreendeu porque era exatamente o que havia pensado mais cedo, no bosque. — Você quer ver as estrelas?

— O quê? — perguntou Bruna, sem entender.

— Vem. — Ele a puxou pela mão e Bruna notou o quanto aquela cena estava se tornando corriqueira.

Ele abriu a porta do carona para Bruna entrar e depois foi para o outro lado do carro.

— Você sempre faz isso? — perguntou Bruna, antes que ele ligasse o veículo.

— Isso o quê?
— Age impulsivamente?
— Só quando interessa — respondeu ele, de forma vaga.
O carro seguiu a direção do acesso às colinas que cercavam a cidade. Rafael pegou a estrada que terminava no Mirante, um lugar fora de Rio das Pitangas, em uma montanha de onde se via toda a cidade. Era mesmo um grande mirante, com uma vista linda, e que de noite era preenchido por vários carros de namorados que iam lá para ficarem mais à vontade.

Ele estacionou o carro afastado de outros poucos que estavam ali e desligou o veículo.

— Eu te trouxe aqui para ver as estrelas. — Ele apontou para o céu. — Costumo fazer isso, às vezes, sozinho. Pensei que você poderia gostar.

Ele saiu do carro e foi até a mala, pegar a manta que sempre deixava lá. Bruna saiu também, enquanto ele jogava a manta por cima do capô do carro.

Rafael subiu e estendeu a mão para Bruna, que aceitou. Ele a ajudou a se ajeitar e os dois deitaram, olhando o céu estrelado, com o calor do motor do carro vindo debaixo.

— Você adora ficar deitado olhando para o céu — sussurrou Bruna, depois de um tempo.

— Sim. — Ele sorriu. — Eu amo o céu, amo a vastidão do Universo. Amo saber que sou apenas uma porcaria pequena nesse mundão que temos aqui. — Ele a encarou. — Acho que filosofei um pouco, né?

— Não tem problema, foi bonito o que você falou.

Rafael voltou a olhar para cima e Bruna fez o mesmo. Ficaram admirando o céu até ele pegar a mão dela e entrelaçar os dedos. Bruna sentiu novamente o coração pular dentro do peito, uma sensação boa tomando seu corpo, enquanto ele acariciava a mão dela com o polegar. Podia ficar ali, a noite toda, com ele.

E Bruna se perguntou o que estaria se passando na cabeça dele.

Rafael se perguntava o que estaria se passando na cabeça dela.

Desde que começaram a passar mais tempos juntos, vinha pensando nela com frequência. Relutava em admitir que Bruna mexia com ele de alguma forma. Ela era a garota mais legal que já conhecera.

E aí Rafael começou a pensar sobre isso. Ele nunca passara tanto tempo com uma menina, raramente dava abertura a alguma porque não queria envolvimento sério com nenhuma delas. Bruna era a primeira com quem falou sobre a família, a primeira com quem ele ficava deitado, olhando o céu em silêncio. Ela foi a primeira que conseguiu entrar um pouco no escudo que ele criou em volta de si. E se perguntou se este não era o motivo pelo qual sentia algo por ela, por ser a primeira que ele conhecia melhor, e não por causa do resultado do aplicativo de Guilherme.

Ele já gostou de outras garotas, mas não se envolveu seriamente com elas. Foi mais uma paixonite da adolescência, algo natural e inofensivo. E agora estava ali, naquela noite agradável, com alguém incrível ao seu lado, e a única coisa que queria era que a noite não acabasse nunca mais.

Só que ele não iria se deixar envolver, não assumiria que o aplicativo de Guilherme estava certo, porque não a amava e não queria passar o resto da vida ao lado dela. Estava apenas confundindo tudo.

Ele se levantou, assustando Bruna.

— Acho que está na hora de ir — disse ele, e ela concordou com a cabeça.

Rafael desceu do carro e foi para o lado de Bruna. Antes que ela conseguisse descer, ele a pegou no colo, fazendo Bruna dar uma risada. Ele a segurou nos braços e riu com ela, mas não a soltou.

Bruna o encarou e Rafael sentiu seu coração calmo. Ele respirou fundo e a beijou. Foi algo automático e ele gostou de sentir Bruna em seus braços. Ele a sentou no capô do carro e puxou o corpo dela para próximo de si. Ela envolveu seu pescoço com as mãos, correspondendo ao beijo, que parecia certo, parecia ideal, parecia completo.

Rafael se afastou um pouco, deixando a testa colada na de Bruna, se perguntando o que acabara de acontecer. Ele ficara envolvido com o clima um pouco romântico da noite? Ou aquilo era algo que queria desde que a conhecera melhor?

Ele abriu a porta do carro e ela entrou, com ele fazendo o mesmo em seguida. Deixaram o Mirante, em silêncio.

A cabeça de Rafael estava confusa. Se censurava por ter beijado Bruna, por ter se deixado levar pelo momento, por não querer nada sério com ela.

Bruna merecia mais do que ele podia e queria oferecer, e não era certo conquistá-la para depois magoá-la, disse a si mesmo.

— Eu não devia ter feito isso — comentou ele, um pouco baixo. Pelo canto do olho, percebeu que ela estava confusa. — Não devia ter te beijado — explicou Rafael, sem coragem de encará-la.

— Você não me forçou, eu também quis — disse Bruna.

— Eu sei, não é disso que estou falando. — Ele mantinha os olhos no caminho. — Não sou o cara certo para você se envolver.

— Por causa do que você me disse hoje cedo?

— Sim, isso e tudo o mais — disse ele, vagamente. —

Não quero nem nunca quis nada sério com alguém e, se você se envolver comigo, só vai sofrer.

— Acho que posso decidir o que quero ou não fazer.

— Eu sei. Mas não quero que você se envolva comigo.

— Então, por que fica fazendo isso? — perguntou ela, a voz com um pouco de raiva.

Rafael a olhou rapidamente pela primeira vez desde que deixara o Mirante.

— Fazendo o quê?

— Isso de ficar me levando para os lugares, de conversar comigo, de querer passar um tempo juntos — questionou Bruna, agora com mais raiva ainda. — Se não quer se envolver com alguém, então por que está se envolvendo comigo?

— Não sei — disse ele, e era verdade. A ideia inicial era provar que o aplicativo de Guilherme estava errado, mas a verdade era outra. — Eu gosto da sua companhia — completou ele, da forma mais sincera possível.

— Eu também gosto da sua companhia. E podemos ser amigos.

— Não acho que daria certo.

— Por quê? Porque o gostosão aí pensa que eu estou apaixonadinha por você? — perguntou ela, tentando soar sarcástica, mas sem esconder a raiva. — Por que acha que é imune ao amor e vai me deixar arrasada? Por que o conquistador não vai se apaixonar e eu vou ficar chorando todas as noites, pensando em você?

— Bem, não, eu não pensei isso, eu... — Rafael parou de falar.

O que ele pensou? Não era isso mesmo que ela falou? Que ele não ia se apaixonar, só ela?

Ele estacionou em frente à casa dela e, antes que Bruna conseguisse sair, segurou seu braço, mas não disse nada.

— Você disse que queria explicar sobre a sua vida e tudo o mais, para que eu não te achasse um idiota, mas você está agindo como um — disse ela, encarando-o.

Rafael olhou para baixo, sem conseguir sustentar a raiva de Bruna.

— Eu só não quero que você entenda errado.

— Eu não entendi nada errado, não se preocupe. Desde o início, você deixou claro que era imune ao amor. Eu sei que você não é o cara certo para eu me apaixonar e, não se preocupe, isso não vai acontecer porque você não é a oitava maravilha do mundo. Só pensei que podíamos ser amigos porque gosto de passar o tempo com você. — Ela conseguiu se soltar e abriu a porta do carro, mas antes de fechar, voltou a olhar Rafael. — Sabe o que eu acho? Que você é quem está com medo de se apaixonar por mim, e não o contrário.

Ela fechou a porta do carro e entrou em casa, e ele ficou ali, se sentindo uma pessoa ruim por ter falado aquelas coisas a ela. Mas precisava provar que estava certo. Ele não queria compromisso com ninguém, não era a pessoa ideal para estar ao lado dela. Esperava ter conseguido convencê-la disso.

E esperava se convencer disso.

Capítulo 18

A quarta-feira amanheceu com sol e temperatura fresca. Passarinhos cantavam pelo campus da Universidade Federal de Rio das Pitangas, e Bruna pensava que aquele clima colorido e alegre não condizia com seu estado de espírito.

Ela chegara um pouco mais cedo à faculdade, e estava sentada no jardim que havia em frente ao refeitório. Na noite anterior, recebeu uma mensagem de Larissa pedindo que se encontrassem antes da aula, para conversarem.

Bruna desconfiou que Larissa queria falar sobre Igor, pela quantidade de emojis felizes que acompanharam a mensagem, e tentou se contagiar pelo ambiente ao seu redor. Passara a ver as coisas com outros olhos desde que conheceu Rafael, mas, naquele instante, tudo fazia com que ela se lembrasse dele. A vida ficara mais bonita, só que, naquele dia, estava mais triste, e Bruna enfrentava um conflito interno.

— Desculpa te fazer acordar mais cedo — disse Larissa, abraçando a amiga ao se aproximar do banco em que Bruna estava sentada. — Mas preciso te contar tudo e que você me conte tudo.

— Não tem problema, não consegui dormir direito — disse Bruna. Ela olhou Larissa, que radiava felicidade, e ficou alegre por alguém ter tido uma noite boa. — Não tenho muita coisa para contar.

— Como não? — Larissa franziu a testa. — Ai, meu Deus, não me diga que o Rafa te levou em casa e só?

— Não. Fomos até o Mirante e ficamos deitados no capô do carro dele, vendo as estrelas.

— Ai, que lindo! Agora estou com inveja da sua noite romântica — brincou Larissa.
— Não fique. O Rafa fez questão de estragar a noite romântica.
— O que ele fez?

Bruna contou sobre o clima que estava entre eles e sobre o beijo, e também a conversa que tiveram depois e o fora que Rafael deu nela.

— Basicamente isso — disse Bruna.
— Que babaquinha — comentou Larissa. — Ele acha que só você corre o risco de se apaixonar? Ele é imune ao amor e você não é boa o suficiente para ele se apaixonar?
— Sim, falei mais ou menos isso. Ele acha o quê? Que vou me apaixonar perdidamente por ele e ficar no quarto chorando?
— Está se achando muito.
— Sim. Não vou dar esse gostinho a ele. Posso muito bem passar mais alguns anos apaixonada pelo Cadu.
— Ah, não, Dona Bruna, pelo amor de Deus. Vamos mudar isso. Você não vai sofrer pelo Cadu e, muito menos, pelo Rafa. Vamos encontrar alguém.
— Não quero ninguém. Estou bem, de verdade, Lari. Foi legal ter passado alguns dias com o Rafa, para ver que existem outros caras interessantes por aí, além do Cadu.
— Não sei se o Cadu é tão interessante assim. Nem o Rafa — comentou Larissa, e Bruna começou a rir.
— Obrigada por melhorar meu dia. Estou bem, é sério. Foi legal, mas passou e vou sobreviver. Se ele não quer nem ser meu amigo, não posso obrigá-lo. Pelo menos, eu curti um pouco os dias que passamos juntos. Agora, a vida segue.
— Você parece a Maju falando. Ou o Gui.
— Ah, não, não sou tão prática assim. Estou triste, claro, porque pensei que algo mais forte estava nascendo entre

a gente. Mas se ele não quer, não vou forçar, não vou correr atrás dele. Antes de tudo, vou pensar em mim. Vivi bem até aqui sem ele, posso continuar desta forma.

— Assim que se fala. — Larissa deu um abraço forte em Bruna. — Estou tão feliz em ver que você mudou.

— Acho que amadureci, né? A Bruna de uns dois anos atrás estaria no quarto chorando litros de lágrimas, se perguntando onde errou e porque o Rafa não a ama. A Bruna de hoje caiu, se levantou e está tentando sacudir a poeira para dar a volta por cima.

— Isso aí!

— Agora vamos, me conte sobre você. Pelo que percebi, foi tudo bem.

— Foi, mas agora estou me sentindo mal. Eu te enviei aquela mensagem ontem, toda empolgada, porque pensei que você também teria notícias boas para me dar. Aí chego aqui e você me conta que o Rafa foi um idiota ontem.

— Não se importe com isso, Lari, estou muito feliz por você — disse Bruna, com sinceridade. — Quero saber tudo. Vamos, me conte, alegre meu dia.

— Tem certeza?

— Claro! Pelo menos uma de nós teve uma noite boa.

— Ok. Nós fomos até a praça e conversamos um pouco. Acho que ele estava nervoso, precisava ver, isso o deixou tão fofo! — Larissa suspirou, fazendo Bruna rir. — Aí eu tive que dar uma indireta, né, porque se deixasse por conta dele, íamos ficar a noite toda vendo o povo passeando pela praça e nada.

— O que você fez, sua doida?

— Nada. Bem, eu falei algo sobre ele ter me deixado na pista de dança sozinha.

Bruna começou a rir.

— Só você mesma.

— Eu não sou igual a você, que aguenta ficar dias e dias só olhando o céu ao lado do cara — disse Larissa, se arrependendo na mesma hora. — Desculpa. — Ela abraçou Bruna.

— Não precisa ficar se desculpando. Você está certa, ficamos dias e dias vendo o céu para, no final, eu levar um fora. — Bruna se soltou dos braços de Larissa, mas manteve as mãos delas unidas. — Aposto que, daqui alguns meses, esta será uma piada interna nossa.

— Tomara, precisamos mesmo nos divertir sobre isso um dia sem que você sofra.

— Ok, agora me conta o resto. Como ele reagiu à sua indireta?

— Ele levou alguns segundos para perceber que eu falava dele. Nossa, ele ficou ainda mais fofo quando entendeu o que eu quis dizer — comentou Larissa, rindo. — Aí ele falou: "O carinha idiota de sábado se arrependeu muito de ter largado a garota, ali na pista" e me beijou. E, menina, que beijo!

— E você decorou o que ele falou?

— Claro! Jamais vou me esquecer, foi tão lindo!

A hora da primeira aula se aproximou e elas se levantaram para ir ao Departamento de Marketing. Larissa ainda estava eufórica, contando sobre Igor, e Bruna se deixou contagiar pela empolgação da amiga, se esquecendo um pouco de Rafael.

As aulas passaram como um borrão para Igor. Ele se sentia um bobo por ficar a manhã inteira pensando em Larissa, mas era inevitável. Desde que a vira, pela primeira vez, se sentiu atraído por ela, não podia negar, mas jamais pensara ter uma chance com uma garota como Larissa Alves. Ela era conhecida na cidade inteira, os caras a rodeavam nas festas e bares. Basicamente, ela podia namorar quem escolhesse, e ela o escolheu. Ou o aplicativo de Guilherme fez isso.

Ele balançou a cabeça. Não, já estava interessado nela sem saber o resultado, e ela demonstrara interesse nele no Trem Bão, antes de Guilherme contar sobre a compatibilidade dos dois. Fora o destino que os unira, e Igor pensou em anotar a frase que lhe veio à cabeça, para um dia recitá-la a Larissa.

— O que é isso? — perguntou Rafael, em pé ao seu lado, enquanto Igor rabiscava o caderno.

— Nada. — Igor tampou o que estava escrevendo e olhou para os lados. A aula havia terminado, a sala ficara vazia e ele não percebera. Eles se levantaram e deixaram a sala para trás.

— "O destino nos uniu"? O que isto significa? — provocou Rafael.

— Nada, não me enche, cara — disse Igor, tentando soar sério, mas ainda pensava em Larissa, e sua voz saiu como uma melodia.

— Ah, você está apaixonado — brincou Rafael, quando eles deixaram o Departamento de Marketing e seguiram caminho para o Fazenda.

— Quer saber? Estou sim — disse Igor, surpreendendo a si mesmo.

Era verdade, e ele não negaria isto, nem para si, nem para ninguém. Sabia que Rafael também gostava de Bruna, mas não seguiria o caminho do amigo. Ao contrário dele, Igor não tinha medo do amor.

— Caramba — comentou Rafael.

— É verdade. Estou apaixonado pela Larissa, e acordei me sentindo um tonto romântico porque ela me beijou ontem. E quero beijá-la hoje e amanhã, e depois, e depois, e depois, e por aí vai.

— Meu Deus, o que eu falo sobre isso?

— Não fala nada, não vem atrapalhar a minha felicidade — disse Igor. — Se você não quer saber da Bruna e prefere se enganar, problema seu. Eu quero ser feliz com a Larissa.

— Até parece que já está planejando o casamento — comentou Rafael, um pouco com raiva.

— Ah, você não vai estragar a minha felicidade. — Igor sorriu para ele. — Você está amargo porque deixou uma garota perfeita escapar, mas não vou fazer o mesmo. Vou aproveitar que encontrei a garota ideal e ser feliz com ela. E, sim, se realmente der certo, um dia iremos planejar o casamento, e eu não tenho medo disso, como você tem.

— Eu não tenho medo de casamento, só não quero para mim — disse Rafael.

Eles entraram no Fazenda e se serviram em silêncio, por causa das pessoas ao redor. Foram até a varanda, onde Guilherme os aguardava.

— Você tem medo, sim. E isso ainda vai acabar com você — disse Igor, se sentando.

— Do que vocês estão falando? — perguntou Guilherme.

— De nada — respondeu Rafael, com a cara fechada.

— Estamos falando sobre o amor, Gui. Você não acha o amor lindo? — perguntou Igor.

— Não sei responder esta pergunta — disse Guilherme, confuso.

— Ah, claro que sabe. O amor é lindo, as pessoas nasceram para amar, e essas bobagens todas que fazem parte da vida — provocou Igor, olhando Rafael. — E o senhor *"não--quero-me-casar-nunca"* acha que pode fugir disso, mas vou te dizer uma coisa. — Igor parou de falar, para criar um suspense. — Você não pode, o amor já te pegou e você não quer admitir. E acha que ficar curtindo a vida significa ser sozinho e tomar sorvete, e ignorar os outros. E eu te digo mais uma coisa, um dia você vai ver a Bruna com outro cara e perceber o que perdeu, e aí será tarde demais.

— Vê se para de me encher — resmungou Rafael.

— Acho que perdi alguma parte da conversa — disse Guilherme.

— Eu estou feliz, Gui. Estou apaixonado. E o outro aí dispensou a Bruna ontem, porque acha que pode comandar os sentimentos.

— Ninguém pode comandar os sentimentos, que coisa mais ridícula — disse Guilherme.

— Pensei que você podia — comentou Rafael.

— Eu sou prático. Se vejo que algo não vale o esforço, não perco meu tempo. Mas você não é assim.

— Isso aí, Gui — disse Igor, saboreando cada minuto da irritação de Rafael.

— E, se você acha que ela não vale o esforço, então não vai perder tempo pensando nela — comentou Guilherme.

— Ela não vale o esforço, Rafa? Vamos, quero saber — continuou Igor.

— Cara, para de me encher. Para de pegar no meu pé e vai atrás da sua namorada — disse Rafael.

— Eu vou. Depois do almoço, eu vou — brincou Igor. — E vou contar a ela que somos compatíveis, e sabe por quê? Porque não tenho medo de ela saber, não tenho medo da felicidade.

— Você não pode fazer isso, a Larissa não quer saber — disse Guilherme.

— Não se preocupe, Gui. Não vou te prejudicar. Mas não acho certo eu conhecer o resultado e ela não. Vou conversar com jeito com a Lari. Ela tem o direito de saber também. — Igor olhou Rafael. — E um dia você vai se arrepender dessa besteira de querer provar que a Bruna não é a menina certa para você, porque vocês se gostam. Só que a garota não vai ficar te esperando pelo resto da vida. Você não deve ser o único cara com quem ela é compatível no mundo. Certo, Gui?

— Não sei, teria de rodar os dados dela, eu só joguei tudo aleatoriamente e vi o resultado dela com o Rafa, mas não rodei especificamente visando com quem a Bruna é compatível. Mas posso fazer isso, se ela quiser — explicou Guilherme.

— Ela já disse que não quer — resmungou Rafael, tentando terminar de comer o mais rápido possível.

— Eu adoraria saber se tem mais alguém aqui na cidade compatível com ela. Imagina, amanhã a Bruna está andando pela praça e *"bum"*, esbarra em um cara, que deixa os cadernos dela caírem no chão e aí ele pega, como perfeito cavalheiro que é, e faz o coração dela acelerar, e aí: *"quem é mesmo o Rafael? Ah, o carioca que não quer saber do amor. O que será que aconteceu com ele? Será que está curtindo a vida e tomando sorvete de pistache?".*

— Cara, você hoje acordou chato demais — reclamou Rafael, pegando a comanda da conta.

— Realmente, não entendo você — disse Guilherme, olhando Rafael. — É algo simples: você gosta da pessoa, a pessoa gosta de você, então por que não ficam juntos?

— Eu não gosto dela, droga — mentiu Rafael, se levantando para pagar a conta no caixa e deixando os amigos para trás.

— Isso, vai lá tomar sorvete e pensar na vida — provocou Igor, pela última vez.

— Eu acho que ele não gostou da conversa — comentou Guilherme.

Capítulo 19

Já fazia alguns minutos que Rafael estava sentado em um banco, que ficava quase em frente da Iceberg. Ele entrou na sorveteria, mas não conseguiu comprar nada, além de uma água.

"*Quem é mesmo o Rafael*", a voz de Igor ressoava pela sua cabeça. "*Ah, o carioca que não quer saber do amor. O que será que aconteceu com ele? Será que está curtindo a vida e tomando sorvete de pistache?*"

— Quem entra em uma sorveteria e só compra água? — resmungou, para si mesmo. — Que droga, Igor!

Rafael tentou comprar sorvete de pistache para tomar e se esquecer da discussão com o amigo, mas ao abrir a boca, sua voz falhou e a única coisa que conseguiu pedir foi uma garrafa de água. E agora estava ali, parado, encarando a sorveteria e vendo as pessoas saindo felizes lá de dentro, enquanto ele tomava a bebida.

Quando terminou a água, ele se levantou, determinado.

— Você não vai estragar isso para mim — disse, mais para si mesmo do que para um Igor imaginário ao seu lado.

Entrou na Iceberg e, desta vez, conseguiu pedir, mas se surpreendeu com o que falou.

— Quero baunilha com amêndoas — pediu ele. — Coloca em um pote pequeno, por favor, é para levar.

Enquanto a atendente servia o sorvete, ele pensou em mudar o sabor, só para provar que era diferente de Bruna, mas não sabia qual era o que ela menos gostava.

— Provavelmente, morango — disse, para si mesmo.

— Você quer de morango também? — perguntou a atendente.

— Não, obrigado. Só estou pensando alto — comentou ele.

E ficou pensando em Bruna. Será que ela era igual a ele, que também achava morango o sabor mais sem graça do mundo dos sorvetes? Que sempre indagava quem escolhia ele diante de uma variedade de sabores?

Após comprar o sorvete, entrou no carro e saiu dirigindo, sem planejar exatamente o que faria a seguir. A voz de Igor não saía de sua cabeça, por mais que ele tentasse apagar da mente as provocações do amigo.

Rafael parou o carro e só então percebeu que estava no Bosque das Pitangas, e que estacionou exatamente no mesmo local em que fora com Bruna. Ficou alguns instantes dentro do veículo, decidindo se descia ou não.

— Ah, droga, mil vezes droga — reclamou, alto.

Ele saiu do carro, pegando a manta no porta-malas e a estendeu na grama. Podia muito bem ficar ali, apreciando a vista e tomando sorvete, isso não tinha nada a ver com Bruna. Fazia isso desde sempre, bem antes de conhecê-la, e o fato de estar tomando o sorvete que ela gostava era uma mera coincidência.

E então se pegou pensando em Bruna, em como o rosto dela se iluminava quando sorria. E se arrependeu de nunca ter falado isto a ela, que deveria rir mais, que deveria sorrir o tempo todo. E se lembrou do jeito meigo que Bruna tinha e de como seus olhos brilhavam ao falar de Baz, dos pais, de quando ela contou sobre os sonhos bobos da infância.

Cada colherada do sorvete trazia uma nova lembrança de Bruna, até chegar no dia em que ele a vira com a camisa laranja do Acampamento Meio-Sangue. Ele se recordou da inveja que sentiu daquela menina, que usava a camiseta que ele sempre sonhou em ter. E do quanto pensou que ela devia ser alguém legal para conhecer, mas não soube dizer exatamente porque nunca conversara com ela. E percebeu que aquela era a primeira lembrança que tinha de Bruna, que logo depois ele descobriu que ela era a melhor amiga da Larissa Alves. Talvez nunca se aproximara porque pensara que ela não tinha nada a ver com ele, ou talvez fosse porque não queria descobrir se Bruna era realmente uma pessoa legal.

Ao terminar o sorvete, Rafael ficou encarando o lago, viajando nos pensamentos. E se recriminou pelo modo como falara com Bruna, na noite anterior. Ele dissera aquelas coisas porque não queria que ela se apaixonasse por ele, mas Bruna tinha razão: o motivo principal era que acreditava que apenas ela iria se apaixonar. Rafael sabia do resultado do aplicativo, então tinha a certeza de que Bruna acabaria se envolvendo com ele, caso eles continuassem a se encontrar, por isso, ele precisava se afastar. Não aconteceria com ele, porque estava tomando cuidado, podia controlar o que sentia, claro que podia. Não queria ninguém em sua vida, falara isso a ela e explicara os motivos, mas ela não sabia que eram compatíveis.

E então Rafael balançou a cabeça, tentando mandar Bruna para longe, mas ela teimava em voltar. Pensou nas palavras de Igor, em sua provocação de que um dia Bruna encontraria alguém. E não gostou de pensar nisso. Mas não era o que ele queria que acontecesse? Que ela fosse feliz com alguém? Por que, diabos, a imagem dela alegre ao lado de um cara, com os dois filhos que sonhava em ter, dando aula na UFRP e vivendo uma vida feliz, sem ser ao lado dele, o fazia sentir raiva e... ciúmes?

Rafael se levantou, pegando a manta bruscamente de cima da grama, e voltou para o carro.

— Droga, Igor.

Ele podia muito bem ser feliz sozinho.

Quando Igor enviou uma mensagem convidando Larissa para estudar, à tarde, na casa dele ao invés da biblioteca, ela aceitou. Não podia chamá-lo para ir até sua casa, ou a mãe ficaria rondando Igor até descobrir tudo sobre a vida dele. Não que a mãe se importasse com quem Larissa namorasse, mas porque era uma pessoa extremamente curiosa e gostava de tomar conta da vida dos outros.

Igor morava na mesma rua que a família de Beto, e Larissa se questionou se a vida não estava lhe pregando uma peça, colocando o namorado a metros de seu ex-amor. Igor dividia uma casa com mais três estudantes e ficou feliz em recebê-la na porta.

— Não repara a bagunça, mas os caras não sabem guardar nada no lugar — disse ele, abrindo a porta para que ela entrasse.

Larissa reparou na bagunça, era inevitável. Havia roupas espalhadas no sofá e nos encostos das cadeiras. A mesa da sala era ocupada por pratos e copos e embalagens vazias de biscoitos e cereais. Igor a levou para o quarto dele, onde algumas camisetas estavam jogadas em cima da cama.

— Os caras que não conseguem guardar nada? — brincou ela, mostrando as roupas.

— Eu estava fazendo isso, quando você chegou. — Igor sorriu, juntando as camisetas como se fossem uma bola e enfiando tudo no armário, de qualquer jeito.

Ele a pegou pela cintura e a puxou para perto, dando um beijo demorado. Igor deitou de lado na cama, com Larissa ao lado dele, e os dois ficaram se olhando, com Igor mexendo no cabelo dela.

— Isso é bom — disse Larissa, fechando os olhos.

Igor admirou a garota que tinha nos braços e se considerou um sortudo.

— Eu preciso falar uma coisa com você — disse ele, sério.

Ela abriu os olhos e riu.

— Não diga que já quer terminar comigo? — brincou ela.

— Não! — Ele se assustou e depois deu um sorriso. — Só se eu fosse um idiota. Acabei de te conquistar e já vou te dispensar? Jamais.

Ele a abraçou, beijando o topo da cabeça dela e colocando as costas no colchão, puxando Larissa para perto. Ela envolveu o corpo dele com os braços.

— Nunca fui um cara de joguinhos amorosos, sabe, quando estou a fim de uma garota, eu demonstro. Isso já me causou confusões e alguns corações partidos, porque nem todas gostavam de mim, e me deixavam sofrendo.

— Alguns corações partidos? Quantos você tem? — perguntou ela, colocando o queixo no peito dele e o encarando.

— Vários — brincou ele. — E todos são seus. — Ele deu um beijo na testa de Larissa. — Mas falando sério, não gosto dessas coisas, e aprendi ainda mais com o Gui a ser direto. Gosto de você, gostei desde a primeira vez que te vi. Nunca tentei algo porque pensei que não teria a menor chance. E, no sábado, no Trem Bão, nossa, eu queria muito te beijar.

— Eu também — sussurrou ela. Igor sorriu, abraçando ainda mais Larissa.

— Só que não fiz isso por causa do Gui, e aí conversei com ele domingo, como te disse. Mas não te contei tudo. — Igor ficou calado, tentando escolher as melhores palavras para usar. Larissa franziu a testa, confusa. — Não quero que você fique com raiva de mim, e não sei como mencionar o assunto com jeito, mas não vou deixar você escapar, não agora que tenho você nos meus braços. — Ele falava de forma atrapalhada, ainda encarando Larissa. Sorriu e ela o acompanhou.

— Eu sei que você disse que não quer saber o resultado do aplicativo do Gui. Eu também não planejava saber, ou planejava, sei lá. Para ser sincero, não programei nada, mas o Gui jogou tudo em cima de mim, e não acho certo não te contar.

— Igor — disse Larissa. — Pare de enrolar.

— Ok, desculpa. — Ele sorriu e a trouxe para perto, beijando de leve os lábios de Larissa. — O Gui rodou os seus dados e nós somos compatíveis.

Larissa se afastou um pouco dele, prendendo a respiração. Ela o encarou, surpresa.

— É sério isso?

— Sim.

— O quanto somos compatíveis?

— Oitenta e quatro por cento.

Ele tentou trazer Larissa para perto dele, mas ela se sentou, ficando de lado para Igor, que apoiou o corpo em um dos braços e ficou acariciando as costas dela.

— Não sei o que falar. No sábado, eu queria muito saber o resultado, mas depois desisti. Fiquei pensando em você, no que me falou antes de me largar na pista de dança. — Ela o encarou e ele ficou sem graça. — E pensei no que a Bruna fala o tempo todo, sobre estragar a magia. Estava a fim de você, e não queria estragar a magia entre a gente, caso você não fosse o cara certo.

— E agora que sabe que eu sou, o que acha?

— Não sei, calma. Dê um tempo para eu assimilar isso.

Eles ficaram calados, com Igor ainda acariciando as costas de Larissa.

— Você está com raiva por eu ter te contado?

— Não.

— Não achei certo só eu conhecer o resultado. Você também tem o direito de saber.

— Sim. — Ela balançou a cabeça. — Obrigada por me contar.

— Então, você não está com raiva de mim? — perguntou ele.

— Não. — Ela o encarou, sorrindo, e voltou a se deitar nos braços dele. — É esquisito eu falar que estou um pouco aliviada?

— Acho que não.

— É estranho, mas é assim que me sinto. Estou aliviada por começar um relacionamento sabendo que ele tem tudo para dar certo.

Igor sorriu com as palavras dela, e se lembrou do final da aula, mais cedo.

— O destino nos uniu — disse ele, arrancando uma gargalhada de Larissa. — Pode se acostumar, eu sou um bobo romântico.

— Que bom! Estou cansada dos idiotas antirromânticos — comentou ela.

Ele se perguntou se devia contar que havia outro cara na cidade compatível com ela, mas decidiu que, por ora, Larissa não precisava saber disso. Talvez nunca. Ele não estragaria o momento, muito menos o que quer que estivessem começando. Ela poderia ficar curiosa e tentar descobrir quem era o cara, e a última coisa que Igor queria era ter que disputar Larissa com alguém.

— O Rafa me contou sobre o que aconteceu, ontem à noite, entre ele e a Bruna. Bem, mais ou menos, eu que tive que arrancar as coisas dele mais cedo — disse Igor, depois de um tempo.

— Seu amigo é um babaca.

— Ele é gente boa, mas costuma pisar na bola quando o assunto é relacionamento.

— A Bruna é incrível e ele a está deixando escapar.
— Eu falei algo assim para ele, hoje.
— O que você disse?
— Mais ou menos isso. Que um dia ele vai perder a Bruna para outro cara, e aí vai ser tarde demais. Para ser sincero, eu enchi muito a paciência dele. — Igor deu uma risada, se lembrando do almoço. — Acho que o provoquei bastante, mas foi divertido.

Larissa apoiou novamente o queixo no peito dele e ficou encarando Igor por um longo tempo, e ele teve a certeza de que era o cara mais sortudo do mundo.

— Eu sei sobre o resultado dele com a Bruna — sussurrou Larissa.

— Sabe? — Igor se surpreendeu. — Ela sabe?
— Não. — Larissa balançou a cabeça negando. — O Gui deixou escapar e eu descobri.

— O Gui não sabe esconder as coisas e acaba contando para todo mundo o resultado.

— Sim. — Larissa sorriu, ao se lembrar do amigo atrapalhado. — Ele me fez prometer que não ia contar para a Bruna, mas agora que você me falou sobre a gente, não sei se é certo manter isso escondido dela. A Bruna é minha amiga e eu venho guardando esse segredo dela.

— Eu te entendo. Quando o Gui me contou sobre nós, minha cabeça entrou em parafuso. Ontem, pensei em te falar, mas você disse que não queria saber. Só que hoje decidi que não ia mais guardar para mim, que você tinha tanto direito quanto eu de saber. Ainda mais depois de ver a confusão que o Rafa arrumou na vida dele por conta disso.

— Pois é, o babaca do Rafa sabe e ela não.
— Será que não é melhor assim?

Larissa franziu a testa e fez uma careta.

— Você acha?
— Eles não estão juntos. Se ela souber, talvez seja pior.
— Vou pensar sobre isso. — Larissa voltou a se deitar. — Estou feliz por estar aqui.
— Eu também.

Capítulo 20

Desde que fora ao Mirante com Rafael, na terça, Bruna não o viu mais, apesar de frequentarem o mesmo Departamento na Universidade.

Na sexta, ao sair da prova de Gestão de Comunicação, Bruna estava sozinha e decidiu passar por trás da biblioteca. Ela não pensou em nada, apenas pegou o caminho de forma automática. Mal contornou o prédio e lá estava Rafael, deitado na grama. Bruna falou com Larissa que ele não iria afetar sua vida, mas não tinha como esconder isso de si mesma. Ele afetara sim a sua vida, e seu coração disparou quando o enxergou, mas não demonstraria isso jamais. Não daria a Rafael o gostinho de saber que estava certo, e que ela já se apaixonara por ele.

— Ei — gritou ele, quando ela passou reto.

Bruna apenas o olhou, acenando casualmente como se tivesse visto um mero conhecido na rua, e continuou andando. Rafael se levantou e foi atrás, chamando seu nome.

— Preciso ir para casa — disse ela, ainda andando, mas secretamente feliz por ele estar caminhando ao seu lado.

— Tudo bem, se não se importa, eu te acompanho até lá. Ou até a praça — disse Rafael, um pouco sem graça.

— Como quiser — comentou Bruna, despretensiosamente.

Eles caminharam alguns metros em silêncio, até Rafael pigarrear.

— Desculpa se fui um idiota naquele dia.

— Não tem problema. Não precisa se preocupar, não vou me apaixonar nem ficar correndo atrás de você.

— Não foi o que eu quis dizer — comentou ele, parecendo realmente arrependido pelo modo como agira. — Eu não sei falar as coisas direito. E estou sentindo falta das nossas conversas.

— Foi você quem decidiu que não podemos ser amigos.

— Eu sei. Sei que agi de forma estúpida porque quis te contar sobre meus pais, e forcei para passarmos alguns dias juntos, e aí... — Rafael ficou perdido nas palavras, pensando em algo, e Bruna quase fez um comentário sarcástico, mas esperou que ele terminasse de se explicar. — Sei lá, tento não pensar no que aconteceu. Não quero que minha a vida seja definida pelo casamento dos meus pais, pelo que passei na adolescência.

— Bom, parece que já foi.

Não era assim que Rafael pensara que seria a conversa. Mas, afinal, o que ele imaginou? Que pediria desculpas, ela aceitaria e eles voltariam a ser amigos e a passar um tempo juntos, como se nada tivesse acontecido?

Ele realmente sentiu falta de Bruna, da companhia dela, da risada, do jeito calmo. Depois que Igor o perturbou no Fazenda, na quarta, Rafael não conseguiu parar de pensar em Bruna e no modo como a tratara. Desejou vê-la e chegou a pensar em procurá-la, mas desistiu, porque não sabia como agir e não queria se apaixonar.

Ele tentou se esquivar das provocações de Igor, não iria admitir que o amigo estava certo. Porque ele não estava, Rafael não se apaixonou por Bruna, apenas gostava dela como amiga. Gostava de tê-la ao seu lado, mas só isso.

E agora estavam os dois ali, novamente falando sobre a vida dele, sua infância e adolescência. Mas não como antes.

— Eu não penso assim — disse Rafael, mas ele estava mentindo. Sabia que ela tinha razão. Toda a sua vida fora definida pelos seus pais e o relacionamento com eles. Ou a falta de relacionamento.

— Nossa vida é sempre definida pelo que passamos quando criança e adolescente. Resta a nós decidir o que fazer com isso. Podemos aprender e progredir ou apenas nos revoltarmos com tudo.

— Você diz isso porque cresceu em uma família feliz e sem problemas.

— Todo mundo tem problemas. Talvez os seus sejam maiores que os meus, quem sabe? Mas eu não sou perfeita, nem a minha família. E não me julgue pelo que acha que me aconteceu.

— Desculpa. Eu não quis parecer arrogante ou insensível, nem quero ficar comparando problemas. Cada um sofre do seu jeito. Eu só não gosto quando percebo que minha vida segue um rumo definido pelos meus pais.

— Mas isso não precisa ser algo ruim. Você pode aprender com os erros deles e não cometer os mesmos quando tiver a sua família. O fato de não ter crescido em um lar amoroso, não quer dizer que você não pode ter um. — Eles chegaram até a praça e Bruna parou. — E não precisa afastar as pessoas. Você fica falando como se eu quisesse me casar com você. Pelo amor de Deus, não podemos nem ser amigos mais! — disse ela, um pouco exaltada. — Só aconteceu um beijo, isso não precisa estragar a nossa amizade.

— Eu sei.

— Não, não sabe. Você me beijou e aí concluiu que eu estava apaixonada, e me afastou. Parecia que eu estava te carregando para o cartório para assinar nossa certidão de casamento. — Ela balançou a cabeça e olhou ao longe. — Não precisa mais me acompanhar, posso ir para casa sozinha.

Antes que ela saísse, Rafael segurou sua mão. Bruna olhou para baixo quando ele entrelaçou os dedos nos dela.

— Você vai ao Trem Bão amanhã?

— Acho que sim, ainda não decidi — respondeu Bruna, ainda olhando os dedos deles entrelaçados.

— Quer ir junto? — Bruna o encarou e arqueou uma sobrancelha. — O Igor e a Larissa vão, aí pensei em pegarmos uma mesa lá, nós quatro. Não sei se o Gui também vai animar a ir.

— Obrigada, mas já combinei com algumas amigas de ir com elas — comentou Bruna. — Caso eu vá.

— Ah...

Ele não soube mais o que falar e Bruna soltou os dedos, se afastando sem se despedir.

Depois de voltar da universidade, Bruna passou a tarde no quarto, lendo. Pegou o primeiro livro da série do Percy Jackson, *O Ladrão de Raios*. Fazia tanto tempo que ela lera, que foi interessante redescobrir e história, e experimentar a mesma sensação da primeira vez que abriu o livro.

Ela se lembrou da alegria no Natal, quando ganhou a camisa laranja do Acampamento Meio-Sangue. Passou a usar a blusa quase que toda semana, e até os pais compraram uma para cada um deles, assim saíam todos iguais. Bruna morria de vergonha, mas os pais achavam o máximo, mesmo ela falando que só adolescentes eram aceitos no acampamento. Eles não se importavam com isso, era apenas um mero detalhe, como diziam.

— Somos jovens por dentro — retrucou a mãe.

E se lembrou de Rafael, da tristeza em sua voz ao contar que jamais pôde ter uma. Ela tentou se colocar no lugar dele, mas só conseguiu sentir o coração apertado por ele ter se afastado.

No sábado, desistiu de continuar relendo a série. Cada página, cada palavra, cada vez que alguém mencionava o Acampamento, ela se lembrava de Rafael. Bruna estava sem cabeça para estudar, isso ficaria para o dia seguinte, domingo, então decidiu pegar outro livro para ler. Chega de pensar em Rafael e se lamentar que ele não a queria. Ele não era o único homem no mundo, ela seria feliz um dia, encontraria sua alma gêmea e se esqueceria da existência de Rafael.

Foi até a estante e passou reto dos livros de romance. Queria algo diferente, para se esquecer por alguns momentos de seus amores não correspondidos. Nada que a fizesse pensar em Rafael ou Cadu. Decidiu pegar *Poesia Numa Hora Dessas?!*, do Luis Fernando Verissimo. Bruna sempre recorria a este livro quando precisava desestressar, era como se fosse sua zona de conforto. Pelo menos, ali, não teria ninguém olhando o céu estrelado, tomando sorvete e deitado na grama atrás da biblioteca da universidade.

Bruna se ajeitou na cama, encostada na cabeceira, e Baz se aninhou ao seu lado.

— Pelo menos você me ama, né, Baz?

O gato miou e esfregou a cabeça em Bruna, que ficou acariciando-o enquanto se perdia nas páginas do livro. E foi assim que Larissa a encontrou no final da tarde.

— Você ainda não se arrumou? — perguntou ela, entrando no quarto de Bruna. — Vai já para o banho que eu vou te produzir toda.

— Não estou com vontade de me produzir — resmungou Bruna, fechando o livro e puxando Baz para dar um abraço no gato.

— Não quero nem saber, já para o banho que hoje você vai chegar no Trem Bão arrasando e conquistando corações — disse Larissa, tirando Baz dos braços de Bruna e fazendo a amiga se levantar da cama.

— Quem disse que quero conquistar corações?

— Eu disse, eu decido. — Larissa foi até o armário de Bruna, abrindo as portas. — Cadê aquele vestido vermelho que você tem? Aquele com umas flores pregadas? Eu amo aquele vestido, e você fica tão *sexy* nele.

— Não estou com ânimo de usar ele hoje.

— Não quero nem saber. E o que você está fazendo aqui que ainda não foi para o banho? Vai lá que já estamos atrasadas — disse ela, empurrando Bruna para fora do quarto.

— Você nem sabe se eu quero ir ao Trem Bão.

— Claro que quer. E sabe por quê? Porque o Rafael vai estar lá e quando ele te vir com o vestido vermelho, vai se arrepender por não ter te segurado. E sabe o que mais? Aposto que algum carinha legal e fofo vai dar em cima de você.

— Já falei que não quero ninguém, pelo menos no momento.

— Não precisa ficar com ele, só fazer ciúmes no Rafael. E você vai dançar a noite toda e vai curtir a festa, toda linda e feliz, e mostrar para o Rafa que você não está nem aí para ele — disse Larissa, piscando o olho. — Agora vai para o banho, porque você vai para o Trem Bão nem que seja arrastada.

— Como você quiser.

Bruna desistiu de argumentar, sabia que jamais ganharia uma discussão com Larissa, e foi para o banheiro, enquanto a amiga abria a bolsa e tirava seu estojo de maquiagem. Ela olhou Baz, que a encarava na cama.

— Vamos deixar sua mãe linda e sedutora, Baz.
O gato miou, concordando.

Ao entrar no quarto de Guilherme, Rafael já imaginara a cena que encontraria: o amigo sentado em frente ao computador, mexendo em vários programas, softwares ou seja lá o que alguém viciado em informática faz em um sábado à noite.
E realmente encontrou Guilherme do jeito que imaginou.
— Não vai se animar mesmo a ir ao Trem Bão?
— Obrigado, não vejo nada produtivo indo lá. Música alta, pessoas bêbadas, casais se agarrando, gente pisando no meu pé. — Ele encarou Rafael. — Sabia que da última vez que fui lá um cara derramou cerveja na minha blusa? Que tipo de pessoa faz isso?
— Deve ter sido sem querer — disse Rafael, sem mencionar que a "última vez" significava "única vez".
— Ele nem pediu desculpas!
— Nem todo mundo sabe pedir desculpas, ainda mais em um bar. — Rafael deu de ombros. — Eu pensei que você tinha gostado do lugar.
— Gostei, lá é bem legal e animado, e foi onde a Larissa me beijou. Só que ela não vai me beijar hoje porque ela tem um namorado. E, mesmo que beijasse, não vale o fato de que podem jogar cerveja em mim.
— Ok. Então amanhã a gente vai ao Bebe Aqui, tá bom?
— Amanhã vou até a casa da Bruna conversar com o pai dela.
— O que tanto você faz lá?

— Eu poderia explicar, mas você vai ficar entediado — disse Guilherme, expulsando o amigo com um aceno de mão.

— Você devia passar seu domingo em um bar com os amigos.

— Não vejo lógica nisso. Estou usando meu tempo de forma produtiva.

— Você precisa se distrair.

— Estou me distraindo. Você não faz ideia do quanto o Milton é divertido. Ele adorou a ideia do aplicativo, e o estou ajudando no desenvolvimento de alguns projetos que ele tem. São bem mais simples do que o meu, onde posso usar uma aplicação web, acessada por um browser...

— Ok, Gui, tchau — disse Rafael, rindo e saindo do quarto do amigo.

Ele foi para a sala, onde Igor o esperava.

— Não vai mesmo?

— O Gui vive para ficar no quarto. Ele e o projeto de assassino — comentou Rafael, indicando a porta fechada de Pedro.

— Eu te chamei para morar comigo, quando um dos caras se formou e abriu uma vaga lá na república.

— Não ia deixar o Gui aqui, sozinho com o Pedro. E, além do mais, nossa casa é melhor localizada do que a sua. Como diz o Gui, as vantagens compensam o outro. — Rafael olhou na direção do quarto de Pedro. — Ele não incomoda, já que fica mais lá dentro do que aqui na sala.

— E como estão as coisas entre vocês? — perguntou Igor, baixo.

— Eu não o encontrei depois do que ele fez no quarto do Gui. Minha vontade era de confrontar o cara, mas o Gui me fez prometer que não faria nada — comentou Rafael.

Parecendo saber que estavam falando dele, Pedro saiu do quarto e foi até a cozinha, passando pelos meninos na sala e fazendo uma cara feia.

— O que foi? — perguntou Pedro.

— Nada, estou só conversando com meu amigo — respondeu Rafael, e na mesma hora ele deu um sorriso para Igor, que balançou a cabeça. Sabia que o que ia fazer era errado, mas ainda estava com raiva pelo que Pedro fizera com Guilherme. — E aí, Igor, como é ser o namorado da Larissa Alves? — perguntou Rafael, alto.

Igor segurou o riso ao ouvir Pedro deixando algo cair dentro da pia. Ele se aproximou da bancada.

— É normal, cara, para de me encher — disse Igor.

— Sei lá, a garota é famosa, tem um monte de fã atrás dela — comentou Rafael.

Pedro se apoiou na bancada e alternou o olhar entre eles, um pouco atônito.

— Você está namorando a Larissa? Desde quando? — perguntou ele, um pouco agressivo.

— Começamos esta semana.

— O aplicativo do Gui indicou que o Igor é o cara com a maior combinação com a Larissa. Não é incrível? — disse Rafael. — Oitenta e quatro por cento de compatibilidade.

Pedro o fuzilou com os olhos.

— Só podia mesmo ter o dedo daquele imbecil no meio — disse ele, saindo de trás da bancada e se dirigindo para os quartos. Antes que alcançasse o corredor da casa, Rafael se colocou na frente dele.

— Se você tem amor às suas coisas, fique longe do Gui. Ele me contou sobre a bagunça que você fez no quarto dele, e eu não gostei nada disso. Deixa o cara em paz, ele não fez nada.

— Ele criou a porcaria do aplicativo!

— Ele não fez a Larissa se apaixonar pelo Igor — disse Rafael, indicando o amigo no sofá. — O destino fez isso — completou ele, usando a frase de Igor. — Você nunca teve chance com ela.

— Imbecil — disse Pedro, saindo da sala.
— Que babaca — comentou Rafael.
— Você acha que ele vai deixar o Gui em paz?
— Vai. Ele ladra, mas não morde. Antes, eu pensava que ele podia oferecer algum perigo, mas, com o passar do tempo, percebi que é só um idiotazinho que gosta de fingir ser misterioso.
— Eu cheguei a ficar com pena dele.
— Não me julgue, cara. Eu sei que não agi certo, mas foi ele quem começou. O Gui ainda está chateado com a bagunça que ele fez no quarto, e eu sempre vou defender meus amigos.
— Rafael foi para perto da porta da casa. — Vem, vamos para o Trem Bão esfriar a cabeça.

Capítulo 21

O Trem Bão estava começando a ficar movimentado quando Rafael e Igor chegaram. Escolheram uma mesa um pouco afastada da pista de dança, e Igor pegou o cardápio assim que se sentou.

— Estou com fome, não comi nada lá em casa — disse, analisando a lista de petiscos. — Quer comer algo?

— Pode ser — respondeu Rafael, olhando a entrada do bar. Ele precisava esticar um pouco o pescoço para enxergar quem entrava, pois Igor bloqueava parte da sua visão.

— Não sei o que a Lari iria gostar — disse Igor, checando o celular para ver se havia mensagem da namorada. — Vou pedir uma batata frita, quando ela chegar a gente pede mais alguma coisa, tá?

— Ok. — Rafael balançou a cabeça, sem prestar muita atenção no amigo.

Igor sorriu ao perceber o que ele queria e se ajeitou para ficar totalmente na frente de Rafael, fazendo sinal para um garçom que estava próximo.

— Eu acho que a Bruna deve estar em algum lugar, aqui, beijando o carinha que derrubou os livros dela.

— Cara, para de me encher. Não vai ficar me perturbando a noite toda, vai? — disse Rafael.

— Não, foi mal. Mas foi engraçado — disse Igor, rindo. Ele pediu batata frita e cerveja para o garçom.

— Pensei que você fosse meu amigo e ficaria do meu lado — reclamou Rafael, quando o garçom se afastou.

— Não tenho como te apoiar nisto, Rafa. É a coisa mais idiota que já vi. Você está claramente apaixonado, mas é tão cabeça dura que não quer dar o braço a torcer.

— Eu não estou apaixonado por ela.

— Claro que está, mas vamos fingir que não. Não sei para que tanto medo de se envolver com uma garota, ainda mais uma que é praticamente cem por cento compatível com você. É óbvio que vai dar certo, você não vai sofrer.

— Não estou com medo de sofrer.

— Tudo bem, então, está com medo de quê?

— De nada, vamos mudar de assunto — respondeu Rafael, um pouco chateado.

Ele não sabia do que tinha medo. Era de sofrer? Não, não era isso. Nem de fazer Bruna sofrer. Afinal, do que ele tinha medo? Rafael balançou a cabeça, Igor estava tentando confundi-lo, ele não estava apaixonado por Bruna, logo, não tinha medo de nada.

— Não é porque não deu certo com seus pais que não vai dar certo com você — disse Igor, quase que usando as mesmas palavras de Bruna.

— Já pedi para mudar de assunto.

— Desculpa, mas é que eu fico imaginando o que você está perdendo.

— Não estou perdendo nada.

— Está sim. Desde que comecei a namorar a Lari que estou feliz. Estou igual um bobo, como você fala, e não me importo. A vida está mais bonita, as árvores mais verdes, as flores mais radiantes e os passarinhos mais alegres, e todas essas coisas que mudam na nossa visão quando estamos apaixonados. E você, que ama curtir cada momento do seu dia, poderia estar curtindo ainda mais com alguém incrível ao seu lado.

— Ok, agora encerra o assunto — disse Rafael, indicando Larissa, que se aproximava deles.

— Oi — disse ela, se sentando ao lado de Igor e beijando o namorado.

Igor abraçou Larissa, retribuindo o beijo, enquanto Rafael tentava encontrar Bruna. Ele pigarreou e os dois se soltaram.

— Sem agarração enquanto eu estiver aqui, ok? Não vou ficar aqui sobrando — disse Rafael, ainda olhando para os lados.

— Ah, vai sim, e sabe por quê? Porque não vou deixar de beijar minha namorada por sua causa — disse Igor.

— A gente vai se comportar — brincou Larissa.

— Eu pedi batata frita para nós, quer alguma outra coisa? — perguntou Igor, entregando o cardápio a Larissa.

— Hum... O bolinho de mandioca daqui é maravilhoso.

— Então, uma porção deles — disse Igor, fazendo sinal para o garçom, que se aproximou da mesa.

— Veio sozinha? — perguntou Rafael, tentando soar o mais desinteressado possível.

— Sim, a Bruna me deixou aqui — respondeu Larissa, se aconchegando nos braços do namorado, que olhava o cardápio novamente.

— Ela não vem? — perguntou Rafael.

— Daqui a pouco.

— Pensei que não queria saber dela — disse Igor. Rafael o fuzilou com os olhos e ele voltou a encarar o cardápio.

— Não vejo problema algum em ela ficar aqui com a gente — disse Rafael, dando de ombros e ainda tentando soar desinteressado.

— Achei que vocês não podiam ser amigos — disse Igor.

— Cara, não enche — reclamou Rafael.

— A Bruna não deve ficar aqui com a gente, ela vem com algumas amigas — explicou Larissa.

— Ah — comentou Rafael, sem entender porque ficou triste com a informação.

— Ih, tem sorvete aqui, Rafa. Será que tem de pistache? — disse Igor, mostrando o cardápio.

— Se é para ficar me enchendo, vou sair daqui — disse Rafael, com raiva.

— Ok, desculpa — pediu Igor. — Mas foi engraçado.

— Não achei graça alguma — disse Rafael.

— Não entendi a piada — comentou Larissa.

— Depois te explico — sussurrou Igor, baixinho, mas Rafael já não prestava atenção neles porque Bruna acabara de entrar no bar, acompanhada de duas amigas.

Ela estava linda, usando um vestido vermelho com flores, atraindo alguns olhares masculinos ao andar pelo Trem Bão. Rafael a observava de longe, conversando com uma das amigas. As duas riram e foram para a pista de dança.

Rafael a acompanhou com os olhos e ficou feliz em vê-la sorrindo, contente. E logo em seguida ficou triste porque Bruna estava se divertindo, e não conseguiu discernir o conflito de sentimentos que estava tendo.

— Rafa? — chamou Igor.

Rafael piscou algumas vezes, e olhou o casal de amigos.

— A comida chegou — explicou Larissa, mostrando a travessa de batata frita.

Enquanto eles comiam, Larissa acenou alegremente para um rapaz, que acenou de volta.

— Quem é? — perguntou Igor.

— Ciúmes? — provocou Rafael.

— Não — mentiu Igor.

— É um amigo, não se preocupe. — Ela deu um beijo na bochecha do namorado. — Conheço o Caveira desde sempre.

— Caveira? Que tipo de apelido é esse? — Igor riu.

— As pessoas não escolhem o apelido — explicou Rafael.
— Verdade — concordou Igor.

Larissa ia pegar uma batata na travessa, mas olhou para Rafael, estreitando os olhos e dando um sorriso malicioso.

— Aliás, aquele cara que está ao lado do Caveira é o Cadu, o grande amor da Bruna. Ela foi apaixonada por ele a adolescência toda. Nem sei se ainda é — disse Larissa.

Rafael sabia que ela queria provocá-lo, e conseguiu. Ele se virou e analisou Cadu de cima a baixo.

— Hum, será que ele é compatível com a Bruna? Podemos pedir para o Gui checar isso — incentivou Igor.

— Não é. Se fosse, ele teria se apaixonado por ela também — disse Rafael, um pouco irritado.

— Vai saber? Às vezes, ainda não é a hora certa, né? — disse Igor.

— Ok, vou dar uma volta — disse Rafael, se levantando. — Chega de ficar aqui quando claramente vocês dois se uniram contra mim.

Ele saiu, deixando Igor e Larissa rindo na mesa.

— Você exagerou, coitado dele — comentou Larissa.

— Eu conheço o Rafa. É só ficar perturbando até ele perceber o que está perdendo — disse Igor, dando um beijo na cabeça da namorada e a trazendo para perto. Larissa envolveu a cintura dele com os braços.

— É bom ele perceber logo, porque a Bruna não vai ficar esperando. Não vai mesmo.

— Bem, vamos esquecer o Rafa agora que ficamos sozinhos.

Igor abraçou Larissa, que deitou a cabeça em seu ombro. Ao longe, ele notou Caveira dando umas olhadas para os dois na mesa, e novamente se sentiu o cara mais sortudo do mundo. Igor se perguntou se o outro cara com quem ela era compatível estaria ali, no Trem Bão. E agradeceu por ser ele quem estava com ela nos braços, e não o outro.

O bolinho de mandioca chegou e os dois comeram em silêncio, vendo o movimento do bar.

— O que você fez hoje de bom? — perguntou Larissa, depois de um tempo.

— Estudei a tarde toda. Tenho prova terça. — Igor colocou um bolinho na boca, pensando na matéria que ainda faltava para estudar. — Ah, sabia que eu ganhei um monte de seguidores, depois que você postou a nossa foto ontem no Bebe Aqui?

— Sério? — Larissa se soltou dele e o encarou.

— Legal, né? Seus seguidores agora gostam de mim — disse ele, rindo.

— Ah... — Ela mordeu o lábio e olhou para baixo.

— O que foi? Falei algo errado?

— Não, é só que... — Larissa balançou a cabeça e olhou ao longe.

— Lari? O que foi? — perguntou Igor, preocupado.

A preocupação de Igor fez bem a Larissa, ela estava muito feliz desde que os dois ficaram juntos. Ele era sempre atencioso e a fazia se sentir a pessoa mais especial do mundo, e ela se sentia. Se sentia sortuda por ter encontrado alguém que gostava dela, e em já saber que os dois tinham tudo para dar certo.

Quando Bruna lhe contou sobre o aplicativo, algumas semanas atrás, Larissa passou a desejar que o cara certo estivesse em Rio das Pitangas. Não crescera em um lar completamente alegre como o de Bruna, seus pais eram distantes e frios, mas isso não a impediu de sonhar que um dia poderia formar uma família unida, como a da amiga.

Larissa tinha planos, objetivos e sonhos e queria dividi-los com alguém que pensasse da mesma forma, e Igor parecia ser esta pessoa. Sabia que as chances de encontrar alguém assim eram pequenas, por isso, desde que ele entrara em sua vida, o fato de os pais não se importarem muito com ela passou a não afetá-la mais como antes.

E isso também fez com que o interesse pelas redes sociais diminuísse. Lá, ela encontrara o amor que não tinha das pessoas mais próximas, que estavam dentro da sua casa e deveriam fazê-la se sentir completa. As amigas eram seu porto seguro, sempre a amaram e incentivaram, e os desconhecidos nas redes sociais, que a acompanhavam, vieram para aumentar esse amor que faltava em sua família.

Mas as redes sociais já não a estavam deixando tão feliz como antes e, agora, com Igor ao seu lado, sentia que sua vida estava tomando um novo rumo. Ele completara o apoio e o amor das amigas.

— Lari? — Igor a chamou.

— Desculpa, estava viajando aqui dentro da minha cabeça.

— Percebi. — Ele se virou um pouco para ficar de frente para Larissa, e segurou as mãos dela. — O que aconteceu?

Ela mordeu o lábio novamente e fechou os olhos.

— Você vai deixar de gostar de mim se eu parar com as redes sociais? — sussurrou ela.

— Hã?

— Se eu acabar com as minhas redes sociais, ou diminuir as postagens, e deixar de ser a Larissa Alves, a famosa *digital influencer* de Rio das Pitangas, você vai parar de gostar de mim?

— Meu Deus, claro que não! — Igor se assustou. — Eu não gosto de você por causa disso. — Ele a abraçou e ela se perdeu em seus braços. — Você está pensando em acabar?

— Ainda não sei. — A voz dela soou abafada pela camisa de Igor.

— Como você pode achar que eu estou com você por causa disso? — Ele a afastou, encarando-a. — É por que eu fiquei feliz em ter novos seguidores? Eu não ligo para isso.

— Você pareceu tão empolgado... — Larissa deu de ombros.

— Não. — Igor sorriu. — Sim, quero dizer, achei legal eles me seguirem porque sou seu namorado, mas só isso. Não me incomodo se tenho três seguidores, ou mil. Isso não significa nada para mim. Pensei que você ia ficar feliz em saber, achei que era importante para você.

— E é. Ou era. — Ela deu de ombros, novamente. — Ainda estou pensando sobre isso.

— Eu gosto de você com ou sem rede social. — Ele voltou a abraçá-la e ela se sentiu protegida. — Isso só vai ser importante para mim se for para você.

Larissa sorriu encostada na blusa dele, retribuindo o abraço forte.

Rafael andou pelo Trem Bão cumprimentando algumas pessoas, mas raramente parando para conversar com alguém. Ele tentou enxergar Bruna na pista de dança, mas a perdera de vista. O bar estava cheio e ele decidiu ir até o balcão, que havia do lado contrário às mesas, beber algo, pois tinha deixado sua cerveja na mesa de Larissa e Igor, e não estava com clima para voltar lá e aguentar mais provocações do amigo. Também quis deixar Igor um pouco sozinho, curtindo a namorada.

Enquanto bebia seu segundo chope, se perguntou se

Igor estava certo e ele estava perdendo algo bom ao lado de Bruna. Ele poderia apenas curtir alguns meses com ela, mas tinha medo de que isso se transformasse em algo mais. Rafael nunca namorara sério.

Até aquele dia, conseguiu levar isso de forma tranquila, sem se deixar abalar, mas desde que conheceu Bruna que ela não saiu mais da sua cabeça. Ele culpava o fato de saber que eram compatíveis e, vez ou outra, se perguntava se ficaria pensando nela se não soubesse o resultado do aplicativo.

Ele já estava quase se decidindo a esquecer de tudo aquela noite, e ir para casa, quando viu Bruna caminhando para o balcão onde estava. Ela parou na outra extremidade, sem vê-lo, e pediu algo ao *barman*. Ele virou o resto de chope que havia na tulipa e foi em direção a ela.

— Oi — disse, se colocando ao lado de Bruna.

— Oi — respondeu ela, se assustando. Rafael percebeu que ela não o vira ali.

Eles ficaram em silêncio e Rafael não soube o que falar. O último encontro deles não havia sido muito bom.

O barman trouxe uma *frozen margarita* para Bruna, que deu um gole e encarou Rafael, que continuou mudo.

— Até mais — disse ela, saindo após esperar que ele falasse algo.

Rafael segurou o braço de Bruna, que se voltou para ele.

— Eu... — Ele não soube o que dizer. *Eu o quê?* O que ele ia falar?

Bruna continuou encarando Rafael, até ele soltar o braço dela.

— Você quer falar algo? — perguntou ela.

— Não. Desculpa.

Bruna balançou a cabeça e voltou para a pista de dança, oferecendo a bebida para uma das amigas. Elas conversaram e riram e Bruna voltou a dançar, feliz.

Rafael ficou olhando-a durante três músicas e, em momento algum, ela o olhou de volta. Ele sentiu um gosto amargo na boca quando alguns rapazes se aproximaram dela e das amigas, e ficaram dançando juntos. Um deles comentou algo no ouvido de Bruna, que concordou com a cabeça e riu. Ele voltou a falar algo e Rafael decidiu que já bastava daquilo.

Ele foi embora do bar.

Capítulo 22

Desde que postara a foto com Igor, na sexta, que Larissa não atualizou mais as redes sociais. Ela estava tão ocupada sendo feliz que ficara com preguiça de editar fotos, ou pensar em legendas, para alimentar suas contas. Nem as mensagens ela checara nesses dias.

Só que, na terça, quando acordou, resolveu olhar o celular antes de ir para a universidade, para ver se havia algo de Igor, e se surpreendeu com os ícones de notificação de mensagens das redes sociais. Decidiu entrar para ler e foi pega de surpresa ao ver várias notificações da mesma pessoa, questionando o sumiço dela. A pessoa havia enviado algumas mensagens e respondido o último post dela, atacando Igor e a felicidade de Larissa.

Ela não esperava receber tanta raiva de alguém pelo simples fato de estar feliz, e aquilo a afetou, mais do que imaginava. A única coisa que queria era desaparecer por algumas horas. Enviou uma mensagem a Bruna, avisando que não ia à aula naquele dia, e se enfiou debaixo das cobertas.

Por volta da hora do almoço, desceu e pegou um pouco da comida que o pai comprara no Fazenda, e deixara para ela e a mãe, e voltou para o quarto. Queria largar o celular, o certo era deixar para lá e seguir a vida, mas era inevitável não olhar o que comentavam sobre ela.

Alguns dos seus seguidores a defenderam do ataque daquele desconhecido, avisando que em breve ela voltaria a compartilhar mais da sua vida, agora com novidades por causa do namorado, e Larissa teve vontade de gritar.

Mas o que fez surpreendeu a ela mesma: se levantou e trocou de roupa, colocando uma calça *legging* e uma blusa regata e amarrando o cabelo em um rabo de cavalo. Passou um pó compacto no rosto e um gloss rosa claro, e tirou várias fotos sorrindo em frente ao espelho.

Depois de excluir mais de trinta fotos, escolheu uma que estava do seu agrado e postou. Quando a foto apareceu no seu *feed*, começou a chorar, se sentindo a pior pessoa do mundo. Há tempos não experimentava uma sensação de solidão e desamparo como a daquele momento. E não sabia direito o motivo de chorar.

Larissa colocou o celular dentro do guarda-roupa e voltou para a cama, aos prantos.

Quando Larissa enviou uma mensagem avisando que não se sentia bem, Bruna estranhou. Apesar de, às vezes, a amiga sumir alguns dias, quando estava muito triste com algum problema familiar, fazia tempos que não usava aquela desculpa.

Bruna mandou algumas mensagens, e Larissa disse estar tudo bem. Mas depois que a amiga postou uma foto com roupa de ginástica e a legenda *"Partiu correr"*, Bruna teve a confirmação de que algo estava errado. Ela jamais faltaria à aula para depois praticar um esporte, como se nada tivesse acontecido.

Por isso, decidiu ir até a pista de corrida que havia na universidade, onde Larissa gostava de ir para espairecer e fazer exercícios.

— Vai sair? — perguntou Milton, vindo do quintal, quando ela chegou na sala.

— Vou encontrar a Lari — respondeu Bruna, já pegando

a chave do carro da mãe, que estava em cima da mesa. — Avisei a mamãe.

— Você podia me fazer um imenso favor — disse o pai, indo até o quintal e voltando com uma caixa grande nas mãos. — Você se importa de passar na casa do Guilherme e deixar isto para ele?

Bruna quis falar que se importava sim, que a última coisa que queria era encontrar Rafael, mas jamais falaria não para o pai. Apenas balançou a cabeça, concordando e, quando ele foi até o carro guardar a caixa, enviou uma mensagem para Larissa.

Bruna
Estou indo te encontrar

Antes de dar a partida no carro, olhou as redes sociais de Rafael, para descobrir se ele estava em casa ou não, mas ele era muito parecido com ela: raramente postava algo. A última foto fora de quase uma semana atrás, da vista do lago no Bosque das Pitangas. Ela se perguntou se ele ia lá com frequência, e quantas vezes voltara desde o piquenique dos dois.

O caminho até a casa de Rafael foi rápido, ele não morava muito longe. Bruna estacionou e ficou analisando a fachada branca, que descascava em alguns lugares. Ela checou o celular, mas Larissa não respondera sua mensagem. Provavelmente, ainda estava correndo.

Bruna saiu do carro e pegou a caixa, que seu pai colocara no banco do carona. Estava um pouco pesada, e ela precisou empurrar o portãozinho semiaberto com o pé. Andou pelo caminho de cimento que levava até a porta de entrada, dando uma olhada no jardim mal cuidado que o cercava.

Ela tocou a campainha mais de uma vez. Nunca tinha ido lá, e se perguntou se a casa era muito grande para ninguém ouvi-la, ou se estavam todos fora. Pensou em ir embora quando ouviu um barulho de chave abrindo a porta, e se sentiu estranhamente empolgada e nervosa em saber quem estaria ali, para recebê-la.

Um rapaz com cara de sono e os cabelos loiros bagunçados abriu a porta. Ele esfregava o olho e usava uma bermuda e uma camisa, ambas pretas. Ela desconfiou que aquele era o famoso Pedro.

— Oi, o Guilherme está? — perguntou ela.

— Não. Quem é você?

— Sou amiga dele. — Bruna mordeu o lábio. Não sabia se podia confiar em deixar a caixa com Pedro. Não sabia nem o que tinha dentro dela. — E o Rafael?

— Também saiu. — Pedro olhou a caixa nas mãos dela. — O que você quer?

— Eu... — Bruna já pensava em voltar para casa com a caixa quando escutou uma voz atrás dela.

— Bruna?

Ela se virou, com o coração acelerado. Rafael estava parado próximo dela.

— Oi. Meu pai pediu para entregar isto ao Gui — disse ela, alternando o olhar entre Rafael e Pedro.

— Ah... Quer entrar? Ele não deve demorar a voltar para casa — convidou Rafael.

— Não. Só vim mesmo deixar a caixa.

— Ok — disse Rafael, sem se mover. Os dois ficaram calados, se encarando, sem graça. — Pode deixar que eu coloco no quarto dele.

Rafael foi pegar a caixa das mãos de Bruna, um pouco desajeitado. Ele sorriu e ela retribuiu.

— Essa aí é a garota com quem você é compatível? — perguntou Pedro, chamando a atenção dos dois.

— O quê? — perguntou Bruna.

Ao chegar em casa, na terça, Rafael se surpreendeu ao encontrar Bruna na entrada, conversando com Pedro. Ele sentiu seu coração explodir em felicidade quando a chamou e ela se virou. Parecia que o mundo movia em câmera lenta, e ele não soube o que aquilo significava.

Quando ela entregou a caixa de Guilherme a ele e o encarou, sorrindo, Rafael decidiu que o mundo podia acabar naquele instante e ele não se importaria.

Mas quando Pedro soltou a verdade sobre o aplicativo, Rafael sentiu o sangue ferver.

— Fica quieto, cara — disse Rafael, com raiva no rosto. Ele havia se esquecido completamente da presença de Pedro, ali, na porta. Bruna olhou os dois, ainda confusa.

— É ela, não é? E pelo visto ela não sabe. Ah, que maravilha, então você escondeu isso dela? — Pedro se virou para Bruna. — Vocês dois têm cem por cento de compatibilidade no aplicativo do imbecil.

— Como é que é? — Bruna encarou Rafael, em um misto de confusão e irritação.

— Não é nada disso. Não chega a cem por cento, é quase isso, mas... — explicou Rafael, sem jeito, enquanto Bruna ia até o portão, após compreender o que Pedro falou. — Bruna, espera.

Rafael deixou a caixa no chão e foi atrás dela. Quando Bruna se virou para falar com ele, Rafael conseguiu ver mágoa e raiva em seus olhos.

— Então é por isso que você ficou me cercando, se aproximando? Para fazer com que eu me apaixonasse por você? E para quê? Para depois me dispensar e partir para outra conquista? Que tipo de pessoa faz isso? — perguntou ela, fechando o portãozinho com força e indo para o carro.

Rafael abriu o portão e conseguiu chegar perto dela, tocando seu ombro, mas ela o afastou com a mão e entrou no carro.

— Eu posso explicar, não é nada disso — gritou ele, mas Bruna saiu rápido com o carro, antes que ele a alcançasse de novo.

Rafael ficou olhando a rua vazia por alguns segundos. Ele voltou para a entrada da casa, pegou a caixa de Guilherme no chão e encarou Pedro.

— Eu não sou um idiotazinho que gosta de fingir ser misterioso — disse Pedro, com um sorriso no rosto, repetindo as palavras que Rafael falou a seu respeito para Igor, e entrando.

As lágrimas caíam pelo rosto de Bruna, mas ela não se importava. Queria encontrar Larissa o mais rápido possível, precisava da amiga. Rodou pela universidade toda, procurando por ela, sem sucesso. Passou três vezes em frente à pista de corrida, mas só viu Cadu e Beto lá. Os dois acenaram amigavelmente, e ela cogitou parar e perguntar por Larissa, mas tinha a certeza de que seus olhos estavam inchados. E o que menos precisava era que eles a vissem chorando.

Antes de deixar o campus, estacionou em algum departamento, sem saber exatamente onde estava e o que fazer. Pegou o celular e ligou para Larissa. Só na quinta tentativa é que a amiga atendeu.

— Lari? Onde você está? — perguntou Bruna, aos prantos, sem conseguir evitar as lágrimas de caírem.

— Em casa — respondeu ela, com uma voz de sono. — Você está chorando? O que aconteceu?

— O Rafa, aquele idiota.
— Vem para cá.

Rafael entrou em casa furioso e conseguiu segurar o braço de Pedro, antes que ele se fechasse no quarto.
— Eu vou acabar com você — gritou ele.
— Vai fazer o quê? Vai me bater? Vai me arrebentar e me mandar para o hospital? Não acho que a sua alma gêmea vá gostar disso — disse Pedro, com deboche na voz.
Rafael queria socar o rosto irônico de Pedro, mas se conteve e o soltou.
— Por que você fez isso?
— Porque você se acha o máximo e acha que pode tudo.
— Eu não me acho o máximo.
— Acha sim. Pensa que pode me atacar falando que a Larissa está namorando seu amigo. Se acha superior porque vocês conseguem tudo que querem.
— Quem disse que eu consigo tudo o que quero? — perguntou Rafael, confuso.
— Eu sei disso. Você e essa sua cara de riquinho de Ipanema, que acha que manda em tudo e todos. E ainda consegue uma garota bonita com quem é compatível.
— Cara, você não podia estar mais errado. E eu não moro em Ipanema, nem sou rico. — Rafael estava um pouco transtornado com a situação, sem saber como agir. Desejou que Guilherme estivesse em casa para pensar de forma lógica por ele. — Se você convivesse um pouco mais com a gente, saberia que nada do que diz é verdade.

— Mas você gostou de me contar que a Larissa está namorando — reclamou Pedro, e Rafael quase viu lágrimas em seus olhos, e também um misto de prazer em deixá-lo perturbado.

— Sim, não vou negar — disse Rafael, tentando se acalmar. — Mas eu só fiz aquilo porque você bagunçou o quarto do Gui, e ele está até hoje chateado. Ele é o cara mais gente boa do mundo, e você não precisava agir daquele jeito. Se conhecesse o Gui melhor, saberia que era só pedir que ele olharia de bom grado o seu resultado.

— Talvez eu não queira conhecer vocês — disse Pedro, agora com uma mistura de raiva e desdém na voz.

— Então não vem tirar conclusões de que eu sou o rei do mundo — gritou Rafael. — Que droga, cara, não podia ter falado aquilo, não tinha um jeito pior da Bruna descobrir.

— Bem feito, então. Pelo menos agora você está sentindo o que eu senti quando soube da Larissa — disse Pedro, fechando a porta do quarto na cara de Rafael.

Capítulo 23

O quarto de Larissa estava uma bagunça, com roupas espalhadas por todos os lados, mas Bruna não reparou. Larissa jogou todas as coisas que estavam em cima da cama no chão, e as duas se sentaram.

Bruna tentou se acalmar, e foi falando o que aconteceu na casa de Rafael aos poucos, com Larissa acariciando a mão dela.

— Como ele pôde fazer isso comigo? — questionou Bruna.

— Eu não acho que ele tenha se aproximado de você para te fazer se apaixonar por ele — disse Larissa.

— Como não? E qual foi o motivo então?

Larissa respirou fundo, e olhou a amiga.

— Eu preciso te contar uma coisa... Mas não fica com raiva de mim, por favor. Deixa eu contar tudo antes para você entender — pediu Larissa. Bruna balançou a cabeça, concordando e enxugando uma lágrima, que escorreu pela bochecha. — Eu já sabia que vocês são compatíveis.

— Como assim? — perguntou Bruna, puxando a mão para perto do corpo. — Você sempre soube? Desde quando?

— Eu descobri um dia que o Gui deu um fora comigo sobre isso — respondeu Larissa.

— E por que não me contou? — disse Bruna, um pouco alto, se levantando.

— Bruna, me escuta, senta aqui. — Larissa se levantou e puxou a amiga de volta para a cama. — Eu sei que agora você deve estar com raiva de mim, por tudo o que descobriu hoje, mas tenta me entender. Quando eu fiquei sabendo, vocês estavam se conhecendo e se envolvendo, e pensei que ele iria se apaixonar por você. Naquele dia, no Tavares, quando deixei vocês para trás, eu jurava que iam começar a namorar também, como eu e o Igor.

— E por que não me contou depois, quando tudo deu errado?

— Você mesma já respondeu. — Larissa deu um sorriso triste. — Tudo deu errado, e eu sabia que, se te contasse, você só ia sofrer mais. Qual o sentido de te falar que o cara que foi meio babaca com você é o ideal para a sua vida?

— Você podia ter me contado. Devia ter me contado — disse Bruna, mas sem raiva na voz.

— Você sempre falou que não queria saber, que iria quebrar a magia. E te entendo e acho que era melhor mesmo. Quando eu soube que o Igor é o cara ideal para mim, nós já estávamos namorando, e foi mais mágico assim.

— O Igor é o cara ideal para você? — Bruna arregalou os olhos, espantada. — O que mais você está me escondendo?

— Só isso — disse Larissa. Ela olhou a amiga. — Agora você vai ficar com raiva de mim.

— O que foi?

— O Rafael se aproximou de você para provar que o aplicativo do Gui estava errado, que vocês não são noventa e oito por cento compatíveis.

— Noventa e oito? — disse Bruna, se levantando e andando de um lado para o outro. — Espera aí, ele fez isso? Ele queria mostrar que não somos compatíveis? Então ele não se importava mesmo se eu me apaixonasse por ele e não fosse recíproco? Você tinha que ter me contado isso!

— Ok, calma, não estou fazendo isso direito — disse Larissa, se levantando e indo atrás de Bruna, que saiu do quarto. — Por favor, me escuta — pediu Larissa, segurando a amiga pelo braço antes que ela saísse da sua casa.

— Você não podia ter escondido isso de mim — disse Bruna, voltando a chorar.

— Eu escondi porque vejo o jeito que ele te olha. Porque sei que ele gosta de você.

— Ele não gosta de mim. Se gostasse, eu não estaria aqui, agora, chorando e sofrendo.

— Tenho que concordar que o Rafa não sabe fazer as coisas direito, mas você precisava ver ele no sábado, lá no Trem Bão, ansioso para que você chegasse.

Larissa conseguiu fazer com que Bruna se sentasse no sofá.

— Ele não gosta de mim.

— Ele gosta, só não consegue admitir isto, ainda. E essa confusão que ele arrumou só piora tudo.

— Eu não quero gostar dele — disse Bruna, enxugando as lágrimas.

— Eu sei, mas não sei se você tem escolha.

— Eu não suporto ele.

Larissa riu da amiga.

— Você sabe que isso é mentira. Você não suporta o fato de ele ter escondido a verdade de você, de ter se aproximado e depois te afastado, porque não tem a coragem de assumir que vocês dois são perfeitos.

Elas ficaram em silêncio por um tempo, enquanto Bruna assimilava tudo que descobrira na última hora.

— Será que o Gui consegue ver se tem mais alguém compatível comigo? — sussurrou Bruna.

— Por quê?

— Porque eu não quero o Rafa.

— Eu posso pedir a ele, se quiser — respondeu Larissa, e Bruna concordou, em silêncio. — Você ainda está com raiva de mim?

— Nunca vou ficar com raiva de você — disse Bruna.

Elas se olharam e sorriram, um sorriso cúmplice de anos. E só quando olhou direito para a amiga que Bruna se deu conta da roupa que ela usava. — Você não foi correr?

Larissa olhou para baixo, como se tivesse se esquecido do que vestia.

— Ah, é uma longa história. — Ela deu de ombros. — Ou não.

— O que aconteceu? Fiquei tão envolvida com meus problemas, que me esqueci do motivo pelo qual estava indo te encontrar.

— Minha vida — respondeu Larissa, olhando em volta, como se notasse sua casa pela primeira vez. — As redes sociais.

— Você ainda não desistiu delas?

— Acho que estou em uma fase de transição. Quero desapegar, mas não consigo.

— O que aconteceu hoje?

— Eu ia para a aula, mas aí vi umas mensagens e desisti.

— É o povo te insultando de novo? — Bruna não conseguiu esconder a raiva.

Desde a primeira vez que Larissa comentou sobre as mensagens a atacando, que Bruna falou para a amiga diminuir as postagens ou deixar de lado. Ela via o quanto as redes sociais ajudavam Larissa, mas nas últimas semanas, vinham fazendo mais mal do que bem.

— Algo assim. Aí não tive cabeça para ir à aula. E decidi correr, ou pelo menos fazer uma postagem diferente, fingindo que ia correr, mas levei tanto tempo para me arrumar e tirar a foto, que isso me desgastou. Quando terminei e postei, fiquei me perguntando qual o sentido daquilo. Para quem eu estava fazendo aquela postagem? E aí me lembrei de você e da Maju, me falando várias vezes que não preciso de amor distante, que vocês estão aqui.

— E estamos, Lari. Sempre estaremos com você.

— Eu sei. — Larissa deu um sorriso triste. — E agora tem o Igor...

— Que é a sua alma gêmea! Como você não me contou isso?

— Eu fiquei com medo de você querer saber o seu resultado, e estragar a magia quando começasse a namorar o Rafa — explicou Larissa, mais uma vez.

— Ah, ia me poupar algumas lágrimas.

— Não, não ia, e você sabe disso.

— Ok, vamos parar de falar de mim. Agora o assunto é você. O que decidiu sobre as redes sociais?

— Ainda não decidi nada. Ou sei lá. Acho que vou deixar de lado alguns dias, como vocês falaram.

— Mas você já fez isso e sempre volta para ver o que o povo comentou. E aí se aborrece mais.

— Sim, é verdade. Eu preciso aprender a me desapegar, mas ainda não sei como fazer isso totalmente.

— Estamos aqui para te ajudar. E, como você mesma falou, agora tem o Igor, também.

— Eu sei. Ter ele ao meu lado tem me ajudado. E vocês, claro, nossa, vocês me ajudam muito. Não sei o que seria de mim sem as minhas amigas. — Larissa pegou a mão de Bruna e apertou. — Eu entendo que não preciso de estranhos me amando, mas tem dias, como hoje, em que eu fico triste.

— Isso é normal, Lari, não estou te julgando. Só queria que você se afastasse um pouco de tudo. Tenta focar na sua vida e nas coisas que te fazem bem. Isso não te faz mais feliz, pelo menos não como antes.

— Estou tentando.

— E o que o Igor acha disso tudo? Você contou a ele sobre suas dúvidas em continuar ou não com as postagens?

— Ele disse que me apoia no que eu decidir.

— Já gostei ainda mais dele — disse Bruna, fazendo Larissa sorrir. — Você não pode ficar presa a isso, Lari. Era para ser uma diversão, e agora não é mais.

— Eu sei.

— Então, deixa de lado. Sei que não é fácil, pelo que já conseguiu, a quantidade de seguidores, mas você tem a gente para se apoiar. Não precisa de estranhos. Ainda mais quando esses estranhos ficam te atacando sem nem te conhecer, ou saber o que está acontecendo na sua vida. Não se preocupe com as pessoas que não têm consideração em como você está se sentindo.

— Mas tem as que se importam. Eu tenho vários seguidores que realmente gostam de mim.

— E essas pessoas vão entender se você sumir ou parar de vez, porque elas querem a sua felicidade. Quem se importa de verdade, não vai ligar se você tirar um tempo para cuidar de si mesma.

Larissa ficou calada, olhando para o longe, sem enxergar nada.

— Você acha? — perguntou ela, depois de um tempo.

— Claro que sim.

— Vamos ver... — disse Larissa, e Bruna não teve certeza se a amiga ia mesmo se afastar da internet. — Você se importa em não irmos ao Tavares hoje?

— Claro que não! Vou enviar uma mensagem para a Maju, avisando que não vamos.

— Ela vai querer saber o que aconteceu.

— Você quer chamá-la para vir aqui?

Larissa olhou em volta.

— Não. Eu quero ver o Igor — disse ela, um pouco sem graça.

— Então você se encontra com ele e eu conto para a Maju, pode ser? Ou prefere que ela não saiba?
— Pode contar.
— Tudo bem, vou enviar uma mensagem a ela.
— Ok. Vou ligar para o Igor.

Depois que Pedro se fechou no quarto, Rafael pensou em esmurrar a porta até ela cair, mas não era uma pessoa violenta. E bater em Pedro, ou apenas quebrar a porta dele, não adiantaria de nada. Aquela confusão era sua, e apenas sua, ele quem a criou, ao querer mostrar a Guilherme que o aplicativo estava errado.

O que tinha que ter feito, desde o início, era se afastar de Bruna. Ele não devia ter encontrado ela mais, nem conversado, muito menos ido à casa dela comer pizza. Não devia ter levado Bruna para tomar sorvete ou fazer piquenique. Porque, quanto mais a conhecia, mais queria conhecer, e este era o motivo daquele caos.

Se tivesse tomado distância, só cumprimentado de longe quando a encontrava, agora ela poderia estar com outro cara, sendo feliz, ao invés de estar com raiva dele. O único problema era que Rafael não a queria feliz com outro cara. Ele a queria feliz, não com ele, nem com ninguém. Por que ela não podia ser feliz sozinha, sem se envolver com outra pessoa pelo resto da vida? Era o que ele planejava, Bruna poderia muito bem fazer isso também, porque a ideia dela sendo feliz com alguém que não fosse ele era algo impensável.

Ele pegou o celular e tentou enviar uma mensagem para

Bruna, mas não soube o que escrever. Nunca estivera em uma situação como aquela. Não queria que ela sentisse raiva dele, não queria mais ver, em seus olhos, aquele sentimento quando ela percebeu sobre o que Pedro falava.

Decidiu enviar uma mensagem a Igor, o amigo saberia melhor como lidar com a situação. Assim que clicou no botão de enviar, se arrependeu. As chances de Igor falar *"eu te avisei"* eram grandes, e o que menos precisava, naquele momento, era alguém implicando com ele.

Enquanto decidia o que fazer, Guilherme entrou em casa, encontrando Rafael na sala, sozinho.

— Eu preciso da sua ajuda — disse Rafael.

Eles se sentaram no sofá e Rafael contou a Guilherme o que acontecera há pouco, sobre a raiva de Bruna, sua conversa com Pedro e as dúvidas que enfrentava.

— E o que você quer de mim? — perguntou Guilherme, confuso.

— Quero sua ajuda!

— Em quê?

— Não sei — disse Rafael, balançando a cabeça. Ele se levantou e ficou andando de um lado para o outro. — Quero que me diga o que fazer.

— Mas eu não sei o que você deve fazer!

— Você é o cara mais lógico, coerente, objetivo e racional que conheço.

— Essas palavras significam a mesma coisa.

Rafael o encarou, fazendo Guilherme perceber que não era hora para aquilo.

— Eu preciso de uma luz — disse Rafael, voltando a se sentar.

— Não sei o que isso quer dizer.

— O que você faria no meu lugar? — quis saber Rafael.

— Eu não estaria no seu lugar, é claro!

— Ok, vamos mudar a forma de perguntar. Se você descobrisse que alguém é cem por cento compatível com você, o que faria?

— Não existe cem por... — Guilherme parou de falar quando percebeu a expressão furiosa de Rafael. — Eu falaria para a pessoa que somos compatíveis e deveríamos nos conhecer melhor, para vermos o que temos em comum.

— Que romântico — ironizou Rafael. — Talvez você não seja a pessoa ideal para conversar sobre isso.

— Agora estamos concordando. Não sei nada sobre relacionamentos, mas jamais teria me envolvido com alguém só para provar que meu aplicativo estava errado. Meu aplicativo não erra.

— Isso, joga na cara — disse Rafael, tentando brincar, mas a frase saiu mais triste do que esperava.

— Se tivesse me ouvido, não estaria assim.

— Eu pensei que seria o Igor quem me falaria *"eu te avisei"*, e não você.

— Mas eu te avisei desde o início que vocês eram compatíveis, não precisava tentar provar o contrário. Era óbvio para todo mundo que isso não daria certo.

— Ok — disse Rafael, tentando encerrar o assunto. Não tinha sido uma boa escolha pedir conselhos para Guilherme.

— O que você vai fazer?

— Não sei.

— Acho que se afastar dela seria uma opção.

— Sim — concordou Rafael, sem muita convicção.

— Se não quer se envolver amorosamente com a garota, é a coisa mais certa a se fazer. Por você e, principalmente, por ela — disse Guilherme.

E Rafael quase concordou com ele. Mas precisava resolver a situação antes.

Capítulo 24

A noite se aproximava quando o som do telefone ressoou, fazendo Igor acordar. Ele estava deitado na cama, com a apostila de Comunicação Organizacional aberta sobre ele.

Igor se sentou na cama, confuso. Sabia que não devia ter deitado para estudar, era quase certo que dormiria, mas parecia que a cama estava chamando por ele. Igor pegou o celular e viu o nome de Larissa no visor.

— Oi, Lari — disse, ao telefone, com voz de sono.

— Oi... — Larissa parou de falar, mas Igor sentiu que algo não estava certo.

— Aconteceu alguma coisa?

— Sim. Podemos nos encontrar?

— Claro. Onde? Quer vir aqui? Acho que estou sozinho — disse ele, se levantando e saindo do quarto, para confirmar se havia alguém em casa.

— Ok, chego daqui a pouco, a Bruna vai me deixar aí.

Ele desligou o telefone, enfiando no bolso da bermuda, e andou pela casa, sentindo o estômago reclamar. Estava mesmo sozinho. Abriu a geladeira e não encontrou muita coisa: água, leite, algumas frutas. Foi até o armário e pegou um macarrão instantâneo para fazer, mas decidiu esperar Larissa. Ela poderia querer pedir algo ou sair para comer.

Ele voltou para o quarto e arrumou a bagunça que havia ali. Já bastava da outra vez que Larissa fora lá. Pegou todas as roupas e fez uma bola com elas, como costumava fazer quando estava com preguiça de dobrar tudo, e enfiou no armário.

Juntou os cadernos, apostilas e livros e fez uma pilha na mesa de estudos, ficando satisfeito com o resultado.

Foi para a sala e fez a mesma coisa: empilhou a louça suja na pia, jogou fora algumas embalagens de biscoito e cereais, que estavam em cima da mesa, e enfileirou as almofadas do sofá, dando um ar de arrumado-descolado no ambiente.

Enquanto esperava a namorada chegar, Igor tirou o celular do bolso e viu que havia uma mensagem de Rafael, enviada há horas atrás.

Rafa
Preciso falar com você agora

Igor
Foi mal, dormi
É urgente?
A Lari vem aqui

Ele voltou a colocar o celular no bolso, e se perguntou o que acontecera enquanto dormia. Por que parecia que todo mundo precisava falar com ele?

Não ficou muito tempo se questionando, o celular começou a tocar. Era Rafael.

— Cara, desculpa, sei que a sua namorada está indo aí, mas eu realmente preciso falar com você — disse Rafael, com urgência na voz.

— O que aconteceu? Por que todo mundo precisa falar comigo?

— Quem mais precisa falar com você? A Bruna? — questionou Rafael, do outro lado da linha.

— A Bruna? Por que a Bruna iria falar comigo? O que aconteceu?

— Nada. Eu... — Rafael ficou mudo.
— Aconteceu alguma coisa, ou então você não estaria me ligando. O que foi?
— Bem, eu... O Pedro deu um fora com a Bruna. Não exatamente um fora porque ele fez de propósito e, bem, ele contou sobre a nossa compatibilidade a ela.

Igor levou alguns segundos para entender que a compatibilidade era entre Rafael e Bruna, e não Rafael e ele.

— Ah, meu Deus... — disse Igor. — E aí?
— E aí que ela saiu daqui com raiva, muita raiva. E não sei o que fazer. Pedi conselhos ao Gui, mas você o conhece.
— Sim, não é a pessoa mais certa para conselhos amorosos. — Igor ficou em silêncio, pensando. — O que ele falou?
— Para eu me afastar dela.
— Bem, é isso que você quer, não?
— Não sei.
— Você precisa se decidir. Se quer a menina, então corra atrás e mostre que gosta dela, que se importa. Mas se você não quer nada mesmo com ela, não quer namorar nem se envolver, então aproveite a confusão e se afaste de vez. É a chance de deixá-la com raiva de você, isso vai facilitar as coisas para a Bruna.
— Ok. — Rafael ficou quieto. — O que você faria?
— Você sabe o que eu faria. O que eu faria está chegando aqui em casa daqui a pouco.
— Você iria atrás dela.
— Eu não teria a deixado escapar, em primeiro lugar.
— Ok — disse Rafael, desligando.

Igor ficou encarando o celular, se perguntando o que acabara de acontecer. Cogitou ligar de volta para o amigo, mas a campainha tocou. Ele abriu a porta e Larissa estava do outro lado, com um sorriso triste no rosto. Ele a abraçou, dando um beijo demorado na namorada, e a levou para o quarto, segurando sua mão.

— Vamos, me conta o que aconteceu — disse ele, se deitando na cama e puxando ela para perto.

Larissa o abraçou, deitada sobre o peito de Igor, que acariciava as costas dela. Ela demorou alguns minutos para falar e ele não a apressou. E então ela despejou tudo de uma vez. O quanto aquele dia estava afetando seu humor, sobre as mensagens raivosas das redes sociais, sua dúvida em continuar ou não, a foto que postara mais cedo, a crise de choro, Bruna indo lá, o que aconteceu com a amiga.

Igor ouviu tudo e sentiu raiva, angústia, amor, carinho, dúvida, tudo misturado, conforme Larissa ia narrando os fatos. Ele queria abraçá-la e envolvê-la, para protegê-la de qualquer mal que a pudesse afetar.

— Agora estou me sentindo o pior namorado do mundo, por ter dormido enquanto você precisava de mim.

— Não precisei, não até agora.

— Ok, vou fingir que essa frase de garota empoderada não afetou meu ego nem um pouco.

Larissa começou a rir e ele a abraçou forte.

— Não é isso. É só que preciso passar por isso para decidir o que fazer.

— Não precisa passar sozinha.

— Eu sei. — Ela colocou o queixo em seu peito e o encarou, e ele percebeu que adorava quando ela fazia isso. — Obrigada por me apoiar.

— Sempre vou te apoiar.

— Mesmo se eu fizer algo errado?

— Você nunca vai fazer algo errado.

— Vou sim, mas obrigada.

Ela sorriu de novo e voltou a deitar a cabeça em seu peito.

— Já sabe o que fazer?

— Sim, vou dar um tempo das redes sociais. Já decidira isso antes, mas não consegui me controlar. Só que não quero mais me sentir como hoje, nem fazer o que fiz, de me arrumar apenas para uma foto. Isso é algo tão... Nem sei que palavra usar. Fútil? Deprimente? — Ela voltou a colocar o queixo no peito dele. — Você deve estar me achando a pessoa mais patética do mundo.

— Jamais pensaria isso de você.

— Obrigada por mentir tão bem — disse ela, se sentando.

— Eu posso não entender o quanto essas coisas te fazem bem, mas posso ver o quanto elas te fazem mal. E não quero que fique assim por causa de algo... — Ele parou de falar. Qual a melhor palavra para usar?

— Algo bobo, sem importância? — perguntou ela, parecendo ler seus pensamentos.

— Não, não é isso. Pode ser algo bobo para alguém, mas não é para você, então é importante. Mas isso não pode te afetar como está afetando.

— A Bruna disse mais ou menos a mesma coisa hoje. Ela e a Maju vêm falando isso comigo há algum tempo.

— Elas te conhecem bem e querem te ver feliz. Eu também quero te ver feliz.

— É só que... — Larissa se levantou e foi até a mesa de estudos de Igor. Ela folheou um livro aleatório, sem parecer prestar atenção ao que fazia. — Não tive muito amor em casa. Meus pais são distantes, eles não conversam comigo. Lá em casa, as coisas são práticas. Meu pai me dá uma mesada e meio que preciso me virar com as coisas. Minha mãe não se interessa muito pela minha vida. Então, quando meu número de seguidores começou a aumentar, e as pessoas passaram a mandar mensagens com palavras de carinho, eu abracei isso.

— Você se sentiu amada.

Ela o olhou, e novamente estava, ali, aquele sorriso triste.

— Sim. Meu Deus, isso realmente é deprimente.

— Acho que é normal gostar de um pouco de atenção. — Ele se sentou e deu de ombros.

— Estou pensando em procurar um terapeuta.

— Acho uma boa ideia. Você tem que fazer tudo que puder para se ajudar.

— Sim, eu percebi isso.

Igor tentava pensar nas palavras certas para usar, conforme Larissa falava sobre a família. Ele não sabia muito bem como agir e o que dizer. Seus pais eram acolhedores, talvez não tanto quanto viu os de Bruna sendo com ela, mas sua família era unida. E tinha a avó, que o amava e sempre fora grudada nele. Apenas o avô era distante.

— Não entendo direito o que você passou porque não vim de um lar assim. Talvez o Rafa seja uma boa pessoa para você conversar.

— E qual motivo me faria conversar com ele? — perguntou Larissa, e Igor notou raiva em sua voz.

— Eu me esqueci da confusão dele hoje. — Igor estendeu a mão e Larissa aceitou, e ele a puxou para perto, fazendo-a se sentar em seu colo. — Sei que está com raiva dele, mas a família do Rafa é um pouco parecida com a sua. Os pais são frios, e este é um dos motivos pelo qual ele não quer se relacionar com ninguém. Mas acho que ele pode ser alguém que te entenda melhor do que eu. Talvez vocês consigam se ajudar. Acho que, no momento, os dois precisam disso.

— Eu tenho você — disse ela, com uma voz manhosa, e ele quase derreteu com o sorriso dela.

— Sim. — Ele deu um beijo na bochecha de Larissa. — Estou aqui para você, sempre. Só acho que pode fazer bem a vocês dois conversarem um pouco.

— Para trocarmos tristezas? — brincou Larissa, e Igor riu.

— Não. Ou sim, sei lá. O que quiserem. Acho que vocês podem se ajudar, como falei.

— Vou pensar no seu conselho. — Ela o beijou de leve nos lábios. — Agora vamos comer porque já ouvi seu estômago reclamar umas três vezes.

Igor deu uma gargalhada.

A noite chegou e Rafael ainda não sabia o que fazer. Guilherme não ajudara muito, e ele decidiu ligar para Igor assim que o amigo respondeu sua mensagem, com algumas horas de atraso.

Mas a ligação para Igor também não ajudou muito. O que ele queria ouvir não era o que os amigos falaram. Sabia que eles estavam certos, o mais sensato era se afastar de Bruna, aproveitar a confusão e a raiva que ela estava sentindo e deixar para lá, seguir em frente, como Igor aconselhou. Se Rafael não fizesse nada para consertar a situação, a raiva de Bruna iria aumentar cada vez mais ao ponto de não querer mais vê-lo.

Só que ele não queria isso. E o que queria? Bem, queria que ela levasse a vida, sem ele, mas sem outro cara também. Mas sabia que isso não aconteceria, então precisava decidir de uma vez por todas o que fazer.

Após passar o dia e a noite pensando em Bruna, na confusão e nos conselhos dos amigos, Rafael soube o que queria. Ele entendeu que não tinha mais como seguir adiante sem

Bruna ao seu lado. E percebeu que era isso que significava estar apaixonado por alguém. Ele gostava dela, e a queria junto dele, mas não soube como corrigir o que aconteceu. Fez de tudo para afastá-la e, agora que conseguiu, não sabia como trazê-la de volta.

Decidiu que pedir desculpas era o primeiro passo, mas precisava que ela estivesse disposta a aceitar seu perdão, ou pelo menos escutar o que tinha a dizer. Se, depois, Bruna resolvesse que realmente não queria mais vê-lo e iria seguir sua vida sem ele, Rafael precisaria descobrir como seria viver sem ela.

— Vamos por etapas, cara — disse a si mesmo, pegando o celular e enviando uma mensagem a Bruna.

Rafael
Podemos nos encontrar?

Ele esperou alguns minutos, mas Bruna não respondeu. Então se lembrou de que era terça-feira, o dia em que ela e as amigas iam ao Bar do Tavares.

Rafael trocou de roupa e bateu na porta do quarto de Guilherme.

— Pensei em sair para comer algo, o que acha? — perguntou, abrindo a porta.

— Hoje é terça.

— Eu sei, mas não tem nada aqui em casa e preciso espairecer. Vamos lá, Gui, por favor, eu realmente preciso dar uma volta, mas não quero fazer isso sozinho.

Rafael tentou fazer uma cara de súplica, e se segurou para não rir quando Guilherme revirou os olhos.

— Tudo bem — respondeu Guilherme, se levantando da mesa de estudos. — Preciso mesmo me afastar um pouco do computador, para pensar em soluções para os projetos do Milton. Ele estava usando sistemas que rodam exclusiva-

mente em um computador, mas não são práticos para o que ele quer de verdade, então tenho que transferir tudo para um sistema que funcione tanto no computador quanto no celular.
— Guilherme encarou Rafael quando terminou de desligar o computador. — Acho que você não está interessado nisso, não é mesmo?
— Até posso não estar, mas quero que me conte tudo o que vem fazendo na casa da Bruna. Mas não aqui, vamos logo para o bar.
— Bar? Pensei que íamos comer algo em uma lanchonete ou restaurante.
— É a mesma coisa — disse Rafael, empurrando Guilherme pelo corredor da casa até a sala, antes que o amigo desistisse de sair.

Depois de deixar Larissa com Igor, Bruna foi até a casa de Maju e contou a ela sobre os problemas de Larissa. Depois disso, ela foi para sua casa, omitindo de Maju a parte da descoberta de que era compatível com Rafael. Sua cabeça estava a mil e queria pensar com calma sobre tudo, antes de dividir seus problemas com mais pessoas. Queria, primeiro, tentar entender o que se passava dentro dela.

Ficou feliz ao chegar em casa e não encontrar ninguém, apenas um bilhete dos pais, avisando que iam se encontrar com amigos e que tinha lasanha no forno. Ela foi até a cozinha e olhou a lasanha, mas estava triste e, quando se sentia assim, só pipoca a ajudava. Enfiou um saco no micro-ondas e serviu um copo de limonada, enquanto os milhos estouravam.

Quando a pipoca ficou pronta, foi para a sala, ligando a televisão e se sentando no sofá. Ela colocou em um filme que já havia começado, sem prestar atenção ao que estava acontecendo na tela.

Baz apareceu e subiu no sofá, se deitando ao seu lado.

— Ah, Baz, eu queria ser igual a você, só ficar na cama, dormindo, sem se preocupar com o que acontece no mundo — disse ela.

Baz levantou a cabeça e a encarou, miando, e voltou a se deitar, esticando as pernas ao se espreguiçar.

Bruna continuou comendo e ouviu o celular apitar. Pensando ser Maju ou Larissa, ela pegou o aparelho e, para sua surpresa, era uma mensagem de Rafael. O dia foi tão agitado que não pensara que ele tentaria falar com ela, já que a única coisa que ele fez, nos últimos dias, era se afastar cada vez mais. Nem chegou a imaginar a possibilidade de Rafael enviar algo para o celular ou aparecer na casa dela. E, então, sentiu o peito se apertar. E se ele aparecesse ali?

Bruna se levantou, apagando a luz da sala. Apenas a claridade da televisão iluminava o ambiente. Ela foi até a janela e olhou pelo lado de fora, sem ver o carro de Rafael.

Aliviada, voltou para o sofá, em dúvida se desligava ou não a TV.

— O que eu faço, Baz?

O gato não respondeu e ela decidiu ignorar a mensagem de Rafael. Voltou a olhar a televisão e começou a mudar os canais, aleatoriamente.

Quando terminou de comer a pipoca, Bruna desligou a TV e pegou Baz no colo. O gato se aninhou nela, que subiu para o quarto. Colocou Baz na cama e foi para o banho, ainda perdida nos pensamentos.

Ao voltar para o quarto, viu o celular apitar. Era Rafael, novamente.

Rafael e Guilherme estavam no Bar do Tavares há alguns minutos e não havia sinal de Bruna, ou das amigas. Ele se lembrou de que Igor falara que Larissa ia até a casa dele, e pensou em ligar e pedir que ele descobrisse onde Bruna estava, mas desistiu.

Após comerem sanduíches e batata frita, ele e Guilherme voltaram para casa, conversando. Guilherme contou sobre os projetos que ele e Milton estavam desenvolvendo, e Rafael não entendeu metade do que o amigo falou.

Ao chegar em casa, Guilherme agradeceu a ideia de ir ao Tavares.

— Até que o bar é legal. Não parece um bar.

— É, lá é bom — disse Rafael, disperso.

— Havia muitas famílias. Quando você falou em bar, pensei que seria algo com música alta e muita bebida. Mas gostei — disse Guilherme, checando as horas no telefone. — Nossa, está tarde.

Ele foi para o quarto e Rafael pegou o celular. Ainda não eram nem dez da noite e Bruna não havia respondido a mensagem dele, mas tinha visualizado.

Rafael foi para o quarto e se deitou na cama, pensando no que fazer.

— Se eu precisar correr atrás de você, vou fazer isso — disse, olhando o aparelho.

Ele digitou uma nova mensagem.

Rafael
te espero amanhã
antes do almoço
no nosso ponto de encontro
preciso muito falar com você

Clicou no botão de enviar e torceu para que Bruna aparecesse.

Capítulo 25

Bruna não apareceu no ponto de encontro na quarta. Nem na quinta. Muito menos na sexta. E continuou ignorando as mensagens de Rafael. Ainda deitado na grama, olhando para o caminho vazio atrás da biblioteca, ele decidiu que não ia desistir. Se ela precisava de um tempo, ia dar esse tempo. Mas se ela queria distância, ele não ia se afastar. Não ia deixá-la escapar fácil.

E então percebeu que Bruna podia realmente não querer mais saber dele. Pensou que estava dando um gelo, mas ela poderia já ter seguido adiante.

Não, o tempo fora curto demais para ela não pensar mais nele. Ou não? Rafael nunca se apaixonara, não sabia quantos dias alguém precisava para se recuperar e partir para outra.

E ficou ali, ainda olhando o caminho vazio e pensando no que fazer. Não queria ir atrás dela na universidade, porque era um lugar frio e impessoal. Eles precisavam conversar com calma. Podia ir até a casa dela, mas os pais estariam lá. Será que eles sabiam de tudo e já o detestavam?

Rafael olhou as horas, passava de uma da tarde. Ela não apareceria mais, provavelmente já estava em casa, terminando de almoçar. Mas não desistiria. Não até Bruna falar na cara dele que não queria vê-lo nunca mais. Ou até descobrir que ela tinha um namorado.

Rafael
te espero segunda
no nosso ponto de encontro

Ele enviou a mensagem e seguiu para casa, se perguntando o que ela faria naquela sexta à noite. Será que conseguiria encontrá-la em alguma festa ou bar?

Será que Larissa o ajudaria? Provavelmente, não.

O Bebe Aqui ainda não estava movimentado no final da tarde de sexta, e Bruna agradeceu por isso. Maju e André riam das confusões amorosas dela e de Larissa e, caso o lugar estivesse cheio, as pessoas próximas podiam ouvir parte da conversa.

— Então você deixou o cara em pé, na rua? — perguntou André, um pouco alto.

— Fale baixo — pediu Maju, rindo. Ela mesma não estava falando baixo. — É claro que ela deixou, é a cara da Bruna fazer um drama imenso por nada.

— Por nada? Eu descobri que ele mentiu para mim, esse tempo todo, e você acha que é nada? — disse Bruna, tentando decidir se estava ou não arrependida por ter contado tudo aos dois.

— Mas ele estava tentando te conhecer — argumentou André. — Ele queria saber como você é antes de namorar.

— Ele não quer me namorar, só quer provar que o aplicativo está errado — reclamou Bruna.

— Pare de defender outro homem, ainda mais um que você nem conhece direito — comentou Larissa.

— Isso mesmo! — disse Maju. — E aí? Você não o encontrou mais?

— Não. E já avisei a Lari para não dizer a ele que estou aqui hoje.

— Eu não disse, falei com o Igor que ia encontrá-lo aqui mais tarde, só isso. Ele até tentou descobrir algo, provavelmente a pedido do Rafa, mas eu desconversei — explicou Larissa.

— É bom mesmo — disse Bruna. Ela olhou Maju. — Ele tem enviado mensagens, querendo me encontrar.

— E o que você responde? — perguntou Maju, curiosa.

— Nada, apenas ignoro as mensagens.

— Pobre homem — comentou André.

— Se for para ficar defendendo ele, pode ir embora — disse Larissa.

— Ok, ok, vou parar. Estou só enchendo a paciência de vocês, é claro que sou *time Bruna* sempre — explicou André.

— Eu acho que você devia conversar com ele, agora que a raiva passou — argumentou Maju.

— Quem disse que a raiva passou? — questionou Larissa.

— A cara dela disse — explicou Maju. — Dá para ver o quanto ela está envolvida com ele.

— Sim, estou, não vou negar. Só que também estou magoada — disse Bruna.

— Eu também estaria — comentou Maju, olhando o namorado. — Jamais apronte algo assim.

— Eu vivo para te servir e te fazer feliz. Se algum dia te magoar, serei o cara mais triste do mundo — brincou André.

— Ah, que fofo. Você parece o Igor — suspirou Larissa.

— E vocês? Estão bem? — perguntou Maju.

— Sim. — Larissa ficou sonhando acordada com o namorado. — É estranho, né? Porque eu sei que ele combina comigo e temos tudo para dar certo, e estou tão feliz com isso. — Ela olhou Bruna. — Desculpa.

— Que isso, Lari. Estou contente por vocês, quero que deem certo mesmo e quero ver todos vocês felizes, de verdade — comentou Bruna, sendo sincera. — E vocês? Não animaram a responder as perguntas do aplicativo? — perguntou, para Maju e André.

— Não, não, imagina se dá algum resultado que não gosto? — comentou Maju. Ela encarou o namorado. — Nós nos damos bem, quero que continue assim.

— Não vamos estragar o que está dando certo — completou André.

Eles ficaram mais algum tempo conversando. Larissa comentou sobre as redes sociais, e os amigos a vigiaram, para que ela não cedesse à tentação de pegar o celular e postar alguma foto deles ali, ou dos petiscos que comiam.

Depois de algumas horas, Igor apareceu e Bruna se despediu deles, indo para casa.

— O Rafa vai acabar comigo quando eu contar que ela estava aqui — comentou Igor.

— A intenção era ele não saber antes da Bruna ir embora — explicou Larissa.

— Seu amigo pisou na bola — disse André.

— Pisou feio! Como ele pôde ficar enganando a Bruna, só para provar que o resultado do aplicativo estava errado? — reclamou Maju.

— Calma, gente, não me ataquem. Eu concordo com vocês. E fiquei enchendo a paciência dele um tempão, porque conheço o Rafa. Se ficasse falando mais tempo, os dois já estavam juntos. — Igor tentou se defender.

— E ficou mesmo, toda hora o Igor falava no ouvido do Rafa — disse Larissa.

— Ele é um pouco cabeça dura, mas agora está lá, chorando pelos cantos porque ela não responde as mensagens dele — disse Igor.

— Ele está chorando? Bem feito! — comemorou Maju.

— Bem, não exatamente chorando. — Igor riu ao pensar

na cena. — Está triste e acho que percebendo que a vida pode ser melhor com alguém especial ao lado. — Ele deu um beijo na bochecha de Larissa.

— Isso eu tenho que concordar — comentou André, também beijando a namorada.

Ao chegar em casa, Bruna não se surpreendeu por encontrar Guilherme conversando com Milton e Eliana na sala. Os pais riam de alguma história que o garoto contava.

— Oi, querida, quer comer algo? — perguntou Eliana, fazendo carinho em Baz, que estava aninhado em seu colo.

A mesa de centro estava coberta de pastinhas, queijos e torradinhas, e uma garrafa de vinho estava aberta.

— Não, obrigada, já comi. — Bruna cumprimentou Guilherme com um aceno. Ela se acostumara a vê-lo ali, envolvido em conversas animadas com os pais, e adorava o fato de ele ajudar Milton com seus projetos.

— Junte-se a nós — disse Milton. — O Guilherme está nos explicando o funcionamento de uma Interface de Programação de Aplicação.

— É um assunto fascinante — disse Eliana, com verdadeiro brilho nos olhos.

— Imagino, mas obrigada. Estou um pouco cansada — comentou Bruna. — Vou para o meu quarto.

— Leve o Baz para dormir lá em cima — pediu Eliana.

— Esse gato só dorme — disse Milton, rindo alto.

Bruna deixou os três na sala, envolvidos em uma conversa animada. No dia anterior, Guilherme havia almoçado lá e explicado como criou o aplicativo. Os pais fizeram várias perguntas e demonstraram interesse em tudo, mas Bruna não entendeu metade do que ele falou. Ela já tentara aprender um pouco mais sobre o mundo da informática, quando o pai decidiu estudar o assunto por conta própria, mas parecia que nada daquilo entrava na cabeça dela.

Ao chegar ao quarto, ela colocou Baz na cama.

— Papai está certo, você só dorme — disse Bruna, olhando o gato, que a encarava. — E Lari também está certa, eu devia ter te treinado para fazer massagem nas costas. Uma, agora, cairia bem.

Ela pegou o pijama e foi tomar um banho, deixando Baz deitado em cima das cobertas. Ao voltar para o quarto, pegou o celular e ficou olhando as mensagens que Rafael enviou desde terça.

Rafa

te espero amanhã

antes do almoço

no nosso ponto de encontro

preciso muito falar com você

te espero amanhã

no nosso ponto de encontro

Ainda te espero amanhã

no nosso ponto de encontro

te espero segunda

no nosso ponto de encontro

Bruna deixou o celular na mesinha ao lado da cama e se deitou, puxando Baz para um abraço.

Depois que Maju e André foram embora do Bebe Aqui, Larissa pediu a Igor que a vigiasse e a impedisse de postar algo nas redes sociais.
— Então agora vou ser um namorado mandão?
— Não se atreva! — ordenou ela. — É só até eu me acostumar a ficar longe do celular.
— Acho que posso fazer isso — disse ele, dando um beijo nela.
Larissa reparou em alguns olhares para os dois vindo de algumas mesas do bar, e tentou fingir que aquilo não a incomodava. Sabia que algumas pessoas na cidade não gostavam dela, por causa da pequena fama que ganhou através da internet, mesmo sem conhecê-la.
Antes, isso não a perturbava, mas desde que começara a receber mensagens agressivas, e decidira dar um tempo nas redes sociais, que passou a prestar mais atenção ao comportamento das pessoas em relação a ela. Apesar de tudo, Larissa tentava abstrair e se concentrar no namorado.
— Vamos dar uma volta? — pediu ela, depois de um tempo. Ainda não era fácil ignorar o julgamento alheio, como sugeriram as amigas.
Eles pagaram a conta e deixaram o bar, caminhando pelas ruas da cidade.
— Aonde você quer ir? — perguntou Igor, quando chegaram à praça central.
— Não sei. — Larissa olhou em volta, mordendo o lábio inferior. — Ali?
Ela apontou um banco e eles se sentaram. Larissa ficou calada.

— O que aconteceu no bar?

— Nada. — Ela balançou a cabeça. — Sei lá, às vezes, sinto que está todo mundo me olhando e me julgando.

— Hum, acho que estava todo mundo te invejando — disse Igor, a puxando para perto.

— Você é um bobo, sabia? — Ela deu um beijo na bochecha do namorado. — Mas obrigada.

— Quer falar sobre isso?

— Não — respondeu ela. — Ainda é difícil desapegar dessas coisas.

— Tudo bem, vamos no seu tempo.

Ela se aconchegou nos braços do namorado, agradecendo por ter ele ao seu lado, a apoiando e não a julgando como uma tola, por se importar com o que as pessoas pensavam sobre ela.

Como era sexta à noite, a praça estava movimentada, e várias pessoas conversavam ou caminhavam por ali. Eles ficaram em silêncio, observando o vai e vem de gente.

— Amanhã eu vou até a casa do Gui — comentou Larissa, com a cabeça deitada no ombro de Igor.

— Devo ficar com ciúmes?

— Não. — Ela sorriu. — O Gui é meu amigo, você sabe disso.

— Sei. E também sei que você o beijou, e dormiu com ele.

— Deixa de bobagem, eu não dormi com ele. Dormi na cama dele e o Gui dormiu no sofá.

— Mas você o beijou — disse Igor, e Larissa percebeu a provocação.

— Sim, porque você me deu um fora e me deixou sozinha no bar.

— Você não estava sozinha, estava com os seus amigos.

— Você entendeu.

— Sim. A culpa foi minha de você ter beijado o Gui.

— Ainda bem que concordamos — disse Larissa, sorrindo. — Você é minha alma gêmea — disse ela, de forma natural, e se surpreendeu com o quanto falar aquilo lhe fez bem.

— Sua alma gêmea. Gostei. — Ele beijou o topo da cabeça de Larissa. — Gosto de ser a sua alma gêmea.

Quando Igor avisou que ia encontrar Larissa no Bebe Aqui, Rafael insistiu para que descobrisse se Bruna também estaria lá, mas Igor não soube responder. Ele pensou se devia acompanhar o amigo, ou não, mas não quis ficar sobrando a noite toda.

Chegou a pensar em ir até a casa de Bruna com Guilherme, mas não quis aparecer sem ser convidado. Guilherme contou sobre o almoço na quinta, e Rafael ficou com inveja do amigo, por ter abertura com a família dela.

E agora, encarando o macarrão instantâneo fervendo na água, ele se perguntava se não devia ter ido até a casa de Bruna. Precisava mostrar que estava arrependido e gostava dela, mas não sabia como agir. Os amigos davam conselhos diferentes do que ele queria ouvir, e Rafael não tinha muitas pessoas com quem conversar sobre o assunto.

Enquanto escorria a água na pia, escutou a porta de casa se abrindo. Rafael viu Guilherme entrando e o chamou.

— Como foi a noite? — perguntou ele, colocando o macarrão em um prato.

— Foi excelente. O Milton e a Eliana são ótimas companhias. — Guilherme observou Rafael jogar o pó artificial em cima do macarrão. — Acho que não se joga a água fora para comer isso.

— Eu gosto assim. — Rafael deu de ombros.

— Aliás, você nem devia comer isso, não é nada saudável.

— É o que tenho aqui — comentou ele. — Está com fome?

— Não. Bebemos vinho e comemos queijo a noite toda.

— Pensei que você não bebia.

— E não bebo. Eu tomei suco, eles beberam vinho. Mas os queijos estavam excelentes.

— Bom saber. — Rafael foi até o sofá e se sentou, e Guilherme já ia para o quarto quando ele o chamou novamente.

— E a Bruna? Estava lá?

— Não, ela chegou mais tarde.

— Onde ela estava?

— Como vou saber?

— Ela falou alguma coisa?

— Só que já tinha comido algo e estava cansada.

— Ok. — Rafael ficou encarando o macarrão, que esfriava no prato.

— Algo mais? — perguntou Guilherme, acordando o amigo de seus pensamentos.

— Não, valeu, cara.

Guilherme foi para o quarto e Rafael pegou o celular. Pensou em enviar uma mensagem a Igor, perguntando se ele sabia onde Bruna andara, mas desistiu. Resolveu arriscar e enviou uma mensagem a ela. Não tinha mais nada a perder.

Rafael
Pensando em você
Boa noite
Ainda te espero segunda no nosso ponto de encontro

O celular apitou e Bruna pegou para ver a mensagem que chegara.

Ela leu e sorriu.

Capítulo 26

Após almoçar na casa de Bruna, no sábado, Larissa chamou a amiga para acompanhá-la até a república de Guilherme, mas Bruna fez questão de lembrar que Rafael também morava lá. Elas foram juntas até a Iceberg e, quando chegaram ali, Larissa decidiu não insistir mais e seguiu seu caminho sozinha, mesmo avisando que seria engraçado se Rafael abrisse a porta e desse de cara com Bruna.

Só que, ao tocar a campainha, Larissa não esperava ser atendida por Pedro. Mesmo ele vivendo lá, ela se esquecera desta possibilidade.

Quando ele abriu a porta, deu um sorriso ao vê-la.

— Oi — disse ele.

— Oi, vim ver o Gui — respondeu ela.

Pedro saiu da frente, para que Larissa entrasse.

— Eu soube que você está namorando — comentou ele, a surpreendendo antes que pudesse ir para o quarto de Guilherme.

— Sim. — Larissa sorriu, ao se lembrar de Igor.

— Está feliz?

Ela o encarou, franzindo a testa.

— Sim, por quê?

— Nada — disse Pedro, parecendo chateado. — Bom para você.

— Ok. — Ela se perguntou se devia ou não ir logo procurar Guilherme e deixar Pedro sozinho, mas decidiu conversar um pouco, já que ele não estava sendo rude. — E você? Resolveu dar uma chance aos meus amigos e ver que eles são legais?

Pedro pareceu se espantar com a pergunta. Ele passou a mão nos cabeços loiros revoltosos.

— Ainda não — respondeu ele, tentando controlar a raiva na voz. — Mas queria tentar ser seu amigo.

Larissa arqueou a sobrancelha e se segurou para não rir.

— Bem, quem não é amigo dos meus amigos não é meu amigo, né? — explicou ela, saindo da sala e deixando Pedro confuso com a frase dita.

Depois que Guilherme saiu do Fazenda avisando que precisava ir para casa, pois Larissa ia passar lá, Rafael convidou Igor para dar uma volta. Eles entraram no carro e Rafael saiu dirigindo sem rumo, até estacionar no Bosque das Pitangas. Ele se perguntou se era o fato de ficar pensando em Bruna que o fazia voltar sempre naquele lugar.

— Que romântico — disse Igor, trazendo Rafael de volta à realidade.

— Não enche, cara, vamos lá.

Rafael saiu do carro e desistiu de pegar a manta no porta-malas. Ele se sentou diretamente na grama, embaixo de uma árvore que o protegia do sol, e Igor o acompanhou.

— Você vem sempre aqui? — perguntou Igor, e por um segundo Rafael pensou que o amigo estava enchendo a paciência dele, até perceber que a pergunta era séria.

— Às vezes.

— É bem bonito.

— Sim. E vazio e tranquilo — comentou Rafael, embora, naquele sábado de tarde, o bosque estivesse cheio de famílias com crianças correndo para todos os lados. A algazarra de pessoas não o incomodou, como pensara que pudesse acontecer.

— Obrigado por me trazer, acho que nunca vim aqui.
— Gosto de vir aqui para pensar — explicou Rafael.
— Legal. E o que tem pensado ultimamente?
— Que sou um burro por ter deixado a Bruna escapar.
— Ah, finalmente — brincou Igor.
— Se vai ficar me enchendo, eu paro de falar.
— Não, na boa, só fiquei feliz por finalmente você ter percebido isso. Ela é uma garota legal. — Igor deu de ombros.
— Ela é mais do que isso — disse Rafael. Ele deu um suspiro alto, fazendo Igor rir. — Isso aí, ri da minha desgraça.
— Estou rindo de como as coisas mudaram. Alguns dias atrás, você não queria saber da menina, agora está aí, suspirando de amor.
— Estou mesmo, acredita? Não consigo tirar a Bruna da cabeça. Acho que estou mesmo apaixonado e morrendo de medo.
— Medo do quê?
— De ela não me querer mais. De não dar certo. De dar certo.
— Medo de dar certo? Você é o cara mais estranho que conheço.
— Eu nunca namorei sério.
— Nunca teve uma garota nos braços?
— Claro que já, mas não uma em que eu pensei que pudesse ficar para sempre comigo. Porque nunca quis isso.
— E agora quer?
— Acho que sim.
— Então fala isso para a Bruna.
— Estou tentando, mas ela não passa mais atrás da biblioteca.

— Rafa, faça algo, pare de esperar que ela apareça na sua frente. Vá atrás dela, se declare, compre uma tonelada de pétalas de rosa e alugue um helicóptero para jogá-las em cima da casa dela, qualquer coisa assim.

— Ok, não vou fazer nada disso, até porque os pais dela iam detestar uma sujeira de pétalas pela casa para limpar depois.

— Você entendeu meu ponto de vista.

— Acho que sim.

— Mova-se, antes que alguém faça isso primeiro. Se não me engano, foi o conselho que você me deu quando eu descobri que a Lari é minha alma gêmea.

— Alma gêmea? Já estamos assim?

— Já, já estamos assim. E estamos todos melosos e bobos um com o outro, e pensando em apelidos ridículos para nós. E estamos felizes.

— E você não tem medo dela lá em casa, com o Gui?

— Ela já dormiu no quarto dele, vou ter medo de quê? — Igor riu. — E eu confio nela. A Lari é a pessoa certa para mim, não vou ficar reclamando de ela ter amigos homens. Estamos tentando algo sério, preciso confiar que a minha garota me ama e quer ficar só comigo.

— Ok, estava só enchendo.

Eles ficaram em silêncio. Rafael alisava a grama com uma das mãos e observava as famílias ao longe, felizes, com os pais brincando com seus filhos. Ele se lembrou da infância alegre e decidiu que podia ter uma vida estruturada. Podia trazer aquelas lembranças boas para seu presente, e construir um futuro com Bruna. Se eles eram realmente compatíveis, tinham tudo para dar certo, como Guilherme gostava de falar.

E pensou no que Bruna lhe contara, sobre seus planos para dali a dez anos. Pela primeira vez, ele não teve medo de se imaginar com uma esposa e filhos.

Já fazia um tempo que Larissa estava encostada na cama de Guilherme, mexendo no celular. Ele ocupava uma cadeira de frente para a mesa de estudos, digitando sem parar no computador e falando sobre códigos e variáveis, e ela gostava de vê-lo trabalhando.

— Você fica o dia todo em frente ao computador? — perguntou Larissa.

— Claro que não. Também vou à aula ou leio um livro.

— E o que faz para se divertir?

— Depende. Atualmente, passo meu tempo livre com o Milton, ajudando nos projetos dele.

— Você bem que podia ir com a gente na boate hoje à noite.

— Esta é a última coisa que vou fazer!

Larissa começou a rir.

— Não é tão ruim assim.

— Duvido muito. — Ele girou a cadeira de rodinhas em que estava sentado, se afastando do computador e ficando de frente para Larissa. — Pronto, daqui a pouco vejo os resultados da sua amiga. Tem certeza de que ela quer isso?

— Claro que tenho, ela não aguenta mais ficar pensando no Rafa — comentou Larissa, sem ter certeza se Bruna queria ou não saber se havia outro cara em Rio das Pitangas compatível com ela. — Desde que a resposta não seja o Cadu, vou ficar feliz.

— Não tenho como mudar a resposta.

— Eu sei.

— E esse é um dos motivos pelos quais preciso lançar logo o aplicativo, para que as pessoas vejam seus resultados.

Ou encerrar de vez o projeto, já que quando elas ficam sabendo com quem são compatíveis, costumam não gostar da resposta.

— Você não pode acabar com o projeto, já te falei isso.

— Meu aplicativo está gerando muita confusão.

— Só com o idiota do Rafa, que não percebe que deve correr para os braços da Bruna, para que os dois sejam felizes para sempre.

— Não acho que ele vá correr para os braços dela. E tem o Pedro também. Ele não gostou do resultado porque queria que você fosse compatível com ele.

Larissa deu uma gargalhada alta.

— É sério isso?

— Seríssimo. E ainda bagunçou o meu quarto! Não precisava espalhar os papéis. — Guilherme balançou a cabeça, ainda inconformado com a atitude de Pedro. — E queria ver os seus resultados, como se eu fosse mostrar suas respostas para outra pessoa, que absurdo! Ainda reclamou porque não é compatível com você, como se fosse eu quem determinasse isso.

— Bem, fale para ele nascer de novo, aí, talvez, ele seja um pouco igual a mim.

— Acho que isso não seria possível. — Guilherme balançou a cabeça. — E ainda queria fazer aquela aposta ridícula para te conquistar.

— Aposta? Que aposta?

Guilherme a olhou como se a enxergasse pela primeira vez ali.

— Acho que eu não podia ter te contado isso.

— Mas agora vai contar.

Guilherme encarou o teto.

— Ele queria apostar quem ia te conquistar primeiro.

Larissa começou a rir, a princípio uma risada seca, espaçada, que logo se transformou em uma gargalhada.

— Ah, meu Deus. Avisa a ele que mulheres não gostam de ser apostadas.

— Sim, quem faz esse tipo de coisa? Como se eu tivesse oito anos de idade! Que coisa mais ridícula, óbvio que nenhum de nós tem chance com você, apenas o Igor e o Murilo.

— Murilo?

— Ah...

Guilherme se levantou e se sentou na mesma hora, e ficou olhando para o chão, calado.

— Que Murilo?

— E, definitivamente, não devia te contar isso, o Igor não vai gostar.

— Contar o quê?

— Que tem outro cara aqui na cidade compatível com você.

— Murilo... — Larissa ficou quieta até prender a respiração, se lembrando do encontro com Caveira, alguns dias antes. — Ah, não...

— Por favor, não deixa o Igor saber que eu te contei.

— Não se preocupe. — A cabeça dela fervilhava com a informação.

— Você está com raiva de mim? — perguntou Guilherme, acordando Larissa de seus pensamentos.

— Não, de verdade. — Ela o olhou. — Juro.

— Tudo bem... Você o conhece?

Ela levou um tempo para perceber o que Guilherme lhe perguntara.

— Conheço um Murilo, mas não sei se é esse que seu aplicativo mostrou.

— Posso te passar o sobrenome dele.

— Não, não quero saber.

Eles ficaram em silêncio, cada um perdido em seus pensamentos. Larissa ainda estava chocada com a descoberta de que Caveira poderia ser o outro cara compatível com ela. Será que valia a pena saber se realmente era ele? Não, claro que não, estava feliz com Igor e não ia estragar isso.

— O Igor é mais compatível com você do que esse Murilo — explicou Guilherme, depois de um tempo.

— Que bom.

— E o Murilo tem outras combinações, uma mais alta que a sua.

Ela sorriu e ficou olhando o celular nas mãos, mas sem enxergá-lo de verdade. O fato de Caveira ter outras garotas com quem era compatível a deixou mais calma. E não a surpreendeu.

Depois de alguns instantes pensando em tudo que Guilherme lhe contara, ela o encarou, percebendo que ele estava visivelmente chateado por ter contado sobre o Murilo.

— Quer se sentar aqui? — perguntou ela, mostrando a outra extremidade da cama.

— Estou perfeitamente confortável na cadeira.

— Eu não mordo.

— Eu sei — comentou ele, e Larissa preferiu não insistir.

Ela pegou o celular e decidiu mudar radicalmente de assunto. Ia deixar para se preocupar com o resultado depois. Ou nunca. Não ia estragar o que tinha com Igor por causa do Caveira.

— Ok, então vamos fazer mais um teste — disse ela, olhando o celular e mostrando a Guilherme que já se esquecera do fora dele. — Esse é legal: *"que animal você é?"*.

— Não vejo a lógica de fazer um teste desses. Eu não sou animal algum, a não ser o da espécie humana, ou, se quiser o nome científico, *Homo sapiens*.

Larissa ficou feliz em ver que ele parecia não pensar mais sobre o assunto do aplicativo. Ela adorava isso em Guilherme, o fato de ele embarcar em uma nova conversa como se nada tivesse acontecido antes.

— Não estrague a diversão. Vamos lá: onde você prefere viver: na floresta, no oceano, nas geleiras ou na cidade?

— Na cidade, claro. Qual o propósito de se viver no oceano? Ou nas geleiras e florestas? A não ser que seja para um estudo científico, aí tem que ver todo o englobamento disso na minha vida.

— Ok, na cidade, então. Próxima pergunta: onde você prefere dormir: em uma toca, no alto das árvores, em uma almofada ou em um ninho de palha seca?

— Que pergunta é essa? É óbvio que prefiro dormir na minha cama.

— Ok, em uma almofada.

— Eu não respondi isso — reclamou Guilherme, indignado.

— Próxima pergunta — continuou Larissa, ignorando-o. — O que você prefere comer: algas, carne crua, insetos ou ração?

— Que tipo de perguntas são essas? Eu prefiro comer uma comida feita no fogão.

Larissa o encarou, bufando e segurando o riso.

— Gui, pare de estragar a diversão. Você já arruinou o teste *"qual comida você é"*.

— Não há fundamento em se divertir com perguntas que não servem para nada.

— É só uma distração. — Larissa deu de ombros.

— Há muita distração aqui — disse ele, mostrando sua estante de livros. — É só escolher um para ler.

— Aí só tem livro técnico, Gui. Você precisa de livros normais, de romance, ficção científica, terror, um pouco de literatura na sua vida, além de estudos.

— Eu tenho livros que não são técnicos, mas estão na

casa dos meus pais, não preciso deles aqui. Quando preciso de algo assim, vou no quarto do Rafael pegar, ele tem vários, mas, atualmente, só lê romance. Eu gosto de ficção científica, embora alguns sejam muito surreais.

— Ok, e você não tem nenhum do Rafa por aqui, para eu ler enquanto você trabalha? Assim paro de te perturbar com meus testes idiotas.

— Eu não falei que eram testes idiotas. — Guilherme olhou a estante. — Acho que devolvi o último que li. Mas você não ia gostar, a protagonista viaja até a lua em um *jet ski* adaptado. Sem capacete! Como ela ia sobreviver sem oxigênio no espaço?

— É ficção, eu não ligo para esses detalhes.

— Não são detalhes, é algo vital para a pessoa.

— Se a história for boa, não me importo. Onde está o livro?

— Eu te disse, devolvi para o Rafa. Você pode ir até o quarto dele pegar esse livro, ou outro que quiser.

— Não vou entrar no quarto do Rafa e pegar um livro sem pedir a ele.

— Não tem problema, ele adora emprestar livros para os outros. Já falei que livro só se empresta para quem é muito amigo, porque as pessoas não têm cuidado e sempre devolvem amassado, sujo ou rasgado, mas ele parece não se importar. Diz que livros são para circular e serem lidos pelo máximo de pessoas possíveis.

— A Bruna diz mais ou menos a mesma coisa.

— Claro que diz, eles são compatíveis.

Ao ouvir isso, Larissa estreitou os olhos.

— Hum, será que a estante dele é igual a dela?

— Muito provavelmente.

— Vamos lá ver?

— Eu não conheço a estante dela.
— Eu conheço. Vem — disse Larissa, se levantando e puxando Guilherme pelo braço, sem dar tempo a ele de falar qualquer coisa.

Ao voltar do passeio com Igor, Rafael entrou em seu quarto e viu Guilherme e Larissa em pé em frente à estante, olhando os livros. Ele estranhou a cena, mas se aprendera algo nos quase dois anos morando naquela casa era que, vindo de Guilherme, nada mais o surpreendia.

— Devo me preocupar? — perguntou Rafael, entrando no quarto e assustando Larissa.

— Estamos olhando seus livros, a Larissa não gostou dos meus — explicou Guilherme.

— Deve ser porque você só tem livros técnicos na estante — comentou Rafael, jogando a chave do carro em cima da mesa de estudos.

— Foi o que eu disse a ele — respondeu Larissa. — E me surpreendi quando entrei aqui e vi seus livros. Bom, a quem estou enganando? Já esperava encontrar isso — comentou ela, com um sorriso de vitória, indicando com a mão a estante de Rafael.

— Isso? — perguntou Rafael.

— Sua estante é muito similar à da Bruna — respondeu Guilherme.

— Sim, somos compatíveis — comentou Rafael, se deitando na cama e cruzando os braços atrás da cabeça, com um sorriso no rosto.

Larissa e Guilherme se olharam, espantados.

— Então você aceitou? — perguntou Larissa.

— Sim. E agora? Vai fazer o que com esta informação?
— Não vou fazer nada. Você é quem tem que fazer algo — disse Larissa, um pouco irritada. — Tem que parar de ser um palerma e fazer minha amiga feliz.
— E ela vai fazer ele feliz — completou Guilherme.
— Não me importo com a felicidade dele, só dela — disse Larissa, alternando o olhar entre Guilherme e Rafael.
— Ok, você não gosta de mim — comentou Rafael, rindo.
— Não gosto é dessa sua atitude de *"não quero me envolver, mas vou fazer a garota se apaixonar por mim e depois largar ela"*.
— Então a Bruna está apaixonada por mim? — perguntou Rafael, esperançoso, se sentando na cama.
— Eu não disse isso, só expliquei a sua atitude. Espero que ela te despreze ao máximo — comentou Larissa, mas Rafael não sentiu muita firmeza na voz dela.
De dentro do quarto, eles escutaram um barulho vindo do computador de Guilherme.
— O resultado está pronto — disse Guilherme, deixando os dois e indo para o seu quarto.
— Que resultado? — perguntou Rafael.
Larissa o olhou, deu um sorriso torto e espremeu os olhos, fazendo o sangue dele gelar.
— O Gui está vendo se tem algum outro cara compatível com a Bruna aqui, na cidade — respondeu Larissa, deixando Rafael sozinho.

Capítulo 27

Quando Larissa deixou sua casa e foi para a de Guilherme, Bruna decidiu acompanhá-la até a praça e comprar sorvete na Iceberg. Ela se perguntou se veria Rafael por lá, e não soube dizer se era isso que os seus sentimentos queriam.

Ao voltar para casa, encontrou os pais na sala, ambos sentados com o notebook de Eliana aberto. Eles conversavam de forma empolgada.

— Trouxe sorvete — disse Bruna, mostrando os potes que comprara.

— Ah, que delícia, precisamos mesmo de uma pausa — comentou Eliana, se levantando. — Vou pegar as tacinhas para tomarmos.

Elas foram para a cozinha e Milton chegou em seguida. Bruna colocou os potes em cima da pia e Eliana abriu o armário para procurar as taças, enquanto Milton pegava as colheres.

— Comprou de flocos? — perguntou ele.

— Comprei, eu sei que é o seu preferido — respondeu Bruna, servindo sorvete. — O que vocês tanto faziam ali na sala? Parecem tão empolgados.

— E estamos! — comentou Eliana. — A Larissa nos contagiou hoje no almoço. — Ela olhou para Milton, com felicidade em seu rosto.

— Não entendi — disse Bruna, lambendo um dedo que ficara sujo de sorvete ao servir as tacinhas.

— Decidimos viajar no feriado da semana que vem.

— Que legal! Aonde vamos? Posso levar a Lari? — perguntou Bruna. Os pais se calaram. Ela parou de servir o sorvete e os encarou. — Ah, acho que eu não vou, né?

— Pensamos em um fim de semana romântico — respondeu Eliana, com um pouco de culpa no rosto. — A Larissa falou tanto do namorado, e está tão feliz, que conversamos depois que vocês saíram e...

— E percebemos que não podemos deixar a chama se apagar — completou Milton.

— Que brega, querido! — comentou Eliana, rindo.

— Eu não quero ouvir isso, pai — disse Bruna, fazendo uma careta.

— Todo relacionamento tem que ser mantido, minha filha — explicou Milton. — Então, vamos passar um fim de semana em Tiradentes, relembrando a nossa juventude.

— Nem faz tanto tempo assim que éramos jovens — completou Eliana, sonhadora. Ela pegou uma taça de sorvete.

— Você ficou chateada por não te incluirmos?

— Claro que não, mãe. Quero que sejam felizes e, bem... mantenham a chama acesa — respondeu Bruna, fazendo uma careta ainda maior que antes.

— Não se preocupe quanto a isso — disse Milton, ainda olhando Eliana, que retribuiu a encarada do marido.

— Ok, essa é a minha deixa, tchau! — Bruna saiu da cozinha e foi para o quarto.

A tarde de sábado estava chegando ao fim e Larissa ainda não tinha deixado a república de Guilherme. Ela planejara voltar para a casa de Bruna após passar o dia com o amigo, mas os acontecimentos fizeram com que enviasse uma mensagem, avisando que só iria lá de noite.

Após Guilherme conferir o resultado do aplicativo, ela e Rafael se sentaram na sala para conversar, mas não conseguiram porque Pedro aparecia ali, de tempos em tempos, com alguma desculpa qualquer, apenas para ver Larissa. Quando Rafael sugeriu irem até a lanchonete que havia próxima ao complexo esportivo da UFRP, para lancharem, ela aceitou prontamente. O local ficava aberto aos sábados de tarde devido à grande movimentação de estudantes, que aproveitavam as instalações da universidade para se exercitarem ou apenas se divertirem. Rafael sugeriu o lugar, pois adorava os sanduíches que eram vendidos ali. Por causa das postagens de Larissa nas redes sociais, sabia que ela pensava o mesmo sobre a comida de lá.

Eles fizeram os pedidos no balcão e ocuparam uma mesa.

— O que você está pensando? — perguntou Larissa, após se sentar.

— Não sei. — Rafael a olhou. — Acho que estou feliz.

— Você é um idiota, sabia? Nossa, eu estava torcendo muito para aparecer outro cara compatível com a Bruna.

— E eu estava torcendo por uma resposta negativa. No momento em que você me falou que o Gui estava rodando os dados dela, entrei em pânico. Foram poucos segundos em que pensei na possibilidade de ter oura pessoa aqui com quem ela fosse compatível.

— O fato de ter dado negativo não quer dizer que não exista — explicou Larissa, dando de ombros.

— Eu sei. Preciso fazer alguma coisa para que ela perceba que decidi que a quero ao meu lado.

— Ah, meu Deus! — Larissa sorriu, feliz. — Então você está mesmo decidido a conquistar a Bruna?

— Pensei que já havia conquistado.

— Não sei sobre isso — desconversou Larissa.

— Você mente muito mal. — Rafael piscou, rindo. — Eu tive umas ideias, mas acho que só uma pode dar certo. E vou precisar da sua ajuda.

— Não sei se quero te ajudar.

— Claro que quer. Você quer ver sua amiga feliz, e sou o cara com quem ela é noventa e oito por cento compatível. Logo, tenho tudo para fazê-la feliz.

— E se daqui um mês você decidir que realmente não quer nada sério?

— Eu decidi isso a minha vida toda. Agora que a conheci, decidi que o que eu havia decidido não está mais decidido.

— Quero acreditar nisso, Senhor Decidido, mas você devia conversar com ela, não comigo.

— Estou tentando.

— Tente melhor.

— Ela vai à boate hoje?

— Vocês não podem conversar lá! Precisam conversar com calma — disse Larissa, indignada.

— Eu sei, por isso que ainda não fui atrás dela aqui na universidade. Só estou curioso se a encontrarei hoje.

— Claro que ela vai à festa na boate. A Bruna não vai deixar de viver porque você não gosta dela.

— Eu gosto dela.

— Ela não sabe disso.

— Estou tentando fazê-la perceber isso.

— Está mesmo?

Rafael se levantou e pegou o lanche deles, que ficou pronto. Ele voltou para a mesa e Larissa digitava no celular.

— É ela?

— Não. — Larissa o olhou. — E, se fosse, não ia te falar.

— Você me detesta mesmo.

— Não. — Larissa deixou o celular em cima da mesa e pegou uma batata frita. — Só não gosto do jeito que você trata a Bruna.

— Ei, sempre a tratei muito bem.

— Até não tratar mais.

— Até não tratar mais — concordou Rafael.

— O Igor me disse que você tem problemas com a família — disse Larissa, de forma direta.

— Sim. — Rafael comeu um pouco do sanduíche, olhando ao longe, e Larissa se perguntou se ele ia falar mais alguma coisa. — Meus pais são distantes, não são nada parecidos com os da Bruna.

— Os meus também não, mas não é por isso que vou dar as costas às coisas boas e ao amor.

— Eu não dei as costas a nada.

— Deu sim. Apareceu uma garota maravilhosa na sua vida e você a dispensou. Nem amigos vocês podiam ser. Que tipo de cara faz isso?

— Um tonto burro — respondeu ele. — Ok, não começamos muito bem. Meus pais eram felizes até não serem mais. Ou eu que achava que eles eram felizes. — Rafael deu de ombros. — Era muito novo para ter noção das coisas, mas quando você cresce em um lar onde parece que os pais competem para ver quem tem mais amante que o outro, e a felicidade e harmonia não são o fator principal, você passa a ter uma visão diferente de amor, casamento, família, essas coisas todas.

— Bem, eu cresci em um lar assim. Ou mais ou menos assim, porque não acho que meus pais fiquem disputando quem trai mais o outro. E, nem por isso, cresci uma pessoa amarga. — Larissa parou de falar e mordeu o sanduíche.

— Não sou amargo. Sou apenas...

— Amargo?

— Não. Não é isso. Eu acho legal as pessoas criarem uma família feliz. Acho os pais da Bruna o máximo, e queria ter tido algo assim na minha vida, enquanto crescia.

— Você pode ter isso na sua vida depois de crescido.

— Sim, é o que planejo fazer. — Ele olhou Larissa. — Talvez você não me entenda porque teve o exemplo da família da Bruna, e viu de perto um lar dando certo. Eu não tive isso.

— Pode ter agora. E não vem me julgar sem me conhecer. A falta de amor em casa, a distância dos meus pais comigo, isso me afetou bastante, você não faz ideia — comentou Larissa, dando um suspiro alto e passando a mão nos olhos. — Que droga, não queria falar sobre isso, mas o Igor insistiu tanto para eu conversar com você...

— Ah, não — disse Rafael, pegando um guardanapo e entregando a Larissa. — Desculpa, não quis fazer você chorar.

— Ultimamente, é o que mais faço. — Ela enxugou os olhos. — Você age como se fosse a única pessoa do mundo que cresceu com os pais distantes. Eu também passei por algo assim, e nem por isso acho que casamento é uma coisa a ser evitada. Talvez a família da Bruna tenha contribuído sim para eu acreditar que o amor existe, mas às vezes, também me sinto perdida e sozinha. As redes sociais me ajudaram por um tempo, mas agora não estão funcionando como antes. Estou postando cada vez menos e tentando me afastar, e já percebi que isso está me fazendo bem.

— Eu não sabia. Você parece ser tão autossuficiente.

— Talvez eu engane facilmente. — Ela deu um sorriso triste. — Eu tento ser, é difícil demais, mas tento porque sempre soube que não teria, em casa, o amor que preciso. E eu encontrei o Igor e ele me completa. Sei que não tem como ser feliz cem por cento do meu tempo, mas posso encontrar a felicidade nas pequenas coisas, é o que estou tentando fazer. Não é o que você faz? Só que não quero fazer isso sozinha.

Rafael balançou a cabeça, pensando em seus últimos dias sozinho.

— Eu tento curtir a minha vida ao máximo — explicou ele. — Tento fazer coisas que me deixam feliz, que me realizam. Pensei que podia seguir meu caminho sozinho, mas agora, depois de conhecer a sua amiga... Penso na minha vida sem a Bruna e sinto um aperto no peito. Achava que podia ignorar isso, seguir adiante, por medo de sofrer, mas cada dia que passa, sinto a falta dela, de vê-la, de conversar besteiras, do sorriso dela.

— Isso é amor.

— Sim.

Larissa terminou o lanche e encarou Rafael.

— Eu entendo o que você passou, pois minha infância não foi muito diferente, mas estou tentando mudar. Você também pode mudar. — Ela olhou Rafael. — Já pensou em fazer terapia?

— Sim, muitos anos atrás. Mas meu pai não aceitou muito bem, quando falei com ele.

— Nem o meu, mas eu achei uma terapeuta que atende on-line. Por que não procura alguma aqui, na cidade? Eu mesma posso te indicar uma que conheço e é uma excelente profissional. Só não me consulto com ela porque é amiga da minha mãe.

— Acho que pode ser uma boa. — Ele sorriu. — Eu sei que você pensa que vou estragar tudo, e fazer a sua amiga sofrer, mas percebi que quero tentar, quero ter ela ao meu lado. Vamos, me dê uma chance.

— Não é para mim que você tem que pedir isso.

A noite chegou trazendo Larissa como um furacão para o quarto de Bruna. Ela entrou, com uma mochila contendo suas coisas para se arrumar para a boate, e falando tudo rápido.

— Calma, Lari, fale devagar, não estou entendendo nada — pediu Bruna, se sentando na cama, onde estava deitada, lendo.

— Tenho várias coisas para te contar e não sei o que digo primeiro.

— Que tal ir na ordem do que tem para me contar?

Larissa jogou a mochila no chão e se sentou na cama, de frente para Bruna.

— Eu nem sei a ordem. — Larissa respirou fundo. — Primeiro as minhas coisas ou as suas?

— Não sei, devo ter medo?

— Acho que não. — Larissa sorriu, se lembrando da tarde que passou na casa de Guilherme, e depois da conversa com Rafael. — Bom, vamos lá. Pedi ao Gui para ver se há outro cara aqui em Rio das Pitangas compatível com você.

— Ah, não — comentou Bruna, rindo. — Nem vem me dizer que tem. Ou será que é melhor ter?

— Não, não tem.

— Calma, Lari, me dê tempo de pensar! — protestou Bruna, ainda rindo da amiga.

— Não vou dar tempo, ou então você vai desistir de saber. Vamos lá, por enquanto não tem ninguém, mas isso não quer dizer que não exista outro cara. Ele só não preencheu os dados ainda. Só que, de acordo com o Gui, as chances de outro ser noventa e oito por cento, igual o Rafa, são muito pequenas.

— Eu imagino isso. É uma porcentagem muito alta que tenho com ele. Mas não significa que outro, com uma compatibilidade menor, não possa me fazer feliz, já que o Rafa não quer isso.

— Ah, ele quer — disse Larissa, olhando para a porta e diminuindo o tom de voz. — De acordo com o que me falou, quer sim.

— Você conversou com ele?

— Fomos lanchar na universidade, depois que soubemos do seu resultado.

— Ele soube do meu resultado?

— Bem, estávamos no quarto dele quando o computador do Gui apitou, então, não tinha como esconder — explicou Larissa. — Aliás, sabia que a estante de livros dele é praticamente igual a sua? E ele está lendo *Anexos*, estava na mesinha de cabeceira dele. O Rafa me contou que está lendo todos os livros da Rainbow Rowell.

— Você entrou no quarto dele? E depois foi para a universidade? Explica direito, Lari.

E Larissa explicou. Contou em todos os detalhes a conversa com Guilherme, a ida deles ao quarto de Rafael, depois quando este chegou, o computador de Guilherme avisando do resultado de compatibilidade de Bruna, a ida para a universidade com Rafael e o que ele falou.

— Basicamente isso — finalizou Larissa.

— Nossa, quanta informação. — Bruna mordeu o lábio e olhou a amiga. — Então, ele quer me conquistar?

— Mal sabe ele que já conquistou, né? Aliás, ele desconfia, mas quer te mostrar que não é mais um palerma tonto.

— Nunca o achei um palerma tonto.

— Achou sim, e ele foi. Só que parece que ele realmente foi sincero hoje. Precisava ver a cara dele, quando eu contei que o Gui estava checando se havia um outro cara aqui, em Rio das Pitangas, compatível com você. Ele ficou branco, azul, amarelo, vermelho... Achei que ia ter um treco — contou Larissa, rindo.

— E o Caveira é compatível com você, além do Igor? — completou Bruna. — Quanta informação para uma tarde só.

— Nem me fale! Não tenho certeza se é ele o tal Murilo, desconfio que seja porque não conheço mais ninguém com esse nome.

— Deve ser. Ele sempre correu atrás de você, sempre ficou te rodeando nas festas.

— E eu atrás do Beto. Que ironia! — Larissa franziu a testa, pensando em algo. — Será que é realmente ele? Porque era para ter me apaixonado pelo Caveira quando a gente ficou, se ele é realmente compatível comigo.

— Deve ser porque você era louca pelo Beto, né?

— Pode ser — respondeu Larissa, ainda em dúvida.

— Você não tinha olhos para mais ninguém, Lari. Só falava e pensava no Beto o dia todo, isso estava atrapalhando seu caminho para conhecer outras pessoas.

— Sim. Estava tão fissurada no cara errado que isso me impedia de perceber o cara certo próximo a mim.

— E o Gui disse que ele não é tão compatível quanto o Igor, não é mesmo? Então foi melhor você nem se envolver com o Caveira, ou, agora, não ia notar o Igor.

— Verdade. — Larissa suspirou, ao se lembrar do namorado. — Estou tão feliz com o Igor que nem quero pensar no Caveira. E, imagina só? Ainda ter que conviver para sempre com o Beto próximo de mim?

— Sim, nem pense nisso. O Igor é o cara ideal para você.

— E o Rafa para você. E ainda bem que ele percebeu isso. — Larissa segurou as mãos da amiga. — Você vai conversar com ele?

— Se ele vier falar comigo, sim. Mas não vou procurá-lo nem responder as mensagens dele.
— Isso. Deixa ele correr atrás um pouco, vai fazer bem a ele.

Capítulo 28

A música eletrônica ressoava pela boate e vários jovens ocupavam a pista de dança, felizes em ter um dia para desestressar da universidade.

Larissa e Bruna foram passando entre as pessoas até o bar, e compraram bebidas para amenizar o calor.

— Que horas seu namorado chega? — perguntou Bruna, apoiando as costas no balcão do bar e olhando a pista.

— Daqui a pouco. Ele e o Rafa estão tentando convencer o Gui a vir — berrou Larissa, no ouvido da amiga.

— Você acha que ele vem?

— Não, mas com o Gui tudo pode acontecer.

Rafael e Igor estavam há mais de vinte minutos na sala, tentando convencer Guilherme a acompanhá-los até a boate, sem sucesso.

— Vamos, Gui, vai ser divertido — pediu Rafael.

— Duvido muito — comentou Guilherme.

— Vai sim — disse Igor.

— A ideia de diversão de vocês é muito estranha. — Guilherme balançou a cabeça.

— Não é, a sua que é — respondeu Igor. — Vamos, vai ter muita gente interessante lá.

— Tem gente interessante em todos os lugares. E, em muitos, não há nenhuma. — Guilherme se levantou do sofá. — Agora parem de tentar me convencer, eu preferia passar a noite jantando com o Pedro, e discutindo sobre as séries sangrentas que ele assiste, do que ir para uma boate.

— Ok, nós tentamos — disse Rafael, se dando por vencido. — Qualquer coisa, envie mensagem para meu celular que venho te buscar.

— Não será preciso. — Guilherme saiu da sala.

— Como você consegue que ele saia, às vezes? — perguntou Igor, se levantando e indo para a porta, com Rafael atrás.

— Só com chantagem, mas hoje não consegui pensar em nenhuma. — Rafael trancou a porta da frente e os dois seguiram caminhando para a boate. — De qualquer forma, hoje realmente concordo com o Gui, ele não vai se divertir lá.

— É, acho que não.

Bruna estava na pista de dança, com algumas amigas, quando viu Rafael entrando. Ele a olhou e ela sorriu, virando o rosto em seguida.

Igor e Rafael entraram na boate e logo Igor avistou Larissa, próxima ao bar, conversando com Maju e André.

— Ali. — Igor apontou a namorada, e Rafael procurou por Bruna.

Conforme eles andaram para o bar, Rafael olhou para os lados e encontrou Bruna, dançando na pista com algumas amigas, feliz. Ela o avistou, sorriu e desviou o olhar. Ele sentiu como se seu coração fosse explodir dentro do peito.

Pensou em ir até ela, mas desistiu. Não queria pressioná-la logo no começo da noite. Ele seguiu Igor até o bar e cumprimentou todos. Pegou algo para beber e ficou olhando Bruna dançando.

Depois de um tempo, Bruna começou a sentir calor e sede, e avisou às garotas que dançavam com ela que ia pegar algo para beber. Ela foi até o bar e procurou por Larissa, mas não viu mais a amiga. Enquanto procurava por ela, viu Rafael se aproximando.

O coração de Bruna pulou dentro do peito, e ela sentiu o ar escapar de seus pulmões.

— Quero falar com você — disse ele, em seu ouvido.

— Fale — disse ela.

— Não aqui.

— Eu não vou embora.

— Eu sei. — Ele colocou uma das mãos na cintura de Bruna, e uma eletricidade percorreu o corpo dela. — Vou embora daqui a pouco. Só vim até aqui para te dizer isso, que quero muito conversar com você, mas não aqui. Em um lugar calmo. Vou continuar te esperando, todos os dias, na hora do almoço, no nosso ponto de encontro.

— E se eu não aparecer?

— Continuarei lá até não aguentar mais — respondeu ele, olhando os lábios de Bruna.

— Ah, então há um limite?

— Não, você não entendeu. Irei te esperar lá até não aguentar mais. Quando este dia chegar, vou acampar na porta da sua casa. Vou ficar lá, todos os dias, até seu pai chamar a polícia. Não vou desistir de você.

Bruna começou a rir alto.

— Ok — disse ela, piscando para ele e voltando para a pista de dança, sem olhar para trás.

Bruna pensou que mal sabia Rafael que, se ele fosse até a porta da casa dela, provavelmente seus pais o convidariam para entrar, comer algo e conversar.

Na quarta-feira, Bruna decidiu passar atrás da biblioteca. Rafael continuara enviando mensagens, avisando que estaria esperando por ela todos os dias, ali.

Ao contornar o prédio, ela o viu de longe. Ao contrário das outras vezes, quando ele sempre estava deitado olhando para o céu, agora Rafael estava sentado na grama, olhando fixamente para a direção em que ela vinha. Bruna sentiu o coração bater forte quando ele acenou, alegremente, e se levantou.

— Oi — disse ele, feliz.

— Oi — respondeu ela, olhando para o chão.

Rafael estendera a manta na grama, e uma caixa grande de pizza e latinhas de refrigerante ocupavam metade dela.

— Quer se sentar? — convidou ele, e Bruna sentiu expectativa em sua voz.

— Um piquenique? — perguntou ela, se sentando.

— Acho que sou previsível. — Ele deu de ombros e se sentou de frente para ela, abrindo a caixa de pizza.

— E se eu não aparecesse? O que ia fazer com a pizza?

— Almoçaria aqui, sozinho, e levaria o resto para casa, para comer mais tarde com o Gui. — Rafael pegou um pedaço e colocou em cima de um guardanapo, entregando para Bruna.

— Ontem teve pizza também?

— Não, ontem foi hambúrguer — respondeu ele, sorrindo.

— E segunda?

— Pizza. — Ele riu, dando de ombros e pegando um pedaço para si. — Pensei que não ia aparecer de novo.

— Tive que levar o Baz ontem para tomar vacina.

— Ah... Não podia ter sido mais tarde, para você vir aqui?

— Podia, mas decidi almoçar em casa e levá-lo logo lá.

— Ok, eu mereci isso. — Ele piscou um dos olhos para Bruna e mordeu a pizza. — E segunda?

— Segunda eu não vim porque não quis.

— Ok, mereci isso também. — Ele observou Bruna. — Você ainda está com raiva.

Bruna reparou que ele não perguntou, apenas afirmou.

— Não sei se chega a ser raiva. Senti muita, logo que descobri que você sabia sobre a gente. Acho que agora é mais uma mágoa.

— Mágoa... Você não gostou por eu ter escondido a verdade de você.

— Se coloque no meu lugar. Você se aproximou de mim, eu não fui atrás. Quando nos encontrávamos aqui, na maioria das vezes era você quem me chamava, ou se levantava e me acompanhava até a cidade.

— Eu sei. — Ele terminou de comer e a encarou, antes de pegar um segundo pedaço. — Mas eu queria mesmo te conhecer.

— Para provar que o aplicativo estava errado.
— Sim. Realmente soa péssimo quando falado em voz alta.
— Soa péssimo? É péssimo, Rafa. Você agiu como se estivesse interessado em mim, ou pelo menos em ser meu amigo, e foi me envolvendo cada vez mais. Eu não pedi pra ficar aqui com você, jogando conversa fora, nem para ir ver as estrelas ou fazer um piquenique.
— Desculpa, sei que agi mal.
— Agiu mesmo. Desde o início, você sabia do aplicativo. Eu não sabia de nada, para mim, éramos duas pessoas se conhecendo e se tornando amigas, talvez algo mais. Só que você sabia de tudo e continuou me envolvendo. Se fosse para fazer eu me apaixonar por você, porque era o que você queria, até poderia ter entendido e não me importado. Mas quando soube que a sua intenção era apenas mostrar que o resultado estava errado, fiquei magoada, sim. — Bruna parou de falar e ficou olhando seu pedaço de pizza. Rafael permaneceu calado, esperando que ela terminasse de comer. — Isso me machucou muito, porque pareceu que você não se importava comigo, apenas em provar que você estava certo e que não somos compatíveis.
— Eu sei. — Ele ajudou Bruna a pegar outra fatia de pizza. — Desculpa, não pensei desta forma, em momento algum, juro. Nunca fui bom com essas coisas de namoro, e nunca quis me casar ou encontrar a minha metade. Perdi a cabeça quando o Gui me contou, porque não queria admitir para mim mesmo que existe alguém perfeito para completar a minha vida. Eu realmente não pensei em você, e peço desculpas, mas para ser sincero, não imaginei que você ia se apaixonar por mim, porque tinha a certeza de que não combinávamos.
— E quem disse que eu me apaixonei? — provocou ela, se divertindo um pouco com ele.

Rafael a olhou, um pouco espantado, um pouco triste, e abaixou a cabeça, encarando a manta.

— Não quis dizer isso. O que quis dizer é que não pensei que isso pudesse acontecer. E também não esperava me apaixonar por você. — Ele levantou os olhos e Bruna percebeu que estavam levemente úmidos, enquanto Rafael olhava adiante, por cima da cabeça dela. — Meu Deus, você é uma garota incrível e especial, e a cada minuto que passava com você, queria passar mais. Por isso fiquei indo atrás, te levando para tomar sorvete, ou passear. Gostava da sua companhia, te queria por perto sempre. E me sentia tão à vontade para conversar sobre qualquer coisa e, principalmente, sobre os problemas com meus pais. Nunca me abri assim com ninguém, o Gui e o Igor sabem que eu e meus pais não nos damos bem, mas nada mais que isso. Só que, para você, eu tenho vontade de contar tudo, todos os meus segredos, e compartilhar sentimentos...

— Eu também me sentia assim — sussurrou ela.

— E agora? Não sente mais?

— Não sei. Não sei se posso confiar em você.

— Pode. — Ele foi firme. — Sei que ainda está magoada e que fui um idiota. Mas saiba que realmente estou gostando de você, e muito. Estou apaixonado mesmo, e não tenho vergonha de admitir, e preciso agradecer em parte ao Igor por me ajudar a ver isso. Fui um tolo em não perceber antes, mas agora não preciso mais fingir que não é verdade. Eu gosto de você e sinto sua falta. — Rafael parou de falar e olhou fundo nos olhos de Bruna. — E quero que você me dê uma chance. Podemos ir aos poucos, como era antes, ou até mais devagar, como você preferir. Quero que volte a confiar em mim. Não quero te perder de novo.

Ele segurou uma das mãos dela. Bruna percebeu que Rafael estava sendo sincero, e ficou feliz em ver que ele estava disposto a mudar.

Ela soltou sua mão e se levantou.

— Preciso ir.

— Já? — Ele estranhou. — Pensei que íamos passar a tarde juntos.

— Ah, não. Tenho várias coisas para fazer. Só passei aqui para comer de graça — brincou ela, piscando e se afastando, deixando Rafael sentado na manta, rindo.

Capítulo 29

Ao pegar o celular, assim que saiu da aula, na sexta-feira, Rafael estranhou a quantidade de ligações não atendidas da mãe. Ela também enviara algumas mensagens, avisando que queria falar com ele, mas que não se preocupasse porque não era nada grave.

Ele tentou ligar, mas ela não atendeu. Logo, chegou outra mensagem, avisando que estava almoçando com uma amiga e ligaria mais tarde, que estava tudo bem e que ele realmente não precisava se preocupar.

Mas Rafael se preocupou até sua mãe ligar, por volta das quatro da tarde. Fizeram uma videochamada pelo celular, e ele ficou surpreso ao ver o quanto ela parecia bem. As últimas vezes que se encontraram, a mãe estava abatida e triste, e agora parecia mais jovem e radiante.

— Olá, meu filho, como você está?
— Estou bem, e você? Passei o dia preocupado.
— Por quê?
— Você me ligou e enviou várias mensagens durante a manhã.
— Ah, sim. Você não atendeu, aí quis avisar que eu estava bem, para que não se preocupasse.
— Estava na aula. E claro que me preocupei, você nunca me liga.
— Sim, eu sei. — A mãe pareceu triste pela primeira vez, mas sorriu em seguida. — E quero mudar isso. Decidi mudar muita coisa na minha vida, e a primeira é que estou me separando do seu pai.

— É sério?

Rafael não soube como reagir àquela notícia. Durante anos, implorara à mãe para se separar e seguir com a sua vida, sem o pai por perto, mas ela nunca o escutou, e ia levando o casamento como dava.

— Incrível, né? Não posso dizer que simplesmente acordei um dia e decidi, já vinha pensando nisso desde que você saiu daqui. Aí conversei com seu pai. Sem você por perto, não havia mais motivo para mantermos esse casamento de fachada.

— Nem comigo por perto, não é mesmo, mãe? Mas você nunca quis me ouvir.

— Eu sei, achei que estava fazendo o melhor para você. E agora estou tentando fazer o melhor para mim.

— Fico feliz que finalmente tenha percebido isso. E como você está?

— Bem, muito bem. Hoje encontrei a Silvia, você se lembra dela? Estamos combinando uma viagem juntas. Ainda não sei para onde, mas ela também largou aquele traste do marido dela, e agora decidimos que vamos nos divertir por aí. Talvez tenha sido a Silvia quem me inspirou a seguir o resto da minha vida solteira.

— Que bom, mãe! — disse Rafael, se perguntando se era mesmo uma boa sua mãe e a louca da Silvia soltas pelo mundo, aproveitando a vida juntas. Provavelmente, sim, talvez agora a mãe realmente fosse feliz.

— Pois é. E quero pedir perdão por todo o mal que te causei. Sei que fui muito ausente, mas quero tentar compensar isso.

— Não se preocupe comigo.

— Claro que me preocupo, sou sua mãe. Mesmo que não pareça, eu gosto de você. E quero te visitar.

— Você quer vir aqui, em Rio das Pitangas? — perguntou Rafael, espantado, já imaginando sua mãe entrando em casa e dando de cara com Pedro.

— Quero ver onde você mora e conhecer a sua faculdade. Claro que vou ficar em um hotel, imagino que uma república masculina não seja o local ideal para eu me hospedar. Mas quero conhecer tudo e saber da sua vida.

— Ok — comentou Rafael, ainda chocado com a iniciativa da mãe.

— E quero conhecer a sua namorada, se você tiver alguma — disse a mãe, piscando um olho.

— Ok, mãe, sem isso — respondeu Rafael, sentindo o rosto corar.

— Ah, eu sabia! Desde que vi seu rosto na tela, senti um brilho diferente vindo de você. Só não tive certeza até você ficar sem graça com o meu comentário. Vamos, me conte tudo sobre ela.

— Não tem nada para contar.

— Claro que tem! Quero saber quem é a garota que conquistou esse coração de pedra.

— Meu coração não é de pedra — disse Rafael, tentando parecer que estava com raiva, sem sucesso.

— É sim. Ou era. Pensa que nunca percebi que você afastava as garotas? Sei que fui negligente quanto a isso, enquanto você atravessava a adolescência, mas imaginei que era uma fase e que, em breve, mudaria. Quando você foi embora, senti que podia melhorar, estando longe da gente.

— Achei que você não se importava.

— Talvez não tanto quanto agora. Eu mudei, e fico feliz em ver que você também. Vamos, me conte sobre ela. Qual o nome da minha nora?

Rafael começou a rir.

— Bruna. E ela nem é minha namorada. Ainda. Quase a perdi por causa do meu coração de pedra.

Ele começou a contar sobre sua vida em Rio das Pitangas, os amigos, o aplicativo de Guilherme, o curso, Bruna, todos os seus problemas. Parecia que, agora, tudo estava se encaixando de forma perfeita.

Antes de ir para o Bebe Aqui encontrar Igor, Rafael passou no quarto de Guilherme. Ele desistira em insistir para que saíssem juntos, sabia que, quando Guilherme quisesse ir, falaria. E isso provavelmente seria nunca mais.

— Estou saindo, Gui — disse Rafael, abrindo a porta do quarto do amigo. — Quer que traga algo para você comer? Não vou demorar.

— Não, obrigado. Vou fazer um sanduíche, daqui a pouco.

— Beleza. Amanhã vou precisar da sua ajuda depois do almoço.

— Ok.

— Não quer saber para quê?

— Não. Você é meu amigo e precisa da minha ajuda, isto me basta.

— Valeu. — Rafael ficou olhando Guilherme deitado na cama, lendo *Abduzidos*, do Robin Cook. — Está gostando da leitura?

— Sim, é muito interessante. Os cientistas vão para uma cidade escondida no fundo do mar e tudo é muito crível. Bem diferente do anterior que você me emprestou.

— É, é uma abordagem diferente.

— Onde já se viu, ir para o espaço em um *jet ski*? — comentou Guilherme.

— Sim, sim — disse Rafael, rindo. — Não anima mesmo de ir comer algo? Você gostou do Bebe Aqui.
— Gostei, mas já usei toda a minha cota de saídas noturnas do ano.
— Não sabia que havia uma cota.
— Você está brincando ou falando sério?
— Brincando, Gui, brincando. Boa noite — disse Rafael, fechando a porta.

Quando Larissa e Bruna chegaram ao Bebe Aqui, Igor já estava sentado em uma mesa conversando animadamente com Maju e André. Larissa beijou o namorado e se sentou ao lado dele, que a envolveu com os braços.
— Soube que você tem feito meu amigo sofrer — disse Igor, para Bruna, rindo.
— Um pouco — respondeu ela.
Desde a conversa, na quarta-feira, Rafael esperava Bruna no saguão do Departamento de Marketing e a acompanhava até em casa. Eles conversavam amenidades, e Rafael contava sobre seu dia e fazia várias perguntas a Bruna, tentando conhecê-la melhor.
— Até que ele está se esforçando para se redimir direitinho — disse Larissa, piscando para Bruna.
— É bom mesmo! — comentou Maju. — Ele perdeu vários pontos com a gente, não é mesmo, amor? — Ela olhou André.
— Tudo que ela falar, eu concordo — brincou André, dando um beijo na bochecha de Maju.
— Daqui a pouco, ele chega aqui. A recepção será calorosa? — perguntou Igor.

— Vou decidir quando ele chegar — respondeu Maju.

Rafael chegou e todos foram simpáticos com ele, que se sentou ao lado de Bruna. Conversaram e riram muito até por volta das nove horas, quando Maju e André se levantaram para ir embora, e Bruna avisou que iria junto.

— Já? — perguntou Rafael, sem esconder a tristeza.

— Meus pais viajam amanhã cedo, quero tomar café da manhã com eles — explicou Bruna. Ela olhou Larissa. — Pode voltar com meu carro, eu pego carona com o André — disse, entregando a chave para a amiga, que dormiria na sua casa.

— Eu te levo — ofereceu Rafael.

Bruna ficou calada, sem saber o que fazer. Antes que ela pensasse direito, Maju e André deixaram o bar e Rafael já estava de pé, ao seu lado.

— Vamos? — chamou ele, estendendo a mão.

Bruna hesitou, por um segundo, e segurou a mão dele, que entrelaçou os dedos como fazia antes. Ela se sentiu calma com aquela sensação de familiaridade.

Eles entraram no carro e Rafael deu a partida

— Vai fazer algo amanhã de tarde? — perguntou Rafael, quando estavam chegando perto da rua em que ela morava.

— Vou almoçar na casa da Maju e ficar por lá, com ela e a Lari.

— Ah. — Ele estacionou e Bruna abriu a porta do carro, mas Rafael segurou sua mão. Ela o olhou. — Sonhe comigo — pediu ele, e Bruna sorriu, saindo do veículo.

Depois que todos foram embora, Igor e Larissa ficaram pouco tempo a mais no Bebe Aqui. Ele se levantou para pagar a conta, sob protestos de Larissa, que queria dividir.

— Quero te fazer um convite, mas fique à vontade para recusar — disse Igor, parando antes de sair do bar.

— Que modo mais simpático de propor algo. Já estou com medo do que possa ser — brincou Larissa, parando ao lado dele.

— Já te falei que sou meio sem jeito para algumas coisas.

— Ele riu e começou a falar rápido. — É que... Bem, o final do ano está chegando, e vou para casa e não quero ficar longe de você por muito tempo. Quero muito te ver nas férias, mas você vai estar aqui e eu na minha cidade. E seria muito legal se você aceitasse ir lá, passar uns dias, ou uma ou duas semanas, ou mais, se quiser, e conhecer onde nasci, e meus pais e minha avó, nossa, ela vai adorar você, e... — Igor foi falando tudo sem respirar direito ou fazer alguma pausa.

— Calma, Igor. — Larissa riu do jeito atrapalhado do namorado. — Você está me convidando para viajar com você?

— Sim. Ir lá me visitar. Ou ir comigo e voltar antes das festas de fim de ano, por causa da sua família. Mas pode ficar lá o tempo todo e voltar comigo, quando as aulas forem começar, se os seus pais não se importarem. Eu vou amar.

— Eles não se importam — disse Larissa. Ela não precisava nem consultar os pais, sabia que eles não se incomodariam de verdade. Ela poderia ficar um ano fora e eles mal notariam.

— Que bom! — Igor percebeu o que falou. — Quero dizer, não é bom, mas é legal saber que você pode ficar um tempo lá...

— Eu entendi. — Ela deu um sorriso triste para ele. — E os seus pais? Não vão se importar por eu ficar muitos dias na sua casa?

— Meus pais estão eufóricos para te conhecer, desde que falei de você. Minha mãe começou a te seguir nas redes sociais.

— AI, MEU DEUS!

— Relaxa, ela é tranquila. Disse que adora suas postagens e se diverte muito com você. Minha avó também. — Igor sorriu de orelha a orelha. — Minha avó é o máximo, ela vai amar muito você. Somos bastante próximos.

— Que responsabilidade que terei, então, em conquistar o coração dela.

— Não se preocupe, você já conquistou. Ela já te ama porque sabe que eu... — Ele a encarou, parando a frase na metade. Larissa abriu a boca para falar algo, mas estava muito surpresa. — Sabe que eu gosto muito de você, que estou apaixonado.

— Eu também gosto muito de você. — Ela sorriu.

— Então, você aceita ir comigo? — perguntou ele, mudando de assunto para deixar Larissa à vontade.

— Sim.

— Não precisa mesmo avisar seus pais antes?

— Não, é sério.

— Ok. — Igor ficou pensativo. — Vai ficar comigo o tempo todo, até as aulas começarem?

— Se seus pais não se importarem...

— Não. — Ele sorriu e beijou a namorada. — Vai ser muito legal ter você só para mim vários dias, sem ter que te dividir com a universidade. Vou te mostrar tudo que tem na cidade e na região.

E Igor começou a enumerar todos os lugares que levaria Larissa.

O sol mal tinha despontado no horizonte, no sábado, quando Milton e Eliana entraram no carro e seguiram rumo a Tiradentes. Bruna foi até o portão, com Baz no colo, se despedir deles.

Quando o carro sumiu ao virar a esquina, ela entrou, colocando o gato no sofá.

— Agora somos só nós dois até terça — disse ela, olhando Baz, que a encarava, com sono. — Acho que você quer voltar a dormir nos pés da Lari, né?

Bruna pegou Baz no colo e o levou para seu quarto, colocando-o em sua cama. O gato se aninhou nas cobertas. Ela saiu do cômodo, deixando a porta entreaberta, e foi até a cozinha, lavar a louça do café da manhã.

Algum tempo depois, Larissa acordou e elas se arrumaram para ir à casa de Maju.

O almoço no Fazenda pareceu durar uma eternidade para Rafael. A impressão que tinha era de que Igor e Guilherme estavam comendo mais devagar do que nos outros dias.

— Você parece inquieto. O que foi? — perguntou Guilherme, quando terminou de comer.

— Nada, só quero sair daqui logo — respondeu Rafael.

— Calma, a Bruna não vai fugir — brincou Igor.

— Eu sei.

Ao chegarem à praça, Rafael olhou os amigos.

— Como fazemos? — perguntou Igor.

— Eu vou pegar meu carro onde estacionei e encontro vocês na casa da Bruna — respondeu Rafael, acenando e saindo, sem dar tempo dos amigos falarem algo.

Igor e Guilherme caminharam até a casa de Bruna.

— Ainda não entendi o que ele quer — comentou Guilherme.

— Ele quer fazer uma surpresa para a Bruna.

— Isso eu entendi, só não sei por que não podemos ir com ele de carro.

— Ele guardou algumas coisas lá, os bancos estão cheios, não cabe a gente — explicou Igor. — Você não notou antes de sair de casa?

— Eu não vim com ele, precisei ir hoje cedo à universidade, conversar com meu orientador sobre o estágio. E, de qualquer forma, não presto atenção a detalhes que não me agregam nada — comentou Guilherme.

Eles pararam em frente à casa de Bruna, e Guilherme ia tocar a campainha quando Igor o impediu.

— Não tem ninguém aí.

— E como vamos entrar? — perguntou Guilherme.

Igor tirou um chaveiro do bolso e mostrou ao amigo.

— A Lari me emprestou a cópia das chaves que a Bruna deu a ela.

— E vamos entrar na casa dos outros sem a permissão de um dos moradores? — Guilherme estava horrorizado. — Eu não vou fazer isso.

Rafael estacionou o carro e viu os amigos discutindo.

— O que foi? — perguntou ele, abrindo o porta-malas.

— O Gui não quer entrar sem que alguém nos convide — explicou Igor.

— Não tem ninguém aí, a Larissa confirmou para a gente — disse Rafael.

— E nós vamos invadir! — protestou Guilherme.

— Não vamos invadir, eu tenho a chave — disse Igor, balançando o chaveiro.

— Mas não foi um morador que nos deu — reclamou Guilherme.

— Está tudo bem, a Larissa conversou com os pais da Bruna, antes de eles viajarem, e eles autorizaram — explicou Rafael.

— Tem certeza? — perguntou Guilherme, e os dois amigos balançaram a cabeça, concordando. — Tudo bem.

Guilherme pegou uma caixa, que estava no banco de trás do carro, e Igor destrancou o portão. Rafael foi até o quintal e colocou a caixa que carregava em um canto e abriu.

— Se puderem ir montando isso, agradeço. Eu trago o resto sozinho — pediu ele.

— Não precisa de ajuda com as caixas? — perguntou Igor.

— Não, é tudo leve, isso aí que vai ser mais demorado — respondeu Rafael, apontando para a caixa que abrira.

O almoço na casa de Maju foi repleto de histórias contadas pelos pais dela e boas risadas. Bruna gostava de ir lá, os pais da amiga eram tão animados quanto os dela. Eles ficaram empolgados quando souberam da viagem romântica de Milton e Eliana, e já planejavam uma para os dois.

Por volta das quatro da tarde, Larissa chamou Bruna para ir embora, avisando que se encontraria com Igor.

Como Maju morava na mesma rua de Bruna, elas foram caminhando e, ao chegarem ao portão, Larissa parou.

— Mais tarde eu volto — disse ela.

— Não vai nem entrar? — perguntou Bruna.

— Não, o Igor já está na praça, me esperando.

— Bom namoro para você — comentou Bruna, piscando para a amiga, que saiu sorrindo pela rua.

Ao abrir a porta de casa, Bruna olhou diretamente para a mesa de centro, que havia em frente ao sofá. Uma caixa média estava em cima da mesa, que tinha balões de gás em formato de coração presos aos pés dela.

Baz estava deitado em uma almofada no sofá, encarando-a. Bruna se aproximou da mesa e viu um bilhete em cima da caixa.

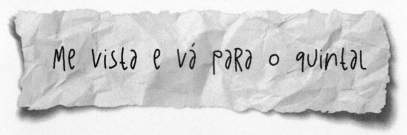

Me vista e vá para o quintal

Ela levantou a tampa da caixa e encontrou sua blusa laranja do Acampamento Meio-Sangue dentro.

— O que é isto, Baz?

O gato não respondeu, apenas deitou a cabeça na almofada.

Bruna mordeu o lábio e trocou a blusa que usava pela laranja, que estava dentro da caixa, e foi até a porta que ligava a cozinha ao quintal. Quando abriu, ficou surpresa com a cena que viu.

No quintal, havia uma imensa piscina de plástico cheia de bolinhas coloridas. Dentro dela, sentado, Rafael a esperava, com os braços apoiados na beirada. Ele também usava uma camisa laranja do Acampamento Meio-Sangue.

— Vai ficar aí olhando ou vai vir curtir a tarde na piscina? — perguntou ele.

Bruna não pensou muito, se aproximou e tirou o tênis que usava, pulando de uma vez na piscina, rindo alto.

— Não acredito que você fez isso — disse ela, jogando algumas bolinhas para cima.

— Eu disse que piscina de bolinha é boa em qualquer idade.

— Parece ainda melhor agora — comentou ela, baixo, com várias bolinhas na mão.

— É toda sua. Agora não precisa mais ficar triste, vendo as crianças brincando sem você poder entrar.

— Parece um sonho se realizando.

— Ah, espera — disse ele, saindo da piscina e correndo até dentro da casa dela. Logo depois, Rafael voltou com um pote de um litro e meio do sorvete favorito de Bruna. — Era o maior tamanho que tinha, então não deu para ser um pote gigante.

Ele entregou o pote e uma colher a Bruna.

— Não tem problema.

— Tem mais dois potes no freezer.

Ela arqueou uma sobrancelha, enquanto ele entrava na piscina.

— Pensei que o freezer estava cheio.

— Tivemos que levar algumas comidas congeladas para minha casa. Não me responsabilizo se o Gui e o Igor comerem.

Bruna deu uma gargalhada alta e começou a tomar o sorvete. Rafael se sentou em frente a ela, que ofereceu a sobremesa. Ele aceitou e comeu um pouco com outra colher que trouxera.

— Como você fez isso?

— Com uma ajudinha da Lari e da Maju.

— Hum, então o almoço hoje foi planejado por várias pessoas?

— Pode apostar que sim. — Ele sorriu, encarando-a. — Foi uma operação que envolveu muita gente. Até seus pais ficaram sabendo.

— Sério?

— Eu precisava pedir autorização a alguém para montar isso tudo, e não podia ser você. — Ele deu de ombros.

— Arrisco dizer que eles adoraram.

— Ah, sim.

Eles tomaram o sorvete em silêncio, apenas aproveitando a companhia um do outro. Ao terminar, Rafael perguntou se ela queria mais.

— Depois, agora quero *"nadar"* — disse ela, fazendo aspas com as mãos.

Bruna pulou de um lado para o outro, feliz. Jogou algumas bolinhas em Rafael, que revidou. Quando ela se cansou, se encostou em uma das bordas da piscina, e ele se sentou novamente na frente dela.

— Que bom que você ficou feliz! — comentou ele.
— E por que não ficaria?
— Não sei. Você disse que era um sonho da infância. Às vezes, essas coisas mudam com o tempo.
— Sonhos da infância não morrem nunca.
— Não mesmo.
— Você comprou uma ou meu pai que te emprestou? — perguntou ela, indicando a camisa laranja.
— Comprei — respondeu ele, olhando a própria camisa com os olhos brilhando. — Decidi que estava na hora de ter uma. — Ele voltou a encarar Bruna. — Não sabia que seu pai também tem.
— Ele e minha mãe.
— Que legal! Eles são fãs de Percy Jackson?
— Nem sabem do que se trata — respondeu ela, e Rafael deu uma gargalhada. — Eles viram o quanto a camisa era importante para mim, e decidiram comprar também, para usarmos todos juntos.
— Como uma família feliz.
— Sim. Nossa, eu morria de vergonha quando eles vestiam e saíamos os três com a mesma blusa.
— Eu acho legal.
— Porque não era com você — disse ela, se arrependendo na mesma hora. — Desculpa.

— Não tem problema. — Ele pegou a mão de Bruna. — Por falar em pais, minha mãe me ligou ontem. Ela e meu pai estão se separando.

— Caramba. Como você está?

— Contente, acredita? — Ele balançou a cabeça. — Finalmente ela vai viver a vida dela e ser feliz. — Ele ficou olhando a mão de Bruna. — Ela está planejando vir aqui, conhecer a universidade e Rio das Pitangas. E quer te conhecer.

— Eu?

— Sim. Comentei de você com ela.

— Sério? E o que você falou? — perguntou Bruna, estreitando os olhos.

— Tudo. — Ele a olhou. — Falei que você é a garota mais incrível que eu podia ter conhecido, a pessoa ideal para estar ao meu lado e fui um burro que quase te perdi. E, em breve, você será minha namorada.

— É mesmo? — Ela sorriu.

— Sim. — Ele continuou encarando Bruna, que sentia o coração acelerar dentro do peito cada vez que Rafael a olhava. — Quando você se afastou, foi tão estranho. No começo, pensei que era porque tinha me acostumado com você, como amigos, mas fui percebendo que era algo maior. Notei que não estava mais vivendo intensamente nem aproveitando a vida como antes. Tudo parecia tão sem graça, nem tomar sorvete era algo que me dava mais tanta alegria. E, a todo momento, só pensava que queria você ali, rindo de algo bobo que eu falaria, ou me olhando com esses olhos meigos. Ou apenas em silêncio, ao meu lado, só tendo a sua presença. Eu adoro quando a gente fica assim, apenas curtindo a companhia um do outro.

— Então você mudou de ideia só porque não me tinha ao seu lado?

— Não, não foi isso. Foi isso e o vazio que parecia ter dentro de mim. Quando pensava em você, ficava feliz e doía ao mesmo tempo. Quando te via e você me ignorava, ou eu não sabia o que dizer, isso me machucava. E o pior era quando pensava em seguir minha vida sem você ao meu lado. E, principalmente, quando pensava em você seguindo a sua vida com outro cara ao seu lado, que não fosse eu. Ainda tinha o Igor me enchendo e falando o quanto era bom estar com a pessoa que ele amava, e o Gui me aconselhando a me afastar e deixar você viver a sua vida. Percebi que não queria que você vivesse a vida sem mim. Porque descobri que eu estava apaixonado por você, como te falei na quarta.

Ele se aproximou de Bruna e segurou o rosto dela entre as duas mãos. Ficaram se olhando e Bruna sorriu. Rafael a puxou para mais perto, beijando-a e colocando-a em seu colo. Bruna o abraçou forte.

— Ainda estou magoada — sussurrou ela, baixinho, no ouvido de Rafael, quando o beijo terminou.

— Eu sei. — Ele a encarou. — Isso é muito bom, ter você comigo.

— Então pense direitinho em tudo que vai fazer para manter deste jeito.

— Não se preocupe. Agora que te consegui de volta, não vou ser um idiota em te perder novamente. — Ele deitou a cabeça no ombro dela, enterrando o rosto nos cabelos de Bruna e beijando seu pescoço. — Eu me senti tão perdido sem você.

Ela sorriu, mas ele não viu.

— Por sua culpa.

— Pois é — disse ele, levantando o rosto e a encarando. — Quero que você me dê uma chance, porque eu quero dar uma chance a nós. Quero dar uma chance ao amor e quero ser feliz com você.

— E a sua aversão a relacionamentos?

— Não tenho aversão a relacionamentos, apenas pensei que não eram para mim. — Ele deu um beijo de leve nos lábios dela, e Bruna envolveu o pescoço de Rafael com os braços. — Eu me sinto muito bem quando penso em nós dois juntos, em você como minha namorada, em viajar, sair, fazer tudo com você. Isso não me dá medo, me dá... Felicidade. Não sei o que vai acontecer daqui a dez anos, mas sei o que quero que aconteça aqui, neste minuto.

— E o que é?

— Quero que você me aceite como seu namorado. Quero te fazer feliz, mostrar que mudei, ou que estou disposto a mudar. Quero provar o quanto estou arrependido de ter me aproximado de você só para provar que o aplicativo estava errado. — Ele deu um sorriso torto. — Não, a última frase esquece. Porque se não tivesse me aproximado para provar que o aplicativo errou, agora não estaria aqui, com você nos meus braços. Então, não me arrependo disso, mas me arrependo de como agi. Eu devia ter te contado quando começamos a ficar mais próximos. Mas sou um burro cabeça-dura, que não conseguia admitir para mim mesmo que, na verdade, já te amava. — Ele deu outro beijo de leve nos lábios dela. — É muito cedo para dizer que eu te amo?

— Acho que sim — respondeu ela, rindo.

— Ah, dane-se. Se estou apaixonado e não consigo parar de pensar em você, e o fato de que sua ausência faz parecer que tem uma tonelada em cima do meu peito, então sim, eu te amo. — Ele a beijou e voltou a colocar o rosto em seus cabelos. — Acho que seu gato não gostou de mim — sussurrou.

Bruna gargalhou alto.

Epílogo

10 ANOS DEPOIS

O dia estava fresco e a música infantil ressoava pelo quintal. Balões, animadores, brinquedos e crianças correndo para todos os lados ditavam o tom alegre da festa.

Bruna caminhava com Larissa ao seu lado, contando algo engraçado. As duas riam quando chegaram à mesa ocupada por Rafael e Igor.

— Quer ajuda? — perguntou Rafael, quando Bruna se sentou.

— Não, obrigada — respondeu ela.

— Ela está grávida, Rafa, só isso — comentou Larissa.

— Eu sei, mas... — Rafael olhou Bruna, que sentiu seu coração se inundar de amor.

— O Rafa acha que vou quebrar a qualquer momento — brincou Bruna.

— Não quebrar, mas ela pode sair daí — disse ele, olhando a barriga da esposa.

— Estou com seis meses, ainda falta um pouco para ela sair — comentou Bruna, sorrindo para o marido.

— O que é tão engraçado? — perguntou Igor. Todos o olharam, confusos. — Vocês estavam rindo, quando vieram de dentro da casa.

— Ah, estava contando para a Bruna tudo o que aconteceu desde que você decidiu consertar o telhado — disse Larissa, rindo novamente.

— Ai... — gemeu Igor.

Alguns dias antes, havia uma goteira vinda do telhado que pingava no quarto de Daniel, filho do casal. Igor cismou que não precisava de ajuda e que podia consertar sozinho, mas a goteira se transformou em um fluxo contínuo de água. Ele chamou Rafael para ajudar, mas os dois conseguiram apenas fazer algo provisório, e agora havia um pedreiro ajudando Igor.

— Nós pensamos que seria fácil — explicou Rafael.

— E o Daniel? — perguntou Bruna.

— Ah, ele achou o máximo ter uma cachoeira dentro do quarto — respondeu Larissa, rindo do filho de dois anos.

— Imagino que sim. — Bruna olhou Daniel e seu filho Heitor, que brincavam no escorregador. Os dois eram tão unidos quanto seus pais, e ela se sentia abençoada pelo que conquistara na vida.

Bruna havia planejado o futuro, mas sempre houve um receio — ela não chamaria de medo — de que não desse totalmente certo conforme sonhava. E agora estava ali, prestes a fazer trinta anos, sendo professora titular da Universidade Federal de Rio das Pitangas, casada com seu par perfeito, que era sócio de Guilherme na empresa de softwares que os dois criaram. Sua melhor amiga havia construído uma família linda com o melhor amigo de Rafael, e eles também davam aula na faculdade.

— Está sentindo algo? — Rafael despertou Bruna de seus pensamentos. Ele parecia preocupado.

— Sentindo felicidade — respondeu Bruna. — Ela se mexeu, acho que também está feliz.

Ela colocou a mão na barriga, e Rafael sorriu e colocou a mão por cima da de Bruna, sentindo a filha agitada ali dentro.

— Vocês bem que podiam ter um filho também, para fazer companhia para a Clara — disse Rafael, apontando a barriga da esposa e olhando Igor e Larissa.

— Bem... — Larissa sorriu.

— Não acredito! — disse Bruna, abraçando a amiga, que estava sentada ao seu lado.

— Não entendi — comentou Rafael. Bruna o olhou, rindo.

— Ela está grávida — explicou Bruna, para o marido.

— Como você sabe? — Ele ainda parecia confuso.

— Mulher entende essas coisas nas entrelinhas — comentou Igor, rindo do amigo.

Eles fizeram um brinde com refrigerantes, um pouco antes de Maju chegar e se sentar em uma cadeira com eles.

— Nunca mais faço festa de aniversário para meu filho — disse Maju, pegando um copo de refrigerante e virando de uma vez. — Estou muito cansada.

— Você falou a mesma coisa ano passado — comentou Bruna.

— Sim, eu sei. Mas agora ele está completando cinco anos e pronto, acabaram os aniversários. Não se esqueçam de me lembrar disso ano que vem — pediu Maju.

— Duvido muito que você não vá fazer nada, mas tentaremos — brincou Larissa.

— E como vocês estão? Falta algo aqui? — perguntou Maju.

— Não se preocupe com a gente, está tudo perfeito — respondeu Bruna.

— Que bom! — Maju sorriu. — Pena que o Guilherme não conseguiu vir, o pequeno Gui ama o tio xará dele — disse ela, apontando o filho.

— Guilherme está conquistando o mundo — comentou Rafael, orgulhoso do amigo, que estava em um congresso na Suíça, apresentando seu novo trabalho.

Desde que se formaram, eles criaram uma empresa e lançaram o aplicativo, SOU, que foi um sucesso mundial. Eles ficaram um tempo debatendo sobre o nome. Guilherme queria algo em português, mas Rafael sonhava alto, e pensou em um nome que seria fácil de falar em qualquer idioma. Em uma longa conversa, chegaram a SOU, que vem do verbo ser.

— Perfeito porque é o mesmo que existo, vivo, significo, represento, e assim por diante — comentou Guilherme, eufórico.

— Sim, e também pode ser o começo de *soulmate*, que é alma gêmea em inglês — justificou Rafael. — Algumas pessoas querem encontrar as suas almas gêmeas.

— Eu não.

Agora, Guilherme finalmente chegara ao final da criação do protótipo da tão sonhada máquina que sua família desejara, uma pequena caixa com um dispositivo que, a um clique, sugava toda a sujeira do cômodo, sem o esforço da limpeza. Seu trabalho era admirado mundialmente, e ele fora convidado para palestrar em um congresso na Suíça.

— Mal posso esperar para ter uma das máquinas que

vocês estão criando — disse Maju, mas ela não teve tempo de conversar mais. André a chamava para tirar uma foto na mesa do bolo, com o filho.

Os quatro ficaram olhando a cena, e Bruna se sentiu a pessoa mais feliz do mundo.

A vida não poderia estar mais perfeita do que isso.

Este livro foi composto pela tipografia Palatino Linotype 12 e Bassy 48, no inverno de 2024.